BIANCA™

AF274857

AIMEE CARSON

CÓMO ROMPER
UN CORAZÓN

Editado por Harlequin Ibérica.
Una división de HarperCollins Ibérica, S.A.
Avenida de Burgos, 8B - Planta 18
28036 Madrid
www.harlequiniberica.com

MIXTO
Papel | Apoyando la silvicultura responsable
FSC™ C134275
www.fsc.org

Capítulo 1

HUNTER contempló en el monitor a la mujer que estaba a punto de salir a antena. Estaba en una sala contigua al plató del canal WTDU de televisión de Miami. Carly Wolfe sonrió al presentador y al público. Era más bella de lo que se había imaginado. Tenía una melena castaña que le caía por los hombros y unas piernas maravillosas que mantenía cruzadas de forma muy elegante a la vez que sexy. Llevaba un vestido de piel de leopardo bastante corto y atrevido y unos zapatos de aguja a juego. Un look muy indicado para aquel programa de medianoche y aún más para seducir y despertar la libido de todos los hombres que la contemplaban sin pestañear.

El presentador, Brian O'Connor, un hombre rubio, bastante atractivo, se recostó en su silla, tras la mesa de caoba, y fijó la mirada en el sofá de invitados en el que Carly Wolfe estaba sentada.

–He seguido con gran interés todos los comentarios que han ido saliendo en su blog y he disfrutado mucho con sus audaces e ingeniosos intentos para tratar de provocar una reacción en Hunter Philips, antes de publicar su historia en el *Miami Insider*. Pero, tal vez, un hombre como él, propietario de una empresa consultora de seguridad informática tan importante, no disponga de mucho tiempo para la prensa.

–Sí, es posible. Me dijeron que es un hombre muy ocupado –replicó ella con una cálida sonrisa.

–¿Cuántas veces ha intentado ponerse en contacto con él?

–He llamado a su secretaria seis veces –dijo ella, agarrándose la rodilla con las manos en un gesto lleno de coquetería–. Siete, si contamos la vez que llamé para contratar los servicios de seguridad de su empresa para mi red social.

Se escucharon algunas risas del público del plató. El presentador sonrió también levemente. Hunter, por el contrario, sin apartar la vista del monitor, esbozó un gesto de contrariedad. Carly Wolfe, con su espontaneidad y simpatía, había conseguido meterse al público en el bolsillo.

–No me atrevería a asegurarlo –dijo Brian O'Connor, haciendo gala del sarcasmo que le había hecho tan popular en la pequeña pantalla–, pero me imagino que la empresa de Hunter Philips tendrá asuntos más importantes que el de ocuparse de la seguridad de su humilde red social.

–Esa es la impresión que saqué de su secretaria –respondió ella con un guiño divertido.

Hunter miró a Carly: sus cautivadores ojos de color ámbar, su piel tersa de porcelana, su cuerpo tentador... Había aprendido a controlar sus impulsos y a no dejarse llevar por la atracción física de una mujer, pero viéndola ahora en el monitor, comprendía que sus sex-appeal y su sentido del humor componían una mezcla explosiva e irresistible.

Sintió deseos de marcharse pero permaneció inmóvil, sin poder apartar la vista del monitor.

Años atrás, se había sometido a un entrenamiento muy estricto para aprender a controlar sus emociones y dominar cualquier situación por peligrosa que fuera. ¿Pero estaba preparado para hacer frente al peligro que suponía una periodista tan atractiva como aquella mujer?

No pudo evitar seguir con atención el curso de la entrevista.

–Señorita Wolfe –dijo Brian O'Connor–, ¿podría resumir, para los pocos ciudadanos de Miami que no hayan leído aún su artículo, en qué consiste esa invención de Hunter Philips que ha suscitado esa enemistad entre ustedes?

–Se trata de una aplicación, pensada para rupturas de parejas, denominada «El Desintegrador».

Hubo una segunda oleada de carcajadas entre el público asistente. Solo Hunter permaneció impasible sin mover un músculo. Se acordó de Pete Booker, su socio en el negocio, que fue quien buscó aquel nombre tan original pero, tal vez, poco afortunado.

–Al que más y al que menos le han roto el corazón alguna vez. Ya sea por mensaje de texto o de voz, o incluso por correo electrónico. ¿Tengo razón o no? –dijo ella volviéndose hacia el público con una sonrisa de complicidad.

El público respondió entregado con una lluvia de aplausos, mientras Hunter torcía la boca en un gesto de frustración. Había diseñado esa aplicación en su tiempo libre para vencer el nerviosismo que sentía últimamente, no para crear un problema de imagen a su empresa. Era un programa que había desarrollado hacía ocho años en un momento de flaqueza. Nunca debería haber dado el visto bueno a su socio para que reelaborase y comercializase finalmente la idea.

–¿Sigue aún interesada en hablar con el señor Philips? –preguntó el presentador a Carly.

–Por supuesto. ¿Qué piensan ustedes? –replicó ella, volviéndose de nuevo al público–. ¿Debería dejar de perseguir al señor Philips o insistir hasta que me diga lo que tenga que decirme?

Por los vítores y muestras de apoyo y entusiasmo que se escucharon en el plató, Hunter no tuvo la menor duda de qué lado estaba el público. Estaba tenso, a punto de estallar. Años atrás, había tenido una experiencia análoga. Había sido acusado y juzgado por un delito que no había cometido, gracias a otra bella reportera en busca de una historia que contar a sus lectores. Pero ahora estaba dispuesto a usar cualquier medio a su alcance para no dejarse vencer.

–¿Señor Philips? –dijo uno de los ayudantes de realización del programa–. Entra en un minuto.

Mientras se emitía una cuña publicitaria, Carly trató de relajarse. Esperaba que Hunter Philips estuviera viendo el programa y se diera cuenta de que el público compartía su indignación por aquella aplicación tan indignante que había diseñado.

Ella misma no había sido ajena a esa experiencia tan humillante en más de una ocasión. Sintió la sangre hirviéndole en las venas al recordar el frío mensaje de Jeremy a través de El Desintegrador. Y cuando Thomas la dejó para salvar su carrera, ella se enteró a través de un artículo de prensa. Fue sin duda, toda una humillación. Pero aquello de El Desintegrador era algo diferente. Cruel y despiadado. Y lo que era aún peor, frívolo e irrespetuoso.

Por nada del mundo, iba a permitir que Hunter Philips siguiera en la sombra, enriqueciéndose a costa del dolor de la gente.

Tras la pausa publicitaria, el presentador volvió a aparecer muy sonriente.

–Afortunadamente, hemos tenido la suerte de recibir hoy mismo una llamada telefónica sorpresa. Señorita Wolfe, creo que está a punto de ver cumplidos sus deseos.

Carly se quedó de piedra. Tuvo un inquietante presentimiento. Comenzó a respirar de forma entrecortada mientras el presentador seguía hablando de forma distendida y desenfadada.

—Damas y caballeros, por favor, demos la bienvenida a nuestro programa al creador de El Desintegrador, el señor Hunter Philips.

Carly sintió una gran desazón. Era increíble. Después de haber estado semanas persiguiéndolo, él había demostrado ser más astuto que ella, presentándose allí por sorpresa cuando menos preparada estaba. Trató de recobrar la calma mientras aquel hombre entraba en el plató, acercándose a ella, entre los aplausos del público. Llevaba unos pantalones oscuros y una elegante camisa negra de manga larga bajo la que se adivinaba un torso duro y musculoso.

Tenía el pelo muy corto por los lados pero no tanto por arriba. Era alto y delgado y su cuerpo atlético y fibroso no parecía tener un solo gramo de grasa. Era una imagen realmente turbadora para cualquier mujer. Pero tenía también el aspecto de un depredador dispuesto a saltar sobre su presa en cualquier momento. Y ella tuvo la impresión de que iba a ser su objetivo.

Brian O'Connor se levantó para saludar a Philips. Los dos hombres se dieron la mano y luego Hunter Philips se sentó en el sofá de invitados junto a Carly.

—Muy bien. Así que, señor Philips... —comenzó diciendo el presentador.

—Hunter, por favor.

La voz de Hunter Philips era suave, pero tenía un tono metálico que disparó todas las alarmas internas de Carly. No iba a ser fácil de tratar, se dijo para sí. Después de todas las estratagemas que había urdido contra él, tendría que andarse con cuidado. Pero ya no podía volverse atrás.

—Hunter —repitió el presentador—, toda Miami ha estado siguiendo con mucha atención el blog de la señorita Wolfe, mientras ella trataba de conseguir la opinión de usted sobre el asunto. ¿Qué puede decirnos sobre ello?

Philips Hunter se giró ligeramente en el asiento para poder clavar su mirada en Carly Wolfe. Sus ojos azules eran tan fríos y cortantes como el hielo. Ella se sintió casi paralizada, como un cervatillo cegado en la noche por los faros de un automóvil.

–Lamento profundamente no haber podido aceptar su amable oferta de trabajo para la mejora de la seguridad de su red social. Parecía muy interesante –dijo él secamente–. Por desgracia, tampoco pude hacer uso de las entradas para la convención de *Star Trek* que tan gentilmente me envió como incentivo para que aceptase su oferta.

Se escuchó un murmullo de sonrisas por el plató. Algo ciertamente sorprendente, porque Hunter Philips distaba mucho de ser el estereotipo de persona capaz de arrancar las risas del público.

Carly sintió angustiada la inquietante mirada de Hunter clavada en ella.

«Ahora es tu oportunidad, Carly», se dijo para sí. «Mantente firme y no pierdas los nervios».

Trató de adoptar la sonrisa con la que acostumbraba a desarmar a los hombres, con la esperanza de que pudiera influir algo en aquel hombre inquietante y sombrío que tenía a su lado.

–Veo que la ciencia ficción no es lo suyo, ¿verdad?

–No. A decir verdad, prefiero las películas de misterio y suspense –respondió él.

–Estoy segura de ello. Lo tendré en cuenta para la próxima vez.

–No habrá una próxima vez –afirmó él con un tono mezcla de amenaza y sarcasmo.

–Es una lástima –respondió ella, sosteniendo su penetrante mirada–. Aunque, al final, todos mis intentos resultaron infructuosos, todo fue muy divertido.

El presentador se rio entre dientes.

–Me encantó esa historia de cuando trató de hacerle llegar una caja de dulces con un mensaje.

–Ni siquiera consiguió pasar el control de seguridad –dijo Carly con ironía.

Hunter arqueó una ceja y se dirigió a ella como si él fuera el presentador del programa.

–Pero lo mejor de todo fue cuando solicitó un puesto de trabajo en mi empresa.

A pesar de la rabia que sentía, Carly hizo un esfuerzo y trató de poner su mejor sonrisa.

–Esperaba conseguir, a través de una entrevista de trabajo, un contacto más personal con usted.

–¿Un contacto más personal, dice usted, señorita Wolfe? –intervino Brian O'Connor con ironía.

Hunter clavó deliberadamente la mirada en los labios de Carly y luego en sus ojos.

–No me cabe duda de que los encantos de la señorita Wolfe son más eficaces en persona.

Carly sintió el corazón latiéndole con fuerza. Aquel hombre no solo estaba poniéndola a prueba, estaba acusándola de flirtear descaradamente con él.

–Lo único cierto –exclamó ella, tratando de ocultar su indignación– es que mientras usted hace lo posible por escabullirse, yo trato, en cambio, de buscar el contacto directo con las personas.

–Sí –replicó Hunter con un tono a la vez acusador y sensual–. No hace falta que lo diga.

Carly apretó los labios. Si iba a ser acusada de usar sus encantos femeninos como herramienta de negociación, podría hacerle al menos una pequeña demostración. Se echó un poco hacia atrás y cruzó las piernas, de modo que la falda del vestido se le subió por encima de medio muslo.

–¿Y a usted? ¿No le gusta el contacto con la gente? –preguntó ella, en tono inocente.

Él bajó instintivamente la mirada hacia sus piernas.

Fue solo una fracción de segundo, pero lo suficiente para darse cuenta del poder de sus encantos y de su intención de hacerle perder la cabeza. Sin embargo, conservó la serenidad.

–Eso depende de con quién esté. Me gustan las personas interesantes e inteligentes. Codificó el currículum que me envió a la oficina con mucha creatividad. Usó un sencillo cifrado por sustitución, muy fácil de descifrar, pero, aun así, consiguió que llegara directamente hasta mí.

–Como experto en protección de datos, pensé que apreciaría el esfuerzo.

–Y así fue –respondió él con una pequeña sonrisa pero sin bajar la guardia en ningún momento–. Mi silencio sobre el asunto debería haber sido, para usted, respuesta suficiente.

–Creo que un simple «sin comentarios» habría sido más elegante por su parte.

–Dudo de que se hubiera conformado con eso. Y ahora, dado que rechacé su oferta de entrevistarme, tengo que devolverle el anillo decodificador que me envió como regalo.

Mientras se oían murmullos de todo tipo entre el público asistente, Hunter metió la mano en el bolsillo del pantalón y, sin dejar de mirarla, sacó de él un pequeño objeto. Ella se quedó aturdida y desconcertada, mientras él extendía el brazo hacia ella con el anillo en la mano.

–Casi llegué a pensar que, con tal de perseguirme, se apuntaría también al gimnasio de boxeo al que voy a entrenarme.

A juzgar por su tono de voz, parecía casi decepcionado de que no lo hubiera hecho.

Ella pareció recobrar la seguridad en sí misma. Sonrió y alargó la mano.

–Si hubiera sabido que frecuentaba ese tipo de instalaciones deportivas, habría ido allí a verle.

Hunter depositó el anillo en la palma de su mano. Ella percibió la calidez de sus dedos en la piel y sintió como si una corriente eléctrica de un millón de voltios le recorriera todo el cuerpo.

–De eso, no me cabe ninguna duda –replicó él.

Carly tuvo la sensación de que aquel hombre estaba pendiente de todos sus gestos como si pretendiera registrarlos en alguna de sus bases de datos. Lo que no acertaba era a adivinar con qué propósito. Sintió un escalofrío solo de pensarlo.

Hunter siguió mirándola fijamente como esperando una respuesta, pero el presentador anunció entonces de manera providencial que iban a hacer una nueva pausa para la publicidad.

–¿Por qué me persigue, señorita Wolfe? –le preguntó él durante el descanso.

–Porque quiero que admita públicamente que su aplicación es una basura –dijo ella muy altiva.

–En tal caso, me temo que tendrá que esperar sentada.

Carly estuvo a punto de decirle algo fuerte pero, afortunadamente, el presentador anunció en ese momento el final de la pausa publicitaria.

–Señorita Wolfe, ahora que tiene al señor Hunter a su disposición, ¿qué le gustaría decirle?

«Que se vaya al infierno», fue la respuesta que acudió en seguida a su mente. Por desgracia, ese tipo de expresiones no estaba permitido en aquel programa de máxima audiencia.

–En nombre de todos los afectados, me gustaría darle las gracias por esa aplicación tan maravillosa que ha desarrollado y por los mensajes tan bonitos que envía, como por ejemplo ese de «Se acabó, nena». Enhorabuena, es usted todo un poeta. Debe de haberle llevado muchas horas componer esas frases tan sublimes.

–En realidad, solo me llevó unos pocos segundos. Se trataba de hacer mensajes cortos y directos.

–Oh, sí, y muy ingeniosos –replicó ella–. Pero lo que contribuye a hacer aún más divertida la experiencia es la avalancha masiva de correos electrónico que El Desintegrador es capaz de enviar, notificando a los amigos y seguidores de las redes sociales que una se ha quedado sola y sin compromiso. Todo un reclamo –añadió ella con una sonrisa.

–Me gusta la eficiencia –dijo Hunter–. Vivimos en un mundo muy dinámico.

–¿Sabe lo que más me gusta de su aplicación? –añadió ella, apoyando el brazo en el respaldo del sofá–. La extensa lista de canciones que se pueden elegir para acompañar al mensaje.

–Lo que no consigo entender –dijo Hunter, dirigiéndose al presentador–, es por qué la señorita Wolfe está utilizando su columna del *Miami Insider* para meterse conmigo. Creo con quien debería estar enojada sería con el hombre que le envió el mensaje... su exnovio.

–No llevábamos mucho tiempo juntos –replicó ella–. Nuestra relación no era nada serio.

–Ya, pero todo el mundo sabe que no hay odio mayor que el de una mujer despechada.

Ella comprendió que, sin saber cómo, se habían cambiado los papeles y que él era ahora el que la estaba atacando a ella. De manera sutil, eso sí.

El presentador parecía satisfecho del espectáculo que le estaba brindando a su audiencia.

–Esto no es la venganza de una mujer despechada –dijo Carly con una leve sonrisa.

–El amor y el odio son dos caras de la misma moneda –replicó Hunter.

–Yo nunca he estado enamorada, tal vez sea usted el que ha diseñado esa aplicación para divertirse despachando a sus amigas.

–No suelo guardar rencor cuando termino una relación –replicó Hunter.

–Créame. Si me hubiera sentido despechada por mi ex, me habría vengado de él, no de usted.

–La creo. Pero ¿se puede saber qué tengo yo que ver con sus problemas amorosos?

–No fue el hecho de que me dejara plantada lo que me molestó, sino el método que eligió para hacerlo: la famosa aplicación que usted inventó.

–Sí, yo la diseñé –dijo él tranquilamente.

Ella se sintió aún más indignada con esa respuesta. Era tan escueta y sincera que parecía echar por tierra toda la fuerza de su acusación. Y él lo sabía.

–Mi novio fue simplemente un cobarde. Pero usted –añadió ella, bajando la voz pero recalcando las palabras–, está explotando el lado más bajo de la gente solo por dinero.

–Por desgracia, la naturaleza humana es lo que es –dijo él, arqueando una ceja y haciendo una breve pausa antes de continuar–: Quizá el problema estribe en que usted es demasiado ingenua.

Esas palabras tuvieron la virtud de despertar el resentimiento de Carly. Ya las había escuchado antes a los dos hombres más importantes de su vida. Hunter Philips pertenecía al mismo club de hombres despiadados que su propio padre y Thomas. Un club gobernado por la impiedad, donde el dinero era el rey y el éxito estaba por encima de cualquier otra consideración.

–Ese es el tipo de excusas que contribuye a destruir la decencia de la especie humana.

Se produjo un silencio expectante tras esas palabras.

«Te has lucido, Carly», se dijo ella. «Con esas frases tan sublimes e histriónicas, a nadie le va a caber la menor duda de lo loca que estás».

Se había dejado llevar de nuevo por sus emociones. ¿Es que no había aprendido nada en esos últimos tres años?

Hunter pareció satisfecho, como si hubiera estado esperando esa reacción desde el principio.

–¿Me está acusando de ser el responsable de la decadencia de la especie humana? ¿No le parece una acusación demasiado grave para una aplicación tan insignificante? –exclamó él, frunciendo el ceño de forma aún más acentuada, y luego añadió dirigiéndose al público–: ¡Si hubiera sabido la importancia que iba a tener mi aplicación, la habría prestado más atención cuando la diseñé!

Los asistentes rompieron a reír y Carly se dio cuenta de que su papel en el programa había dejado de ser el de una simpática periodista amena y divertida para convertirse en el de una mujer amargada, despechada y algo desquiciada tras haber sido abandonada por su novio.

Hunter la miró fijamente y creyó ver en ella una gran dosis de frustración. Había conseguido desenmascararla, tocando sus puntos débiles. Ella comprendió que era algo más que un atractivo e inteligente hombre de negocios. Tenía la astucia de un zorro y el peligro de una pantera negra.

–Lamentablemente –dijo el presentador con un tono de contrariedad–, el tiempo es un imperativo en televisión y el de nuestro programa está tocando a su fin.

Hunter clavó los ojos en ella, preguntándose quién habría resultado vencedor en aquella contienda dialéctica. Ella sostuvo su mirada de forma penetrante, como si le estuviera lanzando dardos afilados para tratar de traspasar la armadura de acero en la que parecía escudarse, pero convencida de que rebotarían en ella sin afectarle lo más mínimo.

–Es una lástima que no podamos continuar esta charla otro día –dijo ella–. Me encantaría saber el motivo que le llevó a desarrollar El Desintegrador.

Por primera vez, ella percibió un destello de luz en su mirada. Tenía un brillo tan intenso que tuvo que hacer un esfuerzo para no cerrar los ojos o parpadear al menos.

–A mí también –dijo O'Connor, y luego preguntó volviéndose al público–: ¿Les gustaría escuchar la historia? –se oyó un clamor entusiasta de aprobación y entonces el presentador se dirigió de nuevo a ella–: ¿Estás dispuesta, Carly?

–Por supuesto. Pero me temo que el señor Philips esté demasiado ocupado para aceptar la invitación –replicó ella con un tono lleno de cordialidad.

Carly miró a Hunter. Seguía aparentemente impasible, pero tenía que estar librando una batalla interna para buscar una salida airosa a la comprometedora situación en que le había puesto. Disfrutaba solo de pensarlo. Era un placer mayor que el de los dardos afilados tratando de atravesar su coraza de acero. Pero su inesperada respuesta vino a poner fin a su efímera dicha.

–Si usted está dispuesta, señorita, yo también –dijo Hunter.

Capítulo 2

UN SEGUNDO show. ¿Por qué había aceptado él acudir de nuevo al plató de televisión?

Tras una breve charla con el productor del programa, Hunter se dirigió a la salida del edificio de la WTDU, sin mirar siquiera las fotos de los famosos que poblaban las paredes de los pasillos. Solo pensaba en una cosa: llegar el primero a la meta. Carly Wolfe había sido una dura adversaria, pero se había dejado llevar por su indignación. Él había sido el ganador de la prueba.

Sin embargo, cuando el presentador O'Connor había lanzado el reto de un segundo debate, él había visto la expresión desafiante de Carly, con sus ojos ámbar encendidos de ira, y había dudado. Recordó sus respuestas irónicas llenas de ingenio y espontaneidad, y su sonrisa cortante, pero a la vez seductora y desafiante. ¿Qué hombre no quedaría cautivado por la astuta y encantadora Carly Wolfe? Y eso sin mencionar el intento de querer sacarle de sus casillas con aquel descarado y espectacular cruce de piernas.

No le preocupaba la posibilidad de perder el segundo duelo verbal ni de sucumbir a sus encantos. Ella era sin duda una mujer muy hermosa y sensual. El sexo podía llegar a ser un problema para él, pero sabía que podía controlarlo. Había vivido ya una vez con una hermosa periodista y decir que su relación no había acabado demasiado bien hubiera sido un eufemismo.

Pero era de la opinión de que de los fracasos de la vida era donde más se aprendía.

La voz de Carly llamándole, en ese instante, interrumpió sus pensamientos. Volvió la cabeza y la vio acercándose a él, tratando de mantener el equilibrio sobre aquellos tacones de vértigo.

—Resulta curioso, señor Philips, que haya estado todas estas semanas tan ocupado como para no poderme dedicarme cinco minutos de su valioso tiempo y, sin embargo, haya acudido tan voluntariamente a este programa de televisión —dijo Carly secamente con tono frío y distante.

—Llámame Hunter, por favor —dijo él, tratando de sobreponerse a su embriagador perfume.

Ella le lanzó una mirada desafiante, como no dando crédito a sus palabras de acercamiento, y siguió caminando, acelerando el paso para conseguir mantenerse a su altura.

—¿Por qué insistes tanto en que te tutee? ¿Pretendes aparentar que eres un hombre con corazón?

—Por lo que parece, estás muy enfadada.

—Todo lo que quería era unos minutos de tu tiempo, pero parecías estar demasiado ocupado para atenderme. Sin embargo, te has prestado venir aquí e incluso has aceptado volver. ¿Por qué?

—Me venía bien.

Carly se puso delante de él, obligándolo a pararse o a pasar por encima de ella.

—¿Te venía bien? ¿Un sábado a medianoche? —exclamó ella con tono de incredulidad—. Se supone que deberías estar agotado después de pasar toda la semana protegiendo a tus clientes importantes de los piratas informáticos y diseñando esas aplicaciones tan simpáticas que haces. Espero que saques provecho de todo eso.

—El dinero es siempre una buena recompensa —replicó él, con ironía.

Hacía ocho años que Hunter había empezado a reconstruir su vida. Su empresa estaba empezando a darle buenos beneficios y no estaba dispuesto a pedir disculpas a nadie por ello.

–La pregunta clave es: ¿cuánto dinero has sacado de esa vergonzosa aplicación?

–Menos de lo que supones –respondió él.

–¿Hasta dónde serías capaz de llegar para saciar tu ambición?

–Eso depende de la motivación que tenga –respondió él, con una sonrisa provocadora–. Prueba a subirte la falda de nuevo y verás hasta dónde puedo llegar.

–No lo creo –exclamó ella con una amarga sonrisa–. No eres de ese tipo de hombres que pierde fácilmente el control por las piernas de una mujer. Tú no tienes sentimientos.

No. Él no podía permitirse ese lujo. La forma en que una mujer se había reído de él dos veces en los últimos diez años le hacía acreedor al premio vitalicio a la estupidez. Sin embargo, a pesar de sus amargas experiencias sentimentales, no podía dejar de admirar el cuerpo de la mujer que tenía enfrente: su piel tostada por el sol, su sedoso pelo castaño y la figura que se adivinaba bajo su exiguo y sugerente vestido capaz de despertar las fantasías eróticas de cualquier hombre.

–¿Tan mal concepto tienes de mí?

–Creo que eres un hombre sin alma ni corazón. Un canalla cuya única preocupación en la vida es ganar dinero como sea. Perteneces a esa clase de hombres que no puedo soportar.

–En ese caso, no deberías haberme desafiado a volver contigo al programa.

–Fue una decisión de última hora –respondió ella, con la barbilla alzada–. Pero no me arrepiento. Sospecho que la única razón que te ha llevado a presentarte aquí esta noche ha sido la publicidad gratuita que el programa de O'Connor puede darle a tu vergonzosa aplicación.

–No habría venido aquí si no hubiera sido por ti.

Carly los miró con los ojos entornados, llenos de odio.

–Si vas a obtener un beneficio económico del debate

de esta noche, deberías enviarme al menos un ramo de flores, como muestra de gratitud.

–Tal vez, lo haga –respondió él, con una sonrisa.

Ella se mordió la lengua para no decirle lo que le hubiera gustado en ese momento.

–Prefiero las orquídeas a las rosas y me gustaría un ramo que fuera original –dijo ella finalmente, cruzando los brazos por debajo de los pechos, realzándolos así de modo excitante, ante la atenta mirada de Hunter que se preguntaba si lo estaría haciendo solo para provocarlo.

–Trataré de recordar tus preferencias florales –dijo él, dirigiéndose a la salida.

El lunes, a última hora de la tarde, Hunter se abrió paso entre la gente que abarrotaba el lujoso vestíbulo del SunCare Bank. Sonó en ese momento su teléfono móvil. Miró el número que aparecía en la pantalla: era Pete Booker, su socio.

–Acabo de entregar la propuesta del SunCare. ¿Pensé que te ibas a encargar tú de ello?

–A ti se te dan mejor esas cosas. Tienes unas grandes dotes de negociador con los clientes –dijo su socio–. Yo no consigo entenderme con ellos.

–Tal vez sea porque esperas que hablen en código binario como los ordenadores.

–Es el lenguaje del futuro, amigo –dijo Pete Booker–. No tengo tu don de gentes, pero creo que he hecho un buen trabajo con nuestro nuevo software de encriptación multiplataforma. Lo he terminado en un tiempo récord. Creo que me merezco un aplauso.

Hunter contuvo la sonrisa. Su amigo había sido un superdotado ya en el instituto y con el tiempo se había convertido en un friki de la informática, un apasionado de la técnica. Pero odiaba las reuniones. Él, en cambio, era todo lo contrario. Se sentía a gusto hablando y negociando con los clientes sobre seguridad informática y protección de datos, pero carecía de los profundos conocimientos técnicos de Booker. La madre naturaleza había repartido equitativamente sus dones entre ellos: Booker era el cerebro técnico y él el encargado de llevar el negocio. Se complementaban perfectamente. Formaban un gran equipo en el que cada uno confiaba plenamente en el trabajo del otro.

–Pero no te he llamado para que me aplaudas –continuó diciendo Booker–, sino para informarte de que tenemos un problema.

Habituado a la tendencia de su amigo a ver problemas y conspiraciones por todas partes, Hunter adoptó el papel de hombre de negocios sensato y responsable, con los pies en la tierra.

–¿Has vuelto a ver a alguno de tus misteriosos helicópteros negros silenciosos?

–No te burles, Hunt. ¿Quieres oír lo que tengo que decirte o no?

–Solo si se trata de un nuevo avistamiento de Elvis –replicó Hunter, bromeando.

–No tiene nada que ver con eso –replicó Booker–. Se trata de Carly Wolfe.

Hunter frunció el ceño al escuchar el nombre de su encantadora enemiga. Empujó la puerta giratoria del banco y salió a la calle. Una calle bulliciosa, poblada de rascacielos.

–¿Y bien?

–Tal como me sugeriste, llevé a cabo una pequeña investigación sobre esa mujer. Su padre es William Wolfe, el propietario de Media Wolfe, un poderoso grupo de medios de comunicación de ámbito nacional –dijo Booker, y luego añadió tras hacer una pausa para dar mayor relieve a sus palabras–: Tengo que decirte que el canal WTDU de televisión forma parte del grupo.

Hunter se detuvo en seco como si acabara de escuchar una alarma, mientras la gente seguía pasando a su lado a toda prisa. Carly Wolfe iba a suponer para él un problema mayor del que al principio se había imaginado.

Respiró hondo, tratando de vencer la sensación de disgusto que sentía. Hasta ahora, había pensado que Carly Wolfe había tenido con él una conducta descarada pero franca, persiguiendo como único objetivo conseguir una entrevista con él. Y lo había hecho sin esconderse, dando la cara. No como su ex, que lo había hecho a sus espaldas valiéndose de todo tipo de maquinaciones. Aunque no había reglas escritas en el conflicto que Carly y él venían manteniendo desde hacía días, había una especie de acuerdo tácito, unas reglas implícitas entre caballeros. Si bien, costaba mucho poder calificar con ese nombre a una mujer como ella.

En su opinión, Carly había traspasado la línea de la rivalidad para adentrarse en el terreno del juego sucio. Porque no habría hecho uso de su ingenio y simpatía para conseguir ir al programa. No. Habría descolgado el teléfono y habría llamado a su padre para valerse de su influencia.

—Tu presencia por segunda vez en el show de Brian O'Connor será solo el comienzo de una larga cadena de problemas —dijo Booker, ahora más serio—. Con los contactos que esa mujer tiene en televisión, puede conseguir que ese conflicto se prolongue indefinidamente, con el grave perjuicio que eso ocasionaría a los intereses de nuestra empresa.

Hunter apretó los puños, lleno de rabia. Firewall Inc. no era solo una empresa destinada a ganar dinero, representaba para él mucho más que eso: sus señas de identidad, la reconstrucción de una vida que había creído destruida en un momento dado.

—Espero que se te ocurra algo —dijo Booker—. Yo me siento perdido con este tipo de problemas.

Como de costumbre, el peso de la responsabilidad recaía sobre sus hombros. Apretó el móvil con fuerza. Ocho años atrás, Booker había estado a su lado, apoyándolo en todo, cuando el resto de sus amigos lo habían abandonado y su reputación y su honor habían sido puestos en entredicho. Había conseguido finalmente sobreponerse y había creado una empresa con la que no solo había logrado el éxito que buscaba, sino también rehacer su vida. Pero sabía muy bien que nada de todo eso habría sido posible sin la ayuda y la lealtad de su amigo.

Trató de relajarse. Aflojó la tensión de la mano que sujetaba el móvil.

–No te preocupes, yo me encargaré de solucionarlo.

No sabía cómo. Pero, para empezar, pensó que lo mejor sería tener unas palabras con la señorita Wolfe.

Tras su intento fallido de encontrar a Carly Wolfe en su oficina, consiguió finalmente hablar con su compañera de trabajo, una extravagante joven de estética gótica.

Dos horas después, Hunter circulaba en su coche por una humilde barriada de las afueras de Miami, poblada de pequeños apartamentos y almacenes abandonados o medio en ruinas. ¿A qué tipo de personas habría ido ella a entrevistar por aquellos andurriales?, se preguntó él. Un área tan alejada de los modernos y exclusivos barrios de Miami. La zona le pareció peligrosa y se puso en alerta, procurando extremar las precauciones.

Detuvo el coche frente a un edificio de estructura metálica que correspondía a la dirección que la chica gótica le había dado. Aparcó detrás de un Mini Cooper azul bastante nuevo que parecía fuera de lugar en aquel sitio. Nada más apagar el motor, vio a Carly saliendo de un callejón que había entre dos almacenes destartalados. Iba muy ensimismada hablando por el móvil.

Sonrió satisfecho de haber podido finalmente dar con ella. Pero se le heló en seguida la sonrisa al ver a dos hombres de veintitantos años saliendo por la puerta de uno de los almacenes detrás de ella, siguiéndola. Los dos eran muy corpulentos y atléticos. O eran sicarios de una banda de gánsteres o zagueros de un equipo de rugby profesional. Llevaban una sudadera con la capucha puesta. Tenían los hombros encorvados y las manos metidas en los bolsillos. Cualquiera que les viera diría que tenían frío o que estaban escondiendo algo.

Se acercaron con paso decidido hacia Carly, con intenciones que no parecían dejar lugar a dudas. Hunter se puso en guardia y activó su estado de alarma a Defcon Uno: peligro inminente.

Dejando a un lado las rencillas que pudiera tener con Carly y, con la adrenalina corriendo a torrentes por sus venas, metió la mano en la guantera del coche.

–Abby, habla más despacio –dijo Carly por el móvil, tapándose el otro oído con la mano para tratar de escuchar la voz de su amiga, entre los ruidos de la ciudad que parecían amplificarse entre aquellos callejones llenos de grafitis–. No consigo entenderte una palabra.

–Vino a la oficina y me preguntó dónde estabas –replicó Abby en voz baja, como presagiando algo malo–. Creo que las cosas se van a poner feas.

Carly sonrió. Su amiga parecía estar anunciando el día del Juicio Final. Abby, la joven gótica con la que Hunter había estado hablando era la mejor amiga de Carly. Tenía fama de pesimista aunque casi siempre acertaba. A pesar de que había vaticinado a Carly que acabaría atada y amordazada en el interior del maletero de un coche, su entrevista con aquellos dos artistas urbanos del grafiti había salido mejor de lo esperado. Podían dar la apariencia de dos gánsteres, pero su talento artístico natural la había deslumbrado.

–¿De quién me estás hablando? –preguntó Carly.

–De Hunter Philips.

Carly se tambaleó ligeramente. Apretó el teléfono entre los dedos, tratando de aislarse del ruido y de alguna conversación espuria que parecía haberse acoplado a la línea.

–¿Y qué le dijiste?

–Lo siento, Carly –comenzó diciendo Abby con tono quejumbroso–. Le dije dónde estabas. Yo no quería, pero me pilló por sorpresa. Es un hombre tan... tan...

–Lo sé, lo sé –replicó Carly suspirando, ahorrándole a su amiga pasar por el trago de tener que describir a Hunter.

–Exactamente –exclamó Abby, como si todo hubiera quedado completamente claro entre ellas.

Carly se sintió aliviada de no tener que escuchar la descripción detallada de los encantos de Hunter Philips. Era un hombre demasiado cauto y reservado para ser un playboy y tenía demasiada seguridad en sí mismo para ser un simple conquistador de barrio. Al margen de su mirada de hielo, era un hombre terriblemente atractivo y sexy. Ella le encontraba tan fascinante que a duras penas había podido concentrarse en la aburrida tarea que le habían encomendado esa mañana sobre la apertura de un nuevo club nocturno. Una nueva historia a añadir a su extenso dosier de artículos sobre el club de moda, la galería de arte recientemente inaugurada o alguna de esas estúpidas nuevas tendencias. Pero ¿qué mujer podría concentrarse cuando un hombre tan enigmático como Hunter Philips ocupaba sus pensamientos?

Esa noche, sin embargo, esperaba poder librarse de su obsesiva imagen trabajando como una esclava en su artículo sobre los artistas del grafiti. Otro profundo trabajo de análisis que su jefa probablemente no se molestaría en publicar y tal vez ni siquiera en leer.

–Gracias, por la advertencia, Abby –dijo ella suspirando de nuevo.

–Ten cuidado, ¿vale?

Carly tranquilizó a su amiga diciéndole que tendría cuidado y colgó el teléfono. Seguía aún tan ensimismada con Hunter, que no vio siquiera al hombre que se acercaba a ella con gesto de preocupación. Se chocó con él bruscamente, sintiendo en sus pechos la dureza de su cuerpo. Una oleada de adrenalina disparó su sistema nervioso. Cuando alzó la vista y vio la cara de Hunter Philips, creyó derretirse del todo.

Hunter le pasó entonces un brazo por alrededor de la cintura y la agarró con fuerza, pegándose lateralmente a ella y obligándola a darse la vuelta. Carly se sintió confusa y desconcertada, presa de una mezcla de emociones y sentimientos contradictorios.

Los fríos ojos azul pizarra de Hunter se clavaron en los dos hombres que ella acaba de entrevistar. Su rostro parecía un molde acero. Apretó el cuerpo de forma protectora contra el de Carly y entonces ella notó en la cadera la presión de un objeto duro que debía llevar en el bolso de su chaquetón de cuero. Todas las alarmas comenzaron a sonar en su cabeza. Se imaginaba lo que debía ser aquel objeto pero no acertaba a entender qué podía hacer allí.

Escuchó entonces la voz de Hunter llena de autoridad dirigiéndose a los dos jóvenes.

–Creo que deberíais largaros de aquí –dijo él, mirándolos fríamente y transmitiendo la impresión de que estaba dispuesto a luchar con ellos si fuera necesario.

Thad, uno de los jóvenes, se acercó a Hunter con cara de pocos amigos.

–¿Quién le ha pedido su opinión?

Hunter se puso en guardia, con los músculos en tensión. Los dos fornidos jóvenes parecían haber participado ya en muchas peleas, pero la voz de Hunter volvió a salir firme y sin el menor atisbo de miedo. Carly tuvo la impresión de que debía de estar casi disfrutando con aquello.

–Nadie –contestó Hunter, en tono de amenaza–. Pero yo voy a dárosla de todos modos.

Thad se encrespó, pero Marcus, su colega, miró a Hunter con cautela, como si presintiera que era alguien peligroso con el que no debían meterse.

–Tranquilícese, hombre. Somos buena gente –dijo Marcus a Hunter, agarrando mientras tanto a su amigo por la sudadera–. Solo veníamos a decirle a Carly que se dejó olvidada la grabadora.

–Sí –añadió el otro, volviéndose a encarar con Hunter–. Y no le hemos pedido su ayuda.

Carly estaba empezando a marearse con aquella incontrolada demostración de testosterona entre los tres hombres. Pero afortunadamente, las aguas parecían haber vuelto a su cauce.

–Hunter, todo ha sido un malentendido. Estos son Thad y Marcus –dijo ella, señalando con la cabeza a cada uno de ellos–. Acabo de hacerlos una entrevista.

Hunter miró a Carly con cara de estupefacción como si pensara que acababa de escaparse de un sanatorio para enfermos mentales. Ella alargó la mano hacia Thad para que le diera la grabadora. El joven metió la mano en el bolsillo del pantalón y entonces Hunter volvió a ponerse en tensión y apretó a Carly contra su cuerpo, de forma instintiva y protectora, sin perder de vista un solo instante al grafitero. Ella volvió a sentir entonces aquel objeto duro en la cadera.

¿Qué demonios sería?

Thad le dio la grabadora y Carly se despidió de los dos.

–Os llamaré la semana que viene para fijar la fecha de la entrevista final.

Thad guiñó un ojo a Carly y lanzó a Hunter una mirada envenenada. Luego los dos amigos volvieron al callejón y se metieron por la puerta lateral del almacén.

Hunter se quedó mirándolos durante unos segundos y después se volvió hacia Carly.

–No puedes estar hablando en serio. ¿De veras has estado entrevistándolos?

–¿Y por qué no?

Carly lo miró fijamente. No sabía si insultarle por mostrar tan poco respeto por sus irascibles entrevistados o darle un beso por salir a defenderla pensando que iban a atacarla.

A pesar de que la situación se había resuelto pacíficamente, veía que él seguía con todos los músculos en tensión, como si pensara que la cosa podría volver a complicarse. Por supuesto, ella no dejaba de mirarlo, fascinada con cada centímetro de su cuerpo. Y había muchos centímetros que admirar. Todos ellos tan duros como una roca. Podía dar fe de ello: sentía el contacto de su pecho fuerte y sólido en el hombro, su brazo atenazándole la cintura y su atlético y poderoso muslo apretado contra su pierna. No se parecía en nada a esos tipos blandengues con los que solía salir. Todo su cuerpo parecía una perfecta máquina de guerra dispuesta a entrar en funcionamiento ante la menor amenaza.

Al pensar en ello, creyó adivinar la naturaleza del objeto duro que seguía sintiendo en la cadera.

–¿Es un pistola eso que llevas ahí? –preguntó ella sin más rodeos.

En realidad, era una pregunta retórica, porque ella sabía la respuesta. Había sido su héroe salvador, pero quería saber con certeza de qué lado de la ley estaba.

–Tal vez solo sea que me siento muy feliz de verte.

Ella pareció sorprendida por su respuesta. Pero en seguida de dio cuenta de que se había valido de aquel viejo y estúpido chiste de intención sexual.

–En tal caso, debes de tener una seria anomalía anatómica –dijo ella, dispuesta a seguirle el juego.

–No tengo ninguna malformación en mi anatomía –respondió él, con una sonrisa.

Ella estaba convencida de eso, pero creía poder admirar perfectamente la belleza de un hombre sin sucumbir necesariamente a sus encantos. Y esperaba que Hunter no acabara siendo una excepción, porque ese aire suyo imperturbable sobre aquel cuerpo glorioso y atlético le producía una excitación como nunca había sentido hasta entonces por ningún hombre.

«Recuerda, Carly, lo que te pasó la última vez que encontraste a un hombre fascinante», le dijo una voz interior. «Al final fuiste víctima de tus propias emociones».

No, ella no iba a dejarse dominar de nuevo por ese tipo de fantasías. Estaba consolidándose en su carrera como periodista y eso era lo más importante para ella en ese momento.

–¿Quién eres realmente? –preguntó ella, soltándose de él, muy a su pesar–. Y no me digas que eres un simple consultor de informática porque, desde que te vi por primera vez en el programa, supe que eras algo más. Mi instinto me lo dijo y ahora he comprobado que no me engañó.

–¿Y qué más cosas te dijo tu instinto? –preguntó él a su vez, sin dejar de mirarla.

–Que podrías haberte deshecho fácilmente de esos dos chicos solo con tus propias manos.

Tras una larga pausa en la que Hunter permaneció en silencio, ella tomó una decisión para despejar sus dudas. Quería confirmar de forma fehaciente que llevaba una pistola en el costado y solo veía una forma de comprobarlo. Tenía que pasar a la acción.

Sintió un sudor frío en las manos solo de pensar en el plan que acaba de ocurrírsele.

Armándose de valor, se acercó a él hasta casi rozarse sus cuerpos.

–Sí, creo que podrías haberte deshecho de ellos sin arrugarte siquiera la ropa –dijo ella en un tono lleno de sensualidad, poniéndose a girar lentamente alrededor de él–. Sin mancharte siquiera esa camisa blanca inmaculada que llevas –él la seguía expectante con la mirada mientras ella comenzaba a sentir un surco de sudor corriendo entre sus pechos–. Sin estropearte la raya de los pantalones, ni tu elegante chaqueta de cuero negro...

Con el corazón latiéndole a toda velocidad, Carly se detuvo frente a él y comenzó a deslizar los dedos por el borde de su chaqueta como si quisiera disfrutar del contacto de su textura.

–¿Estoy en lo cierto? –preguntó ella, mirándolo fijamente a los ojos–. ¿No es verdad que los habrías despachado con sendos ganchos de derecha y habrías salido victorioso sin un rasguño?

Con mucha precaución, comenzó a levantar lentamente el borde la chaqueta para tratar de echar un vistazo a lo que podía llevar debajo.

Hunter frunció el ceño y se ajustó la chaqueta con la mano para que ella no pudiera ver nada.

–Es posible –respondió él escuetamente.

Llena de frustración, Carly apartó la mano, decepcionada. Su plan había fracasado. Aquel hombre le parecía cada vez más astuto y a la vez más cautivador.

Se le ocurrió entonces un nuevo plan para tratar de conseguir su objetivo.

–¿Has sido acaso un delincuente en el pasado? Ya sabes a qué me refiero –dijo ella, inclinando la cabeza con aire misterioso–. A uno de esos piratas informáticos que atacan y corrompen los ordenadores y luego crean una empresa de productos antivirus para proteger los sistemas de datos de las empresas contra los ataques de individuos como ellos mismos.

Hunter se apoyó en la pared del callejón pintarrajeada de grafitis y se cruzó de brazos, como si le divirtiera la pregunta. A decir verdad, parecía divertirle toda aquella situación.

–¿Qué te dice tu instinto infalible? –dijo él.

–Que eres algo más de lo que aparentas.

Carly se acercó a él y se apoyó sobre la pared metálica del callejón. Tuvo que alzar la barbilla para mirarlo a los ojos. No era fácil coquetear con un hombre bastante más alto que ella. Pero ¿por qué estaba coqueteando con un hombre del que no sabía aún de qué lado de la ley estaba?

–¿Vas a responder de una vez a mi pregunta? –exclamó ella arqueando una ceja, viendo que él permanecía impasible sin mover un solo músculo–. Por lo que he podido ver eres un tipo peligroso. Representas una amenaza y creo que debería salir corriendo en busca de ayuda.

–No soy ninguna amenaza –respondió él finalmente, incitado por esa acusación.

–Entonces, ¿por qué llevas una...?

–Trabajé en el FBI hace tiempo.

Carly frunció el ceño, decepcionada. Había esperado que su respuesta aplacara la atracción que sentía hacia él, pero, por el contrario, no había hecho más que aumentar su fascinación.

–¿Y se puede saber qué hace un exagente del FBI persiguiéndome?

Él se volvió hacia ella. Su imponente presencia parecía ahora más intimidatoria e inquietante después de su revelación. Al igual que el amor y el odio, los criminales y los representantes de la ley eran las dos caras de una misma moneda.

–Quería preguntarte cuánto tiempo piensas seguir haciendo uso de las influencias de tu familia para hostigarme.

Ella bajó la cabeza, sorprendida al oír esas palabras. Un intenso rubor subió por sus mejillas. ¿Usar las influencias de su familia? Al parecer, él había sacado la impresión equivocada de que su padre la estaba ayudando en su carrera. Pero no quería discutir ese asunto con él.

–No tengo tiempo de discutir esto ahora contigo. Tengo que ir a hacer otra entrevista.

Hunter la miró con gesto adusto, decidido a no dejarla marchar tan fácilmente.

–En ese caso, te acompañaré.

Capítulo 3

HUNTER se sentó en la última fila del viejo teatro, junto a Carly. La sala estaba completamente vacía. Solo estaban ellos dos, el personal del teatro y tres hombres desnudos en el escenario bailando y cantando textos de Shakespeare con una guitarra eléctrica. Estaban representando *Hamlet, el musical*. Un espectáculo bastante único. Hunter supuso que la desnudez de sus protagonistas sería un toque extra añadido para despertar el interés de un público tan saturado de espectáculos como el de Miami. Pero, si había un Dios, y era benevolente y misericordioso, aquello acabaría pronto y él podría volver a sus quehaceres diarios, entre los que figuraba ahora su conflicto con Carly. Se removió inquieto en el asiento.

—¿Cuándo se supone que vas a entrevistar a Hamlet? —le preguntó a Carly al oído.

—Tan pronto como acabe el ensayo general —susurró ella.

Él no era muy aficionado al teatro, pero sabía que el ensayo general era el ensayo previo al estreno y que por tanto solía hacerse con los vestidos de época propios de la representación.

Volvió a mirar, con cara de sorpresa, a los tres actores desprovistos de todo tipo de vestimentas.

—No entiendo cómo pueden llamar a esto un ensayo general —comentó él.

—Tienen que hacer una representación con el mismo atuendo que usarán luego el día del estreno. Eso pareció aclararle a Hunter todas las dudas. Se fijó entonces en uno de los actores que daba vueltas alrededor del escenario con sus atributos masculinos desplazándose por efecto de la fuerza centrífuga.

–Esto va más allá de la desnudez –murmuró él.

Carly sonrió, dispuesta a poner un toque de buen humor en la conversación.

–El miércoles tengo que entrevistar a un participante en el certamen anual de *drag queens* en el Pink Flamingo, si quieres puedes acompañarme allí también.

–¿Qué clase de periodista eres tú? –dijo él, lanzándole una mirada escéptica

–Una periodista de actualidad, especializada en el mundo del arte y el espectáculo.

Lo actores, en ese momento, se habían colocado en línea junto a la embocadura del escenario para cantar un tema a coro. Hunter, al ver la imagen de los tres caballeros desnudos bailando una especie de cancán, estuvo tentado de marcharse de allí.

–Creo que tienes un concepto demasiado amplio de lo que es un espectáculo –dijo él secamente.

–¿Te sientes incómodo con la obra? –susurró ella, inclinándose hacia él lo suficiente para hacerle sentir la calidez de su voz y la frescura de su perfume.

Él la miró fijamente y pensó qué podría ser más perjudicial para él: si el espectáculo horrendo y patético que estaba presenciando en aquel teatro o la forma descarada con que ella trataba de coquetear con él. Lo uno le hacía daño a la vista, pero lo otro podría dejarlo marcado de por vida. La veía como una de esas mujeres a las que les gustaba manipular a los hombres usando sus encantos personales. Sin embargo, también se sentía impresionado por el valor que había demostrado. Solo una persona muy valiente o muy estúpida se atrevería a adentrarse en un callejón de los bajos fondos más peligrosos de la ciudad. Recordó su fingido acto de seducción, tocándole la chaqueta de cuero para tratar de ver si en efecto llevaba una pistola. Sintió que estaba empezando a cruzar una línea peligrosa. Carly le gustaba.

–No –mintió él, convencido de que ella esperaba que no pudiera soportar aquel estrafalario y extravagante musical y se marchara del teatro.

Pero no tenía ninguna intención de dejar a medias la discusión que habían iniciado en el programa de televisión. Por mucho que ella empezase a gustarle, tenía que proteger los intereses de su empresa. Volvió a fijar su atención en el escenario, armándose de valor para poder seguir aguantando aquel esperpento.

–Tengo que admitir, sin embargo, que me sentiría más cómodo en el callejón de un barrio infestado de delincuentes que aquí –añadió él.

–¿Prefieres más a dos delincuentes con dotes artísticas que a tres actores?

–Yendo vestidos, sí.

–Supongo que yendo vestidos les resultaría más fácil ocultar un arma de fuego si fueran realmente con malas intenciones –dijo ella, burlándose de su equivocación.

–Yo, al menos, tengo licencia de armas. Dudo mucho que esos dos la tuvieran –replicó él, y luego añadió, mirando de nuevo al escenario–: Créeme, por más voluntad que pongo, no puedo soportarlo.

–Prométeme que no dispararás a los actores –dijo ella con una sonrisa.

–He dejado mi Glock en la guantera del coche –replicó él mirando de reojo al escenario donde el actor que interpretaba a Hamlet bailaba en ese momento una giga escocesa–. Aunque ganas me están dando de ir a por ella.

–Nunca imaginé que para trabajar en una consultora de seguridad informática fuera necesario llevar un arma de fuego –afirmó ella.

Aunque sus palabras estaban impregnadas de su sarcasmo habitual, podía adivinarse cierta curiosidad en la expresión de su rostro y en el brillo de sus ojos de color ámbar. Hasta entonces, la había visto como otra mujer atractiva más de las muchas que se habían cruzado en su vida, pero tras aquella experiencia en el callejón, donde la había sentido tan cerca, había empezado a verla de un modo diferente. Desde lo de Mandy y tras su dedicación a Firewall Inc., sus relaciones con las mujeres habían sido muy escasas y esporádicas.

El lado bueno era que se había evitado muchos problemas. Y, por eso mismo, no estaba dispuesto a complicarse la vida ahora con Carly Wolfe.

–Habitualmente, no llevo armas –replicó él–. Llevaba la Glock en la guantera del coche porque pensaba ir a practicar a la galería de tiro donde suelo ir antes de entrar a trabajar.

–¿Por qué dejaste el FBI?

Hunter la miró a los ojos y creyó ver en ellos la misma calidez que había visto el día que la vio por primera vez en el monitor de televisión de los estudios de la WTDU. ¿Qué pensaría de él si le contase toda la verdad? Había ciertas cosas que él nunca podría divulgar. Ciertas informaciones confidenciales sobre él que el FBI tenía archivadas como material clasificado.

–Estaba trabajando en un caso en el que había un grupo de piratas informáticos especializados en piratear tarjetas de crédito. Una rama del crimen organizado ruso estaba blanqueando dinero. Me acusaron de filtrar información a la banda y me abrieron un expediente disciplinario.

–¿Y lo hiciste? –preguntó ella, mirándolo a los ojos.

Hunter encajó esa pregunta igual que si hubiera recibido un directo en el hígado. Había visto la expresión de duda y recelo reflejada en las caras de sus colegas. Nadie, a parte de sus padres y de Pete Booker, había creído en él. Ni siquiera después de que le declararon inocente y libre de cargos. ¿Por qué iba a esperar que ella creyera en él? Sintió un deseo de venganza ante su orgullo herido. Y qué mayor venganza que negarse a responder a una mujer entrometida.

–¿Tú qué crees? –dijo él.

–No lo sé. ¿Por qué no me lo dices tú?

Se produjo un largo silencio que a Carly se le hizo una eternidad. Contuvo el aliento esperando la respuesta de Hunter. Aquella historia oscura sobre su pasado había despertado su curiosidad.

–Dejaré que saques tus propias conclusiones –respondió él finalmente.

Carly se quedó desconcertada. Aquel hombre parecía dispuesto a sacarla de quicio.

–¿Cómo acabó todo?

–Se abrió una investigación y al final se cerró el caso por falta de pruebas –respondió él con indiferencia–. Luego abandoné la organización por voluntad propia.

Por el tono de su voz, era evidente que deseaba dar por zanjada esa conversación. Pero su respuesta no había dejado claro si los cargos contra él eran falsos o si, por el contrario, eran ciertos y había sido declarado inocente solo por falta de pruebas. Solo él sabía la verdad. Una verdad que ocultaba celosamente bajo aquel rostro impenetrable.

–Ser exagente del FBI ha debido servirte de gran ayuda en tu negocio, ¿no?

Él la miró de manera incisiva y mordaz.

–Tanto como ha debido de ayudarte a ti en tu carrera ser la hija de William Wolfe.

Ella sintió como si le hubieran dado un codazo en el estómago. De hecho, se encogió instintivamente como para protegerse. Le disgustaba hablar de su padre. Hubiera deseado que los tres actores desnudos que seguían cantando los textos de Shakespeare hubieran conseguido que Hunter se marchara del teatro. Pero era evidente que él no se asustaba fácilmente.

–Mi padre no me ha ayudado tanto como crees. Siempre quiso que me abriera camino en la vida por mi cuenta –dijo ella muy serena–. Cuando conseguí mi primer trabajo en un periódico de California nadie supo quién era mi padre hasta un año después.

–Supongo que eso debió de ser una gran sorpresa para todos.

–Sí, mi jefe comenzó a tratarme de forma más amable al enterarse.

En efecto, su jefe empezó a tenerla mejor considerada hasta que ella tomó una decisión que puso en jaque tanto su vida personal como profesional. Su padre, fiel a su palabra, no acudió en ningún momento en su ayuda... ni siquiera cuando más lo necesitaba.

Carly recordó aquello con dolor. Se apoyó en el brazo del asiento y miró al escenario. Por fortuna, la música se puso a sonar a todo volumen en ese instante, mientras Hamlet, con el trasero al aire, se desgañitaba recitando a voz en grito su célebre monólogo, levantando hacia el cielo la calavera de Yorick con cada explosión orquestal.

No, ella nunca había gozado del apoyo y el reconocimiento de su padre. Pero, al menos, había logrado ganarse la confianza y el respeto de su jefa actual y una cierta libertad para elegir los temas de sus artículos. Con ello, había conseguido recuperar parte de la dignidad perdida.

–California queda muy lejos –dijo Hunter cuando la música se apaciguó–. Tu padre debió de alegrarse mucho cuando el *Miami Insider* te contrató y volviste a la ciudad.

–Te equivocas. Mi padre cree que tomé una decisión equivocada cuando acepté el trabajo. Piensa que un periódico digital semanal no tiene ningún futuro.

–¿Me quieres decir que tu padre no ha tenido nada que ver en ese montaje que preparaste en el programa de Brian O'Connor?

Carly no pudo evitar ahora soltar una carcajada ante lo absurdo de la pregunta de Hunter.

–Mi padre nunca haría conmigo esa clase de favoritismos.

–En todo caso, parece mucha casualidad que el debate tuviera lugar en uno de los canales de televisión propiedad de tu padre.

–Te repito que él no tuvo nada que ver. Me puse en contacto con el productor del programa y...

–Nadie te habría dado ni la hora, si no fueras la hija de William Wolfe.

No era tan estúpida como para negarlo. Alguna ventaja tenía que tener llevar el apellido Wolfe.

–Eso es cierto, pero O'Connor es un fan de mi columna y apoyó en seguida mi proyecto desde el principio. Solo pretendía expresar mi queja sobre tu aplicación.

–Quiero que pongas fin inmediatamente a esta absurda campaña contra mí.

–Antes tienes que admitir que El Desintegrador es una basura apestosa.

–Está bien. Lo admito.

–No es suficiente –dijo ella, negando con la cabeza, y luego añadió con una sonrisa de triunfo–: Tienes que admitirlo públicamente delante de las cámaras de televisión.

–No pienso hacer tal cosa –replicó él con una voz suave, casi acaramelada.

–Entonces será mejor que te vayas preparando.

–Estoy preparado para defenderme de tus sarcasmos, de tus palabras hirientes, del arsenal de tus encantos y... –hizo una pausa para mirarle las piernas– de la subida accidental de tu falda enseñando medio muslo.

–Usaré cualquier medio para conseguir la historia que hay detrás de esa aplicación.

Hunter sonrió diabólicamente. Ella sintió, al mirarlo, un escalofrío.

–No lo conseguirás ni con la minifalda más corta del mundo. Te venceré en tu propio juego.

–Muy bien. Tomaré eso como un desafío. Te propongo una cosa. Si consigo sacarte la información que busco, seré yo la vencedora, pero, si eres capaz de resistirte, tú habrás ganado.

–¿Y cuál sería mi premio? –dijo él suavemente.

–Aún no lo tengo decidido.

–Está bien, pero espero que juguemos en igualdad de condiciones y que no trates de capitalizar el apellido de tu padre. Lo que significa que no hagas uso de las influencias del grupo Media Wolfe para desprestigiarme –dijo él con voz de acero–. Y nada de golpes bajos.

Carly se inclinó hacia él para hacerse oír por encima de la música y trató de sustraerse a la agitación que sintió al tener sus labios a escasos centímetros de los suyos.

–¿Y qué harías si quebrantase las reglas? –preguntó ella en tono desafiante–. ¿Ponerme unos zapatos de hormigón con una argolla en el tobillo encadenada a un ancla y darme un paseo en barco por el Atlántico, como hacían los matones de Al Capone para deshacerse de sus rivales?

–No sé. Ya pensaré en algo.

–Carly, sabes en el lío en que te estás metiendo, ¿verdad? –dijo Abby con un gesto de preocupación, mientras salían del aparcamiento para entrar en el Pink Flamingo–. Bueno se va a poner ese Hunter Philip cuando lea los comentarios de tu blog.

Abby, la amiga gótica y compañera de trabajo de Carly, llevaba unas botas de cuero altas, por encima de la rodilla, con unos tacones gruesos metálicos que hacían más ruido al andar que un regimiento de caballería. Lucía un vestido también de cuero negro, con el cuello del chaquetón subido. Podría ir perfectamente a una fiesta de zombis sin llamar la atención.

–¿Por qué? –dijo Carly, frunciendo el ceño por enésima vez a lo largo del día–. El Desintegrador está batiendo todos los récords de venta de aplicaciones informáticas.

–Sí, y tú te has encargado de utilizar tu blog y tu ironía para suscitar toda una polémica alrededor del tema –dijo Abby, mirando de reojo a su amiga.

–Ha sido solo un par de comentarios desafortunados lo que ha armado tanto revuelo.

–Conocí el otro día a Hunter, ¿recuerdas? –dijo Abby, encaminándose a la puerta de entrada del bar–. Y no creo que le importe saber quién inició el problema, sino dónde sucedió: en tu blog.

Carly trató de apartar de sí el sentimiento de culpa que le llevaba persiguiendo esos últimos días. Todo había surgido por unos comentarios malintencionados sobre Hunter que algunas personas habían vertido en su blog. Ella no había dudado en retirarlos tan pronto tuvo conocimiento de ellos. Pero el mal ya estaba hecho. Y divulgado.

Carly siguió a su amiga al interior del bar. El local estaba abarrotado. Iba a tener lugar la quinta edición del certamen de *drag queens*. Todas las mesas estaban llenas de gente de todas las edades y clases sociales. Era el lugar ideal para relajarse y olvidar los problemas.

–Estoy preocupada por ti, Carly –dijo Abby–. Hunter Philips puede crearte muchos problemas.

Sí, Carly estaba convencida de eso, pero por razones muy distintas de las que su amiga pensaba. Hunter era un hombre increíblemente sexy, misterioso y quién sabe si, tal vez, un criminal.

Siguió a su amiga, abriéndose paso por entre la multitud.

–Tengo intención de entrevistar al ganador del último año y volver a casa. Quiero borrar el día de hoy de mi recuerdo.

–Pues te deseo mucha suerte –dijo Abby parándose en seco y mirando hacia un extremo de la barra del bar–. Creo que vas a necesitarla. Tal vez, él tenga también algo que decir.

Carly sintió un repentino nudo en la garganta. Dirigió la mirada hacia donde Abby tenía los ojos puestos y vio entonces a Hunter, apoyado en la barra. Dejó escapar un gemido de sorpresa.

El día había empezado mal pero prometía acabar aún peor.

Él se fijó entonces en ella y la miró con sus ojos de hielo desde el fondo de la barra.

Carly sintió que el corazón le vibraba con mayor intensidad que las membranas de los altavoces, colgados del techo, que reproducían en ese momento la estridente música que sonaba en el bar.

–¿Qué piensas hacer? –dijo Abby, mirando a Hunter.

–Lo estoy pensando –respondió Carly, tratando de dominar los nervios.

Hunter miró a Carly desde el extremo del bar. A pesar de las infamias contra él que había leído en su blog, no podía dejar de mirar aquellas maravillosas piernas de infarto que ya le habían seducido aquella noche en el programa de la WTDU. Carly llevaba un top rosa abierto por los hombros y la melena suelta, dejando al descubierto su elegante cuello de cisne.

–Ahora que la tienes aquí –le dijo Booker, que estaba a su lado–, ¿no vas a ir a decirle nada?

–No –respondió él, con el codo apoyado en la barra y sin dejar de mirarla–. Ella vendrá a mí. Le resulta difícil controlarse. Especialmente, cuando la corroe la curiosidad o se siente acorralada.

–Hunter, yo diría que es ella la que nos tiene acorralados a nosotros. Nuestros clientes no hacen más que preguntar qué hay de cierto en esas acusaciones. Me atrevería a aventurar que esos comentarios tan abyectos han sido escritos por personas de la competencia.

–No sé qué decir. Supongo que nuestros competidores tendrán algo mejor que hacer que perder el tiempo con este tipo de cosas –dijo Hunter, sin dejar de mirar a Carly–. En todo caso, creo que es momento de tomar la iniciativa y lanzarse al ataque.

Algo que no había hecho desde hacía mucho tiempo. Aquella antigua pasión de hombre de acción que le había llevado a formar parte del FBI parecía resurgir en él de nuevo.

Capítulo 4

CARLY sintió un nudo en el estómago al ver la mirada de Hunter clavada en la suya. ¿Qué podía hacer: marchase, quedarse sin prestarle atención o enfrentarse a él?

Llevaba una chaqueta de cuero muy elegante, unos pantalones de vestir y una camisa azul de marca abierta por el cuello. Tenía el aspecto de una estrella de cine. Y no estaba solo. Junto a él, había un hombre desgarbado, con el codo apoyado en la barra. A pesar de que el local estaba lleno de gente, sintió una cierta aprensión ante la idea de tener que enfrentarse a Hunter después del escándalo que se había suscitado en su blog. Pero era evidente que él había ido allí a hablar con ella y tratar de ignorarlo solo contribuiría a prolongar la agonía.

–Vamos a terminar con esto –dijo ella finalmente a Abby.

Se armó de valor y se dirigió hacia donde estaba Hunter.

–Vaya –dijo ella con una sonrisa forzada, al llegar junto a él–. ¡Qué sorpresa verte por aquí! Si hubiera sabido que ibas a venir, me habría puesto una falda más corta.

–Lamento no haberte avisado con antelación.

–Bueno, ¿Y qué haces en este sitio? ¿Has venido acaso a competir en el certamen?

Hunter dejó vagar la mirada por el bar y vio a uno de los concursantes: una *drag queen* con una minifalda muy ceñida y un par de zapatos de cuña de vértigo, que ni la propia Carly se atrevería a llevar, a menos que quisiera correr el riesgo de hacerse un esguince.

–Mi colección de minifaldas no está a la altura de las circunstancias –respondió él secamente, y luego añadió mirándola fríamente, tras ver a otro participante, todo de látex rojo, con un look a lo Marilyn Manson–. Este trabajo tuyo es muy interesante.

–Estoy tratando de convencer a mi jefa para pueda incluir en mi columna del periódico a más personajes interesantes de la ciudad. Hoy le propuse escribir un artículo sobre ti. Me dijo que no, pero estoy segura de que cambiará de opinión cuando vea nuestro segundo debate en la televisión y se dé cuenta de lo fascinante que eres.

Carly se acercó a Hunter con una sonrisa seductora, pero él permaneció impasible.

–Por desgracia, tendrá que hacerlo.

Carly lo miró fijamente. ¿Estaba enfadado con ella por los comentarios vertidos ese día en su blog? Tenía que tratar de olvidarse de ello, dejar a un lado sus remordimientos y recuperar la confianza en sí misma. Además, había ido allí solo para cubrir el certamen de *drag queens*.

Miró un instante al hombre delgado de pelo castaño que estaba al lado de Hunter y parecía seguir muy atento la conversación. Booker llevaba unos pantalones vaqueros descoloridos y raídos, unas zapatillas deportivas bastante gastadas y una camiseta con las palabras en latín: *Carpe noctem*. Algo así como: *Goza de la noche*.

–Si estás tan interesado por mi trabajo, podrías habérmelo dicho en vez de estar persiguiéndome a todas horas –dijo ella muy seria, y luego añadió volviendo a mirar de reojo a Booker–: Y esta vez veo que has venido con escolta. Parece que no olvidas fácilmente tus tiempos del FBI.

Hunter prefirió ignorar su sarcasmo, miró a Abby, a la que recordaba perfectamente, y decidió presentar a su amigo a las dos mujeres.

–Abby, Carly, este es Pete Booker –dijo Hunter, señalando a su socio–. Un genio de la informática y adicto a las teorías de la conspiración... Además de mi socio en la empresa.

Tras intercambiarse los saludos de rigor, Carly volvió a sentir la misma sensación de culpa. Pero ahora por partida doble. Pete parecía un buen tipo, casi un niño grande, amable y sin malicia. Y tenía una mirada franca e inocente. Todo lo contrario que Hunter. Pero, pese a todo, los dos hombres la miraban con una expresión de velada acusación.

–Supongo que vuestra presencia aquí esta noche estará relacionada con la discusión surgida en mi blog –dijo ella.

–¿Discusión? –exclamó Hunter–. Yo la llamaría más bien...

Miró a su amigo, como si necesitara ayuda, pero Carly sabía bien que era solo una pose.

–¿Una caza de brujas? –sugirió Pete, con una sonrisa.

–Un linchamiento, diría yo más bien –afirmó Hunter.

–¿Y qué te parece...?

–Basta, chicos. Ya veo que sois todo unos expertos en cabeceras sensacionalistas, pero no podemos pasarnos así toda la noche –dijo Carly secamente–. No fue mi intención...

–¿Qué no fue tu intención? –le cortó Hunter–. ¿Qué te proponías entonces?

–Estoy segura de que los beneficios que estás sacando ahora con tu aplicación te compensarán con creces de los perjuicios que haya podido causarte –respondió ella con una tímida sonrisa.

–¿Y qué me dices de los medios? Llevo todo el día recibiendo llamadas de los periódicos –dijo Hunter, y luego añadió sonriendo por primera vez esa noche–. Yo no tengo la culpa de que tu blog haya conseguido disparar las ventas de mi aplicación al número diez del ranking.

Carly sonrió también al recordar el ramo de flores que le había mandado esa mañana al trabajo.

–Creo que debería darte las gracias por las flores que me enviaste hoy. Pero no lo haré.

–Espero que el arreglo floral de orquídeas y bambúes enanos fuera lo bastante exclusivo para ti.

Carly apretó los labios. No quería decir ninguna inconveniencia. Él recordaría luego sus palabras, como había recordado su intención de ir esa noche al Pink Flamingo.

–Sí, era muy bonito –respondió ella finalmente.

Carly sostuvo la mirada de Hunter, mientras se hacía un silencio asfixiante que Abby se encargó de romper muy oportunamente.

–Creo, chicos, que como esto siga así, vais a aguarme el único momento feliz del día –dijo la amiga gótica de Carly, con sus labios pintados de negro, y luego añadió dirigiéndose a Pete Booker–: Me voy a tomar una copa a esa mesa que acaba de quedar libre. Puedes acompañarme, si quieres. Pero, si no te apetece estar conmigo, no hace falta que me lo digas, puedes mandarme simplemente un mensaje a través de El Desintegrador a *abby_ smiles@gmail.com*.

Dicho lo cual, se dio medio vuelta y se dirigió hacia la mesa.

–Uf –exclamó Pete, alzando las cejas y sacudiendo una mano en el aire como asustado de las agudas y afiladas palabras de la mujer vampiro con botas de sargento de caballería.

Miró a Carly y a Hunter y luego de nuevo a Abby, sopesando qué sería peor, si tomar una copa con la mujer vampiro o con la pareja que tenía delante que parecía dispuesta a seguir peleándose toda la noche.

–Disculpadme –dijo Pete finalmente, dirigiéndose a la mesa de Abby.

Hunter se quedó mirando a Abby con el mismo interés que un biólogo estudiando alguna planta exótica desconocida.

–Tu amiga no muerde, ni bebe sangre, ¿verdad?

Carly sonrió y se puso en la barra, ocupando el hueco que Pete había dejado.

–Créeme. Puede que tenga un aspecto algo tétrico o fúnebre, pero es una bellísima persona.

–¿Escribe también en tu sección de crónicas de actualidad?

–No. Abby es una periodista de investigación. A mí, me interesan más las personas que los acontecimientos.

–Como en el caso del senador por California, Thomas Weaver, ¿no?

Carly sintió como una bofetada al oír ese nombre. Un intenso rubor subió por sus mejillas.

–¿Has estado investigándome otra vez? –exclamó ella indignada.

–No me has dejado otra opción. Los medios de comunicación dejaron caer que estabas enamorada del senador y le habías dado carta blanca en tu artículo.

Un sentimiento de culpa, unido ahora al de humillación, afloró de nuevo en ella. Apretó los puños y se clavó las uñas en las palmas de las manos para reprimir su indignación. Nunca había estado enamorada de Thomas Weaver, como se había dicho, pero le interesaba como hombre y como personaje público. ¿Había faltado por eso a su ética profesional? Técnicamente, no. Ella había escrito y publicado su historia antes de empezar su relación con él. Probablemente hubiera sido una decisión desafortunada e incluso estúpida. Debería haber evitado dar pábulo a las habladurías. Eso era algo que su padre, William Wolfe, siempre le había aconsejado.

–Nunca estuve enamorada de él –dijo ella–. Ni le di carta blanca en mi periódico.

–Te creo. Pero, dime, ¿te acostaste con él antes o después de conseguir su historia?

Carly se disponía a contestarle como se merecía, cuando alguien le dio un empujón por detrás y se vio materialmente aplastada contra su cuerpo. Sintió, al instante, una mezcla de sensaciones: calor, dureza, fragancia de limón... Él, en cambio, apenas parpadeó una fracción de segundo.

–Me estaba preguntando –añadió– si darías por zanjada tu venganza si me acostara contigo.

Carly se puso roja de ira, pero sintió a la vez un fuego ardiente corriendo por las venas.

–Depende de lo bueno que seas –respondió ella, tratando de frivolizar sobre el asunto.

–¿Comparado con quién? Espero que no tenga que competir con todos los hombres de los que te has servido para escribir tus historias.

–¿Has venido aquí a insultarme?

El local estaba de bote en bote. Alguien volvió a chocar con ella por detrás, empujándola aún más contra el cuerpo de Hunter que le puso las manos por detrás de los hombros para protegerla. Carly sintió los vasos sanguíneos ensanchándose para poder canalizar el torrente de sangre que comenzaba a fluir por todo su cuerpo de manera acelerada.

–No, no he venido a insultarte –respondió él–. Ese es tu modus operandi, no el mío.

Carly miró a Hunter: su boca sensual y sus ojos ardientes de hielo o tal vez de fuego.

–Entonces, ¿a qué has venido?

–A darte un buen consejo –respondió él–. O, tal vez, a ponerte la corriente de la situación.

¿Al corriente de qué?, se preguntó ella. ¿De que su cuerpo la estaba traicionando? ¡Como si ella no lo supiera! No podía apartar la mirada de Hunter. Le fascinaba la solidez de su cuerpo casi pegado al suyo. Su pausado ritmo de respiración contrastaba con el agitado movimiento de sus pechos. Y no parecía sentir el menor deseo de besarla, aprovechando la ocasión.

–¿Ponerme al corriente? –dijo ella, consternada de no poder decir más de tres palabras seguidas.

–Tú empezaste esta guerra, Carly. Espero que estés preparada para la lucha.

Sin esperar respuesta, Hunter se dio la vuelta y se dirigió a la puerta de salida. Carly se quedó perpleja junto a la barra, con la sensación de haberse ganado un enemigo muy peligroso.

El sábado por la noche, Hunter llegó en su coche al aparcamiento del edificio de la WTDU. Apagó el motor y se recostó en el asiento, dispuesto a esperar. Había llegado temprano con objeto de poder hablar con Carly antes de entrar en el plató.

Se sentía inquieto ante la idea volver a verla. Le resultaba difícil describir todo lo que ella le inspiraba: desconfianza, ilusión, atracción... En aquel teatro, había mostrado un gran interés por su pasado. Incluso, había cuestionado su relación con la mafia rusa.

Sí. Carly Wolfe era una mujer distinta a todas las que había conocido hasta entonces. Al principio, la había calificado como una periodista más, deseosa de notoriedad, pero luego se había convencido de que era una mujer moderna e independiente, en la que se podía confiar, y con una gran dosis de bondad. No podía recordar la última vez que se había sentido tan apasionadamente interesado por algo o por alguien. Tendría que remontarse a sus tiempos en el FBI y a su relación con Mandy. Pero sentía esos recuerdos como un vacío o un agujero negro que amenazara con succionarlo y engullirlo. Por desgracia, no tenía la menor idea de lo que Carly podría decir en el programa sobre las razones le habían llevado a diseñar la aplicación.

Aquello había sucedido hacía ocho años y algunas cosas era mejor olvidarlas. Se había puesto en entredicho su reputación y su profesionalidad.

Tamborileó con los dedos sobre el volante, mientras recordaba, con una sonrisa, la expresión de su cara cuando la habían empujado por detrás en el bar y se había sentido apretada contra su cuerpo. Por un momento, la había visto vacilar, como si se sintiera tan atraída hacia él, como él hacia ella. Era lo bastante sexy como para derretir el hielo del invierno más crudo, pero él había sufrido a manos de su ex y había aprendido unas cuantas lecciones que no estaba dispuesto a olvidar. La atracción que había entre ellos era algo que tenía que controlar. Si tenía que enfrentarse a ella en el programa, usaría todas las bazas que estuvieran en su mano.

Sintió, sin embargo, una sensación de remordimiento al pensar que él podría hacer con Carly lo mismo que su ex había hecho con él.

Sumido en la duda, vio entonces el Mini Cooper de Carly entrando en la zona del aparcamiento. Cuando ella salió del coche, vio que iba vestida, no ya para coquetear con él y seducirle, sino para matarle de un infarto. Llevaba un top de lentejuelas de plata, con los hombros al desnudo, que resplandecía a la luz de la luna, y una minifalda muy corta que dejaba al descubierto unas piernas fabulosas y bronceadas.

La vio dirigirse a la entrada de los estudios de la WTDU y contuvo la respiración al ver sus movimientos sinuosos y sensuales. Se bajó del coche y cerró la puerta de golpe. El ruido resonó por todo el aparcamiento, llamando la atención de Carly. Cuando sus miradas se cruzaron, ella se quedó inmóvil, como petrificada.

Sí, iba a disfrutar batiendo a Carly Wolfe en su propio juego.

Carly se quedó muy sorprendida al ver a Hunter apoyado en su coche, con las manos en los bolsillos. Sus palabras de despedida la noche del miércoles en el Pink

Flamingo no habían sido muy cordiales, pero no pudo evitar una excitación y un cosquilleo en el vientre al volver a verlo.

–¿Estás preparada para nuestro segundo encuentro ante las cámaras? –dijo él.

Carly lo miró detenidamente. Llevaba un traje negro de corte clásico y una camisa blanca abierta por el cuello y sin corbata, lo que le daba un aspecto elegante a la vez que informal

–No sé si has elegido el atuendo más adecuado para el combate de esta noche –replicó ella, acercándose a él–. Espero que lleves debajo un chaleco antibalas.

–Sí, sospecho que va a haber un fuego cruzado. Por desgracia, me dejé el chaleco en casa.

–Peor para ti –dijo ella, cuando llegó casi a su altura.

–¿Y cómo piensas asesinarme? ¿Con palabras o a base de miradas?

–De ambas maneras –dijo ella, apoyándose en el coche que había al lado–. Yo, en tu lugar, no me habría puesto esa camisa. Las manchas de sangre se quitan muy mal en la ropa blanca.

–Lo sé. Tuve que tirar la que llevaba puesta el día que apareció aquello en tu blog.

–Creí que habíamos dado ya por zanjada esa discusión.

–Bueno, he estado reconsiderando el caso –dijo él, clavando los ojos en ella–. Al principio pensé que habías disfrutado con el escándalo pero, después de nuestra discusión, me di cuenta de que estaba equivocado. Creo que no fue nunca tu intención hacerme daño.

–Es cierto –replicó ella, conmovida–. He venido con la intención de tener un debate amistoso contigo y no un enfrentamiento mezquino y vengativo. Tal vez pueda pecar de ingenua, pero prefiero pecar de ingenua antes que de malintencionada.

Hunter parecía otro hombre, pensó ella. La miraba

de una forma diferente, menos fría, más cercana y accesible. Después de las palabras tan hostiles con que se había despedido de ella en el bar, había imaginado que llegaría esa noche con todas sus armas a punto para un combate sin cuartel. Y, sin embargo, lo que oía de sus labios le sugería algo mucho más sutil y... seductor.

Sintió una mezcla misteriosa de desazón y deseo. Se llevó las manos atrás, esperando ocultar su nerviosismo. Le sudaban las palmas de las manos y le temblaban los dedos.

–Veo que te estoy poniendo nerviosa –dijo él con su sonrisa sarcástica habitual.

–¿Formaba parte de tu adiestramiento en el FBI saber leer el lenguaje corporal de las personas? Pareces tener un don especial para intimidar a la gente.

–Yo no trato de intimidar a nadie, solo pretendo estar seguro de las decisiones que tomo en la vida. Si eso intimida a los demás... –dijo él, encogiéndose de hombros–. Estudiar a la gente es una habilidad que practico a diario. Saber interpretar el lenguaje corporal me resulta muy útil en mi trabajo cuando estoy negociando con un cliente.

–Eso debe de darte una ventaja sobre tus competidores.

–No solo sobre ellos –replicó él con marcada intención–. Analicemos tu caso, por ejemplo. Tienes la manos detrás de la espalda: eso es señal de que quieres ocultar algo o de estar a la defensiva. Respiras más de prisa de lo normal, tienes unas gotas de sudor en el labio superior, las pupilas dilatadas y un cierto ardor en la mirada. Eso denota ansiedad o tal vez... deseo.

Carly sospechó que tenía razón. Estaba absorta, contemplando su rostro. Y forzaba la vista, en la penumbra del aparcamiento, para no perderse ningún detalle de sus mejillas, de sus pómulos y de su corte de cara tan varonil y perfectamente modelada como el busto de un dios griego.

–¿Esas son las maneras que tiene un agente de la ley de tratar a una mujer?

–Exagente –replicó él, con la mejor sonrisa que ella le había visto hasta entonces–. Y no me comporto de ninguna manera especial, simplemente me limito a describir lo que observo.

Carly sintió que se le ponía la piel de gallina. Algo que, sin duda, a él, no le pasaría inadvertido.

–Creo que debería recordarte que las mujeres no sudan –dijo ella, ladeando la cabeza–. Y no me gusta el término «ardor». Prefiero incandescencia.

Antes de que pudiera reaccionar, Hunter se acercó a ella y le pasó un dedo por la comisura de la boca y luego le acarició el labio superior. Carly se quedó con los ojos abiertos como platos y apretó con fuerza las puntas de los dedos de los pies como si quisiera perforar con las uñas las puntas de los zapatos. Hunter le secó con el dedo las pequeñas gotas de sudor del labio, pero aparecieron en seguida otras. Su corazón comenzó a bombear con fuerza la sangre cada vez más caliente que corría por sus venas como si fuera fuego líquido.

Él tenía razón. Ella se estaba ahogando de ansiedad y deseo. Respiraba de forma entrecortada, como en una especie de pequeños jadeos que era incapaz de controlar. Sabía que había muchas razones por las que debería apartarse inmediatamente de él, ahora que aún estaba a tiempo. En sus anteriores intentos de coqueteo con él, Hunter se había mostrado siempre muy seguro de sí mismo, como si tuviera delante una muralla protectora que le salvaguardara de todo. Solo una idiota podría creer que Hunter Philips podía cambiar de repente de actitud. Y esa no era ella.

–Ahora sí diría, en efecto, que estás incandescente –dijo él, como disfrutando de la situación.

Hunter le agarró la barbilla con una mano, se inclinó hacia un lado y la besó suavemente en la boca. Carly sintió el corazón golpeándole dentro del pecho como alguien que estuviera encerrado en un cuarto y llamara desesperadamente a la puerta para poder salir. Sentía la suavidad de sus labios deslizándose con insistencia sobre los suyos y su mano ahora en la mejilla, pero el resto de su cuerpo permanecía impasible como si funcionara de manera independiente. Solo había calor en sus labios y en la palma de su mano. Un calor, sin embargo, más que suficiente para vencer su débil resistencia. Le devolvió el beso, presa de una mezcla confusa de sentimientos: duda, desconfianza y deseo.

Pero fue el deseo el que acabó dominando. Puso las manos sobre su pecho, deseosa de sentir la dureza de su cuerpo. ¿Por qué él no la estrechaba con fuerza entre sus brazos?

Resuelta a aclarar consigo misma el conflicto sentimental que tenía con aquel hombre tan enigmático, le desabrochó el botón de arriba de la camisa, se puso de puntillas y lo besó en la boca con pasión. Hunter no se resistió. Sus lenguas se juntaron en una caricia húmeda y recíproca. Ella sintió una cálida desazón palpitando entre las piernas y siguió desabrochándole la camisa lo suficiente como para poder deslizar las manos por dentro. Mientras sus bocas seguían fundidas y sus respiraciones mezcladas en un único aliento, ella comenzó a disfrutar del vello de su pecho, áspero pero sedoso. Y mientras aquel beso la quemaba por dentro, él siguió sujetándola únicamente con su mano en la barbilla. Ella estaba excitada, deseaba más. Se apretó contra él, buscando la dureza de sus muslos... y de otras partes aún más duras. Dejó volar la imaginación, abandonándose por unos instantes, hasta sentir cómo le flaqueaban las piernas.

Hunter apartó la boca y, sin mediar una palabra, pero sin dejar de mirarla, la llevó hacia la izquierda, hasta dejarla casi encajada entre su coche y su cuerpo. Ella sintió entre las piernas, de manera tangible y poderosa, la dureza de su virilidad, dando un nuevo significado al término «arma letal» y despertando en ella todo tipo de fantasías eróticas. Estaba entregada, esperando más. Sin embargo, Hunter se limitó a tomar su cara con las dos manos y comenzó a besarla con la lengua, pero con el mismo autocontrol que había demostrado en el callejón con los grafiteros. Ella se sintió frustrada ante esa actitud que nunca había visto en un hombre.

Se escuchó entonces el sonido del motor de un coche. Carly apartó la boca y apretó las manos contra su pecho tratando de recobrar al aliento. Era humillante para ella, pero tenía que reconocer que él había conseguido su propósito.

Él tenía todas las de ganar y ella muchas cosas que perder: la objetividad sobre su artículo, su orgullo, su trabajo e incluso, tal vez... su corazón. Algo que nunca había perdido antes.

–Creo que he cometido un error –dijo ella, apartando las manos de su pecho.

Hunter se volvió para observar al coche que se acercaba a donde ellos estaban.

–¿Te refieres a tu obsesión por El Desintegrador? –preguntó él, mientras se abrochaba los botones de la camisa.

–No. Me refería a que creo que no he venido preparada. Tus prácticas en la galería de tiro te dan mucha ventaja –dijo ella, pasándose la lengua por los labios, saboreando el excitante calor de sus besos–. Con tu puntería, creo que soy yo la que debería haberme puesto el chaleco antibalas.

–No te habría servido de nada –dijo él en voz baja, con una amarga sonrisa mientras se abrochaba el último botón–. Hay cosas más penetrantes y letales que las balas.

Capítulo 5

DEMOS la bienvenida de nuevo a nuestro programa a Carly y a Hunter –dijo Brian O'Connor.

El público aplaudió mientras Hunter se sentaba junto a Carly en el sofá de invitados. Le pareció que el sofá era distinto del de la vez anterior. Lo encontraba más pequeño. Sentía a Carly más cerca. Tanto como para embriagarse de su perfume. Aún estaba bajo los efectos de su excitante encuentro en el aparcamiento. En realidad, había sido un ataque planeado, con la intención de ponerla nerviosa. El problema era que él también había salido muy afectado de la experiencia.

–Ustedes dos se han convertido en todo un acontecimiento mediático –dijo el presentador con una sonrisa–. Estoy convencido de que esta noche vamos a disfrutar de un gran debate.

Hunter contuvo la risa y puso un brazo sobre el respaldo del sofá, quedando su mano a escasos centímetros del hombro desnudo de Carly.

–La señorita Wolfe es una digna rival –dijo él, mirando a Carly.

–Tengo que decir lo mismo del señor Philips –replicó ella, dirigiéndose al presentador con una de sus encantadoras sonrisas–. Estoy aprendiendo mucho de él sobre el arte de la guerra.

Hunter sonrió y recordó el momento en que ella decidió tomar la iniciativa en el aparcamiento. El fuego que había puesto en sus besos, habría sido capaz de resucitar a un muerto. Él había tenido que poner en práctica todas sus técnicas para no perder el control. Había previsto la posibilidad de que ella contraatacase, pero no de que él disfrutase tanto con ello.

–¿Y qué ha aprendido? –preguntó Hunter–. ¿Que las guerras se ganan con un buen ataque?

–No, más bien, que se pierden por fallos defensivos –respondió ella.

¿Se estaría refiriéndose a sí misma? ¿O a él? ¿O tal vez a ambos?

–Ante un ataque suficientemente fuerte –replicó él–, no hay defensa que resista.

–Usted debe de saberlo mejor que nadie –dijo ella en tono cordial.

–Parece que es toda una experta en tácticas agresivas.

Carly se giró hacia él, lo miró con intención y cruzó las piernas sonriendo. Unas piernas largas y suaves que él hubiera deseado acariciar en ese momento. Había tenido la ocasión hacía unos minutos, pero la había desperdiciado.

–¿Tácticas agresivas? –repitió ella sin perder su sonrisa–. ¿Se refiere a mi blog del miércoles?

Ella sabía muy bien que no era a eso a lo que él se estaba refiriendo.

–¿A qué otra cosa si no? –dijo él.

Ella sostuvo su mirada pero no dijo nada. Sin embargo, hizo un gracioso mohín con los labios como si estuviera conteniendo las ganas de echarse a reír.

–Hablando del blog de Carly –dijo O'Connor, interrumpiendo los pensamientos de Hunter–. Usted, señor Philips, se defendió muy bien la vez anterior. Aunque tengo que decirle que el clan de Carly le ha puesto algunos apodos que tal vez no le agraden demasiado.

Hunter sonrió, a pesar de todo, al escuchar esa expresión de «el clan de Carly».

–Sí, han llegado a mis oídos –replicó Hunter–. Aunque me temo que la mayoría no podrían repetirse aquí delante de las cámaras. Algunos son muy ingeniosos, como «réprobo» o...

–Muy apropiado –replicó Carly.

–«Degenerado» –continuó diciendo Hunter con una pequeña sonrisa.

–Muy adecuado, también.

–O «libertino» –concluyó Hunter.

–¿«Libertino»? –exclamó Brian O'Connor con un estudiado gesto de sorpresa, tratando de provocar la reacción de Carly–. ¿Quién usa aún esa expresión en estos tiempos que corren?

Hunter observó a Carly y al presentador mirándole muy atentos, haciéndole sentir como si estuviera en un juicio y él fuera el acusado.

–No lo sé, Brian –respondió ella–. Pero creo que ese apodo no le encaja tan bien como los otros. Suena demasiado... romántico. El señor Philips es demasiado frío para merecer ese término.

El presentador se echó a reír.

–¿No cree usted que el señor Philips pueda ser romántico llegado el caso?

Carly apoyó el brazo en el respaldo del sofá, rozando con el de Hunter. Casi podían tocarse.

–No lo sé –respondió ella, con una sonrisa, clavando sus ojos en Hunter–. Tal vez, lo fuera cuando diseñó esa aplicación informática que tanto éxito está teniendo y que usa para decirle a una mujer, de forma muy civilizada, que no quiere volver a saber nada más de ella.

Hubo una explosión de carcajadas entre el público. Hunter miró a Carly y reprimió una sonrisa.

–Hablando de El Desintegrador –dijo Brian O'Connor, dirigiéndose a Hunter–. Hoy ha subido al puesto número cinco en el ranking de ventas. Carly sigue decidida a que usted retire esa aplicación del mercado.

Dijo que le gustaría saber el motivo que le inspiró esa idea. De hecho, creo que todos aquí en Miami estamos deseando conocerla. ¿Le importaría decírnosla?

–No entra dentro de mis planes a corto plazo retirar esa aplicación del mercado –respondió Hunter, ignorando deliberadamente la pregunta.

Esa era una historia muy personal que no tenía intención de hacer pública.

El presentador, curiosamente, pareció muy satisfecho de su respuesta.

–Muy amable, señor Philips. Le invitamos a volver dentro de un par de semanas para que nos cuente cómo está haciendo frente a la campaña que Carly está llevando a cabo contra usted.

Hunter miró a Carly, que parecía a punto de echarse a reír, y no pudo contener esa vez la sonrisa. Desde que Carly Wolfe había entrado en su vida, parecía que no había ya lugar en ella para el aburrimiento. Le contagiaba su alegría y entusiasmo. Por eso le angustiaba que pudiera dejar de verla después de esa noche.

–Aceptaré la invitación si ella viene también –respondió Hunter con un gesto de complicidad–. Aunque, comprendo que la señorita Wolfe pueda estar empezando a cansarse de su juego.

–Por supuesto que acepto –replicó ella, sin pensárselo dos veces–. Y les aseguro que no estoy cansada de esto. Es más, no pararé hasta conseguir mi objetivo.

–Perfectamente –dijo Brian O'Connor con su sempiterna sonrisa–. Se nota que lleva en los genes el tesón y la constancia de la familia. Deben saber ustedes que el padre de Carly es William Wolfe, el presidente del grupo Media Wolfe.

A pesar de que sus manos no estaban en contacto, Hunter sintió de inmediato la tensión que esas palabras produjeron en ella. La luz de sus ojos pareció apagarse.

Como si se estuviera preparando para entrar en una nueva fase más desagradable del debate.

–Me gustaría dejar un par de cosas claras –prosiguió Brian, dirigiéndose a la audiencia–. No hay ningún montaje en todo esto. Nuestro presidente, el señor Wolfe, no ha participado en ningún momento en nuestra decisión de traer a la señorita Carly Wolfe a nuestro programa. Puedo asegurarles –continuó él, levantando las manos con las palmas hacia el público, como para dejar evidencia de la limpieza del programa–, que ni el productor del programa ni yo hemos recibido la menor presión por parte de la dirección.

Tras unos leves murmullos del público asistente, Carly se dirigió a las cámaras.

–Todos los que hayan trabajado con mi padre conocen lo estricto que es. Nunca se posicionaría a favor de nadie –dijo Carly, y luego añadió con una amarga sonrisa–. Ni siquiera de su hija.

Hunter frunció el ceño sorprendido. Era la segunda vez que ella hablaba de su padre en esos términos y, a pesar de las palabras desenfadas y conciliadoras del presentador y de la expresión aparentemente relajada de ella, percibió su tensión de forma palpable. Su sonrisa era más artificial. El público era ajeno a todo ello, pero el presentador debía de haber advertido su malestar. Un malestar que se acrecentó cuando O'Connor volvió a insistir sobre la figura de su padre.

–En su período de juventud, como reportero, William Wolfe se hizo famoso por su sagacidad y tenacidad en busca de historias de interés para el público. Era implacable a la hora de indagar en los secretos más ocultos del pasado turbio de los políticos. La persecución a la que la señorita Carly Wolfe está sometiendo al señor Philips podríamos de decir que nos recuerda a él.

Hunter sintió, debajo del brazo, la mano de Carly

agarrando con fuerza el respaldo del sofá y, cuando la miró de soslayo, vio que había palidecido intensamente.

–Somos muy parecidos –replicó ella con prudencia.

–Imagino que su padre debe de sentirse muy orgulloso de usted, ¿verdad? –exclamó el presentador.

Hunter se dio cuenta entonces del juego sucio de Brian O'Connor. El presentador debía de conocer, sin duda alguna, la relación que Carly había mantenido con el senador Thomas Weaver y estaba intentando sacar provecho de ello, tratando de provocarla. Sintió una gran indignación.

–Aunque la verdadera pregunta es otra –dijo Brian, haciendo una leve pausa y sonriendo de forma enigmática para crear mayor expectación en la audiencia–: ¿Hasta dónde será capaz de llegar Carly Wolfe para conseguir su historia?

Carly encajó esas palabras como si hubiera recibido una bofetada.

Hunter la miró y sintió odio hacia el presentador, al ver su cara pálida y demudada.

Carly miró a Brian O'Connor con odio, sintiendo una opresión tan fuerte en el pecho que casi le impedía respirar. El presentador de la cordialidad y la eterna sonrisa, la había estado investigando y se había enterado de todos los pormenores de su relación con Thomas Weaver.

Respiró hondo, tratando de recobrar la calma. Pero no iba a serle fácil. No podía poner buena cara cuando se la estaba acusando de acostarse con un hombre solo para conseguir la exclusiva de su historia o de ser despedida de uno de los periódicos de su padre.

Abrió la boca, tratando de articular las palabras que pretendía decir en su defensa, pero Hunter se lo impidió tocándole el codo con la mano en un gesto protector y tranquilizador. Parecía relajado, pero un sentimiento de ira le cocía internamente las entrañas a fuego lento. Miró al presentador con sus ojos azules de hielo como si quisiera fulminarle con la mirada.

–¿Qué padre no estaría orgulloso de una hija como Carly? –dijo Hunter.

–Eso es justo lo que trataba de decir –respondió el presentador, muy astutamente–. Heredó la tenacidad de su padre. El éxito que ha tenido con su blog así lo avala. Aunque el revuelo que ha armado supongo que le habrá molestado mucho, ¿no, señor Philips?

Los dos hombres se miraron muy sonrientes, pero sabían que estaban librando una feroz batalla dialéctica. El presentador estaba buscando descaradamente el conflicto, probablemente, en un intento de subir sus cuotas de audiencia.

–En absoluto –respondió Hunter con mucha naturalidad.

Carly miró a Hunter con gesto de sorpresa. El hecho de que él estuviera mintiendo por defenderla hacía la situación aún más humillante para ella.

Brian O'Connor vaciló un instante, sin saber qué decir, pero luego entornó los ojos como si hubiera vislumbrado una nueva idea.

–Dado que no le han molestado los comentarios vertidos en el blog, tal vez no tendría inconveniente en contarnos la historia que hay detrás de su famoso Desintegrador.

–En absoluto –dijo Hunter.

Carly sintió un vuelco en el corazón. Sabía que Hunter meditaba muy bien sus decisiones y que no hacía nada de forma improvisada. Por eso estaba sorprendida de que hubiera cambiado de opinión, colocándose en aquella situación tan comprometida para él... solo para protegerla.

–Muy bien, señor Philips, creo que todos estamos

impacientes por saber cómo se gestó esa aplicación –dijo O'Connor con una sonrisa de satisfacción.

Hunter miró fríamente al presentador y se arrellanó en el sofá, dispuesto a buscar la postura más cómoda antes de comenzar su relato.

–La historia empezó como suelen empezar estas cosas –dijo Hunter con una sonrisa misteriosa, muy seguro de sí mismo–. Cuando la mujer que amaba me abandonó...

El domingo, a última hora de la tarde, Carly fue al gimnasio de boxeo al que Hunter iba a entrenar con frecuencia. Se puso a dar vueltas entre las manos al sombrero tejano con ribetes de cuero que había comprado, mientras dos hombres, los únicos que había en todo el gimnasio, giraban uno frente al otro en el ring. Hunter parecía bailar en círculo alrededor de su oponente, con el rostro oculto por un casco protector. Se movía con gran agilidad y elegancia. El brillo del sudor sobre su torso desnudo solo contribuía a añadir un toque más de belleza a su increíble figura masculina. Ella sabía, por experiencia, que su pecho resultaba muy agradable al tacto, pero aquella visión era un espectáculo del que tardaría en recuperarse.

A ella le gustaban los hombres bien vestidos y Hunter sabía jugar también esa carta. Pero ahora con aquellos calzones cortos de seda y las botas de boxeo, tampoco estaba nada mal. Su sparring era más fuerte y pesado que él, pero Hunter le aventajaba en velocidad, agilidad y en destreza, esquivando todos los golpes de su oponente con su juego de cintura y sus reflejos. De vez en cuando, lanzaba un *crochet* directo al casco de su sparring. Luego los dos se ponían a bailar de nuevo en círculo, amagaban, se agachaban y la extraña danza volvía a empezar. Era Hunter en estado puro. Espléndido. Magnífico.

Recordó entonces lo que había pasado la noche anterior. Él había hecho aquella sorprendente confesión pública ante las cámaras y luego, al terminar el programa, había salido corriendo del estudio. Desde entonces, estaba desconcertada. Nunca había conocido a un hombre con reacciones y sentimientos tan contradictorias.

Cuando Hunter y su oponente terminaron el combate, chocaron los guantes según la costumbre. El sparring de Hunter se bajó del ring y se dirigió a las oficinas, saludando respetuosamente a Carly al pasar junto a ella. Aparentemente ajeno a su presencia, Hunter se quitó el casco de protección, agarró la toalla que había dejado en un rincón y se puso a secarse la cara.

–Te he traído un regalo –dijo ella acercándose al ring con el sombrero blanco en la mano.

Hunter, con el pelo sudoroso, se apoyó en las cuerdas y la miró desde arriba del cuadrilátero.

–¿Cómo has dado conmigo?

–Me dijiste el día que nos conocimos que ibas a un gimnasio de boxeo. No me ha sido difícil imaginar cuál podría ser. Toma, esto es para ti –dijo ella ofreciéndole el sombrero.

Hunter echó un vistazo a su regalo.

–Tú tenías razón. Has ganado la apuesta. No necesitas darme ningún premio de consolación.

–No es un premio de consolación. Es un regalo de agradecimiento –dijo ella acercándose a él un poco más, con el sombrero aún en la mano–. Me preguntaste el día del teatro si creía en tu inocencia, cuando me contaste que te acusaron en el FBI de filtrar información. Entonces no supe qué contestarte, pero ahora no me cabe la menor duda de que eras inocente.

Hunter no dijo nada. Se limitó a mirarla de manera cauta y reservada. Pero ella creyó leer la verdad en el fondo de sus ojos azul pizarra. Dejó caer el brazo que sostenía el sombrero tejano, dispuesta a hacerle la pregunta que había estado deseando hacerle desde la noche anterior.

–¿Por qué lo hiciste?

En realidad, ella sabía la respuesta, pero quería oírla de sus labios.

–Me pareció una buena manera de librarme de ti –respondió él simplemente.

Veinticuatro horas antes, le habría creído, pero no ahora.

–Mentira –dijo ella–. No es por eso por lo que te sacrificaste, haciendo aquella confesión.

El relato de su ruptura había sido simple y breve. Podría resumirse en muy pocas palabras: había amado a una mujer y ella lo había abandonado. Pero mientras él había relatado los hechos de forma fría, ella había intuido otra parte que no había contado. Había conseguido engañar al público y al presentador, pero no a ella.

–No diste demasiados detalles sobre tu ruptura –continuó diciendo ella, al verle tan callado–, pero fueron suficientes para contentar al presentador. Sé que lo hiciste para protegerme y desviar el interés que Brian O'Connor estaba tratando de poner sobre mí, ¿no es así?

Hunter volvió a exhibir su enigmática sonrisa.

Él se agachó, pasó el cuerpo entre las cuerdas del ring y saltó al suelo, cayendo junto a ella.

–Puede ser –respondió él, tomando el sombrero.

–Basta ya de misterios –exclamó ella, llevándose una mano a la cadera y tratando de desviar la mirada de su fascinante torso desnudo y de sus abdominales de acero–. Creo adivinar lo que pasó. Te acusaron falsamente de filtrar información y entonces creaste una empresa informática dedicada precisamente a ayudar a las personas a proteger la seguridad de sus datos. Creo que es una gran historia. Una historia que el público tendría mucho interés en conocer.

–Mi vida no tiene tanto interés como para eso –replicó él con un gesto de indiferencia, dándose media vuelta y dirigiéndose a los vestuarios, como dando por zanjada la cuestión.

Carly lo siguió. El ruido de sus tacones por el piso de madera retumbó por todo el gimnasio.

–Es obvio que tenemos puntos de vista diferentes de lo que puede ser o no interesante.

Hunter siguió caminando, de espaldas a ella.

–¿Piensas entrar también conmigo en la ducha?

–Si es preciso...

Hunter se dio la vuelta bruscamente y Carly se detuvo en seco.

–¿No puedes dejar de ser periodista aunque solo sea por unos minutos?

–No –respondió ella sin pensárselo dos veces–. No puedo dejar de ser quien soy, igual que tú tampoco. Soy una periodista de vocación. Es mi pasión. Igual que la tuya es ser el caballero del sombrero blanco, protector de los desvalidos y necesitados. Hunter –dijo ella, en una octava más baja de lo habitual–. Se te declaró inocente y libre de cargos, ¿por qué dejaste el FBI?

Hunter la miró fijamente. Una sombra lejana pareció cruzar por su mente.

–Tu afán de entrometerte en la vida de los demás debe de haberte causado muchos problemas, ¿no?

–Eso no es una respuesta.

–Pensé simplemente que era el momento de pasar página y seguir adelante en la vida.

–Apostaría mi Mini Cooper último modelo a que no querías marcharte.

Hunter se quedó muy pensativo y esperó unos segundos antes de responder.

–El día antes de la fecha en que íbamos a irnos juntos por primera vez de vacaciones, llegué a casa y me encontré con que Mandy había hecho las maletas y se había ido. Lo recuerdo muy bien. Aquel día había llegado muy ilusionado. Llevaba un anillo de compromiso en el bolsillo –dijo él, con el sombrero tejano en la mano, apoyado en la puerta del vestuario–. Iba a ser nuestro primer viaje después de tres meses juntos. Tenía pensado llevarla a cenar a un restaurante al que ella siempre había querido ir. Era demasiado caro para un simple agente del gobierno, pero pensé que valdría la pena. Después de todo, como se suele decir, uno solo se casa una vez en la vida. Supongo que cuando llamé a Mandy desde el trabajo para decirle dónde iba a llevarla, ella debió de adivinar lo que iba a suceder y decidió que le resultaría más fácil marcharse que verse obligada a darme explicaciones cara a cara.

–¿Y qué hiciste entonces? –preguntó ella, visiblemente interesada.

–Emborracharme. Después de un largo fin de semana de alcohol, se presentó Booker el lunes por la mañana, me sacó del sofá y me metió en la ducha con la ropa puesta. Lo veo ya todo un poco borroso, pero sí recuerdo que le pedí a gritos que cerrara el grifo. El invierno en Chicago es mucho más frío que en Florida. El agua allí está muy fría. Pero Booker me sujetó con fuerza y me dejó bajo el chorro. Yo estaba demasiado bebido como para poder soltarme. Estaba como una cuba y apenas coordinaba. El alcohol tiene la virtud de ser un anestésico excelente.

–¿Y qué ocurrió después de la ducha fría?

–Me calmó lo suficiente como para cambiarme de ropa, sentarme tranquilamente en el sofá y pedirle a Booker que se fuera. Pero él no me hizo caso. Yo lo maldije, pero recuerdo que fue entonces cuando pasé a considerarle mi mejor amigo. Después de una hora sin dirigirle la palabra, él me dijo que tenía que olvidar a Mandy y empezar a hacer algo productivo.

–¿Fue así entonces como nació El Desintegrador?

–Sí, para mantenerme ocupado.

–Y para vengarte de Mandy, ¿no?

–En realidad fue una forma de hacer frente a mi frustración. Como una válvula de escape. Booker me ayudó mucho en el programa. Estaba diseñado originalmente para funcionar solo a través del correo electrónico, pero cuando, acabadas las vacaciones, volví al trabajo, Pete lo estuvo revisando en los ratos libres. Añadimos muchas mejoras. Estuvimos casi un mes dedicados solo a las canciones, buscando las melodías que mejor se adaptaran a cada mensaje. Reunimos tantos títulos que decidimos ponerlos como opciones de usuario para cada mensaje. Eso fue todo. Espero que con esto se hayan visto satisfechas todas tus inquietudes periodísticas –dijo él, mirando el sombrero blanco que tenía en la mano, y luego añadió clavando los ojos en ella, con un brillo especial en la mirada–: Te agradezco el regalo, pero ya es tarde y creo que debemos despedirnos... A menos que quieras acompañarme a la ducha.

Tras esperar un par de segundos, Hunter abrió la puerta y pasó al vestuario.

Cuando la puerta se cerró suavemente ante su cara, ella se quedó mirando el cartel: *Vestuario de caballeros*. Frunció el ceño y maldijo a Hunter. Por ser su héroe protector y un hombre honorable del que era imposible no sentirse atraída. Por ser tan reservado y despertar su curiosidad con su aire misterioso. Por tener aquel pecho duro y musculoso que la volvía loca.

Con el corazón desbocado, pensó lo que debía hacer.

Una fuerza extraña parecía retenerla allí. Pasaron unos instantes agónicos, pero finalmente la curiosidad pudo con ella. Apretó los labios, susurró un deseo, abrió la puerta y entró.

Capítulo 6

HUNTER abrió la taquilla del vestuario, sacó su bolsa de deporte y volvió a cerrar la puerta de la taquilla con fuerza. El golpe retumbó por todo el gimnasio. Puso la bolsa en uno de los bancos de madera, con gesto de preocupación. Le quemaban en la mente aquellos viejos recuerdos y le sacaba de quicio Carly Wolfe, esa mujer tan hermosa y decidida.

Molesto consigo mismo, sacó la toalla y la ropa de vestir de la bolsa y lo dejó todo muy bien colocado sobre el banco. Luego se quitó el calzón de deporte y las botas de boxeo y se metió en una de las duchas del vestuario, separadas entre sí por unas paredes de azulejos blancos que llegaban a una altura de alrededor de un metro y medio.

El chorro de agua caliente le sentó bien. Le tonificó los músculos y le relajó un poco. Se enjabonó y se puso un poco de champú en la cabeza para lavarse el pelo.

Oyó entonces unas pisadas. Miró por encima de las paredes de la ducha y vio a Carly andando por las taquillas del vestuario. Se quedó petrificado con las manos en la cabeza llena de jabón.

Sin tener en cuenta para nada que estaba en un vestuario masculino, ella se acercó a la ducha de Hunter y se quedó al otro lado de la pared, desde donde podía verle la cabeza y los hombros pero no la parte de abajo. Una parte que estaba respondiendo en ese momento muy activamente a su provocativa presencia en aquel lugar.

Hunter recordó entonces la razón por la que había aceptado volver otra vez al programa de O'Connor. Ya no podía seguir mintiéndose más a sí mismo, diciéndose que todo era producto de la insatisfacción que le producía la monotonía del trabajo. Conocía ahora muy bien la razón por la que no podía apartar de su mente a aquella mujer, a pesar de que sabía que debía hacerlo.

El deseo. Un deseo tan intenso que hasta llegaba a resultarle doloroso.

Él no la quería allí. Era como si viniera a poner a prueba las lecciones que, a tan alto precio, había aprendido en el pasado. Metió la cabeza bajo la ducha para quitarse el champú y aclararse. Pensó, entretanto, qué hacer con la mujer que estaba volviéndole loco. Deseaba que se marchara. Pero otra parte de él estaba deseando ardientemente lo contrario.

Cuando terminó, se dio la vuelta y se dirigió a ella, procurando controlar el tono de su voz.

–¿Has venido aquí solo a mirar o pretendes conseguir de mí alguna nueva historia?

–Si mal no recuerdo, fuiste tú el que se acercó a mí en el aparcamiento.

Hunter sintió la sangre afluyendo con entusiasmo a una parte de su cuerpo que parecía necesitarla con urgencia.

–La verdad es que no sé muy bien si aquella iniciativa funcionó.

–Sí que funcionó, te lo aseguro –replicó ella, llevándose una mano a la cadera–. ¿Y si invirtiéramos los papeles y yo probara la táctica contigo? ¿Crees que funcionaría también?

La pregunta encendió de forma virulenta el fuego del deseo que él había tratado de mantener discretamente como en un rescoldo. Se oyó el ruido del chorro de agua golpeando el suelo de la ducha, mientras él se debatía pensando la respuesta.

–Depende de lo buena que seas –dijo él finalmente, señalando con la cabeza en dirección a la máquina de preservativos, adornada con multitud de imágenes del Kama Sutra, que había junto a una pared–. Y de cuántas de esas posiciones conozcas.

Carly miró a la máquina y pestañeó un par de veces, sorprendida por las imágenes.

–La primera y la tercera me son familiares –dijo ella–. La cinco diría que es físicamente imposible –añadió acercándose muy decidida a la pared de la ducha y mirándole a los ojos fijamente con gesto desafiante–. Pero me gustaría probar la cuatro contigo.

Hunter sintió la sangre agolpándose violentamente entre las piernas. Sabía lo atrevida que podía ser a veces, pero sintió un deseo irrefrenable de saber hasta dónde sería capaz de llegar.

–¿Aquí? –preguntó él, arqueando una ceja–. ¿Ahora?

Carly se asomó por encima del muro y vio por primera vez su cuerpo por debajo de la cintura.

–¿A qué esperar?

–Siendo así, estoy a tu disposición –replicó él, ardiendo de deseo.

Carly se pasó la lengua por los labios con la respiración entrecortada.

–¿Tienes alguna moneda para la máquina?

–Busca ahí, en el lateral de mi bolsa de deporte.

Hunter se quedó esperando a que ella sacara la caja de preservativos de la máquina, consciente de que ya no le sería posible dar marcha atrás.

Carly miró con gesto de preocupación la máquina expendedora de preservativos.

Se suponía que ella no debía estar allí. Había estado tratando de convencer a su jefa para que le dejase ir a hacer un reportaje sobre Hunter. Sería una estupidez hacer ahora el amor con él. Sin embargo, una cosa era lo que debía hacer y otra muy distinta lo que deseaba hacer.

Se volvió hacia Hunter, tratando de no mirarle por debajo de la cintura para no arriesgarse a sentir un mareo. Él seguía allí, con los brazos cruzados y el agua cayéndole por la espalda. Había una expresión de deseo en sus ojos azul pizarra, pero también esa sensación de estar siempre en guardia, vigilante, atento a cada una de sus reacciones. Nunca había conocido a un hombre con esa capacidad de autocontrol. Pero, sin embargo, aunque parecía vivir tras aquellos muros que levantaba para protegerse, había tenido el valor de derribarlos para salir en su defensa y salvarla de una situación comprometida en la que estaba en juego su honor.

Aquel recuerdo le llegó al corazón. Era algo que Thomas nunca hubiera hecho por ella. Todo lo contrario, cuando su carrera política se vio amenazada, la abandonó con una simple nota en el *Bricklin Daily Sentinel.* Sin un aviso ni una llamada telefónica. Ella sola en casa, en pijama, con una taza de café en una hermosa mañana de domingo, leyendo un artículo sobre el candidato al Senado por California. Su novio la había echado como carnaza a los lobos, a pesar de su promesa de permanecer a su lado para sobrellevar juntos el escándalo.

Y luego, por si fuera poco, estaba el abandono y el desafecto de su propio padre...

Trató de dejar a un lado aquellos recuerdos tan dolorosos. Era triste tener que estarle agradecida a un hombre con el que no tenía ninguna relación, pero que había sido el único que había tenido el valor de dar la cara por ella, a pesar de que ella le había desafiado en un debate público.

¿Cómo sería hacer el amor con Hunter? Ella había tenido algunos novios, pero siempre había salido un tanto decepcionada de sus experiencias sexuales, como si hubiera esperado algo más. Pero nunca había conocido a un hombre tan sexy y atractivo como Hunter Philips.

«No lo hagas, Carly. No lo hagas. Eso es solo lujuria», le dijo una voz interior.

Pero no era verdad. Era mucho más que eso. Se armó de valor, abrió la bolsa de deporte de Hunter, sacó unas monedas y se dirigió a la máquina. Estaba muy nerviosa. Le temblaban las manos. Aporreó con fuerza los botones de la máquina pero no consiguió hacerla funcionar.

–Déjame a mí.

Sintió una mano húmeda apoyándose en su cadera izquierda mientras un brazo la rodeaba por la cintura. Un escalofrío le recorrió todo el cuerpo. Sintió que los huesos se le reblandecían y que las rodillas podían fallarle en cualquier momento. Se quedó quieta, sin atreverse a darse la vuelta, pero imaginándose la escena. Hunter, desnudo, abrazándola por detrás.

Él pulsó suavemente un botón y un pequeño estuche cayó suavemente en la bandeja con un sonido prometedor.

Ella apoyó la espalda en la pared, junto a la máquina, y contempló su cuerpo desnudo. Era un espectáculo digno de verse. Un pecho liso, musculoso y sin un gramo de grasa. Un abdomen tenso y duro. Unos muslos largos y poderosos. Y una erección... gloriosa.

–¿Qué opinas? –preguntó él, clavando los ojos en ella–. ¿Necesitaremos más de uno?

Viendo su excitación, Carly pensó que ella no sobreviviría al primer asalto. Pero tampoco era necesario decírselo con esas palabras.

Con la boca seca y los dedos temblorosos, se quitó la blusa y la dejó a un lado.

–Eso dependerá de tu resistencia.

Él asintió con la cabeza, mirando la máquina y su colección de grabados.

–Tú elegiste la cuatro para empezar, me tocará elegir luego a mí.

Con el corazón en un puño, ella sostuvo su mirada mientras se quitaba el sujetador.

–Con tal de que no sea la número cinco.

Hunter metió otra moneda y miró a Carly con una expresión mezcla de humor y deseo.

–¿Qué te parece si intentáramos una versión modificada más asequible? –dijo él accionando el botón y sacando el segundo preservativo.

Carly sintió un nudo en el estómago. Aquel juego del gato y el ratón estaba empezando a angustiarla. No sabía cómo podría acabar ni quién acabaría llevando la iniciativa.

–¿Y si tu compañero de boxeo se acerca por aquí y nos ve? –preguntó ella.

Hunter sonrió con su sonrisa enigmática y se acercó a ella, apretándola contra la pared.

–Esperemos que no –respondió él, inclinando la cabeza.

Cuando sus labios entraron en contacto, ella respondió apretando la boca contra la suya y ofreciendo su lengua, entregada. De forma rápida y precipitada, se desprendió de los pantalones vaqueros y las bragas, tirándolos al suelo. Hunter deslizó entonces la mano por entre sus muslos y la acarició de forma excitante con los dedos hasta que ella empezó a temblar y jadear. Su respuesta fue tan rápida que Carly casi se avergonzó de ello.

«No es más que lujuria, Carly. Solo lujuria», volvió a decirle aquella voz impertinente.

–Se suponía que iba a ser yo la que te sedujese a ti –dijo ella, apartando la boca un instante y sorprendida de oír su voz temblorosa que casi no reconocía como suya.

Él la besó en el cuello, mientras seguía haciéndola gemir de placer con las caricias de sus dedos.

–Tranquila, ya te llegará tu turno.

Hunter bajó los labios desde el cuello hasta sus pechos, dejando una estela de caricias y deseo por el camino. Ella arqueó la espalda, embriagada de placer.

–Recuerda –dijo ella con los ojos cerrados– que has prometido hacerlo dos veces.

Hunter, con una mano en su cadera y la otra entre sus muslos, fue acariciándola de arriba abajo con los labios y la lengua. Los pechos, el estómago, el vientre...

–¿Cuando te dije eso? –preguntó él desde abajo.

–¿Para qué compraste si no el segundo preservativo? –replicó ella en un hilo de voz.

–Pronto lo averiguaremos.

Ella no estaba en condiciones de pensar en respuestas ingeniosas. Estaba embriagada de placer.

Sintió un fuego líquido corriendo por sus venas al sentir la boca de él en la cara interna de los muslos. Abrió instintivamente las piernas un poco más y Hunter respondió entonces a la invitación sustituyendo las caricias de los dedos por la boca.

Carly sintió como si estuviera sometida a unas fuerzas invisibles pero muy poderosas. Dejó caer la cabeza hacia atrás con un gemido, mientras él seguía acariciando la parte más sensible de su cuerpo de mujer de forma insistente y sin descanso. Con los labios, la lengua y hasta los dientes. Todos colaborando en un mismo fin: darle el máximo de placer.

Cuando estaba a punto de llevarla a la cima del éxtasis, Hunter subió las manos a sus pechos y se puso a trazar pequeños círculos alrededor de sus pezones con las yemas de los pulgares. El ascenso a la cima estaba asegurado. Con los ojos cerrados, la espalda pegada a los fríos azulejos blancos y el cuerpo ardiendo, Carly se aferró jadeante a sus hombros, con las piernas temblando. Una llamarada de placer pareció abrasarla por dentro, como si desde aquella cima se precipitara súbitamente hacia el infierno. Gritó el nombre de Hunter durante el orgasmo.

Mientras su grito resonaba por el vestuario del gimnasio, Hunter se incorporó y tomó su cara entre las manos. Tenía los ojos cerrados y el pelo húmedo. Solo se escuchan los gemidos de su garganta y los jadeos de su pecho tratando de recobrar el aliento.

Desde el primer momento en que entró en el vestuario, Carly supo que las cosas acabarían así, a pesar de los intentos de él por evitarlo.

—¿Esto cuenta ya como una? —dijo ella aún con los ojos cerrados.

—Para mí, se trataba solo de un calentamiento.

—Lo has hecho muy bien —replicó ella en voz baja, poniéndole los brazos alrededor del cuello—. Ahora llévame a un banco de esos.

Hunter sintió que le subían las pulsaciones como cuando estaba entrenando sobre el cuadrilátero. Sabía que sería inútil llevar la contraria a esa mujer tan hermosa que había acabado metiéndosele tan dentro del corazón.

—Llévate los dos preservativos —dijo él.

Ella obedeció de buena gana. Hunter la levantó en vilo por las caderas y ella enroscó las piernas alrededor de su cintura. Mientras la llevaba a la otra zona del vestuario, sintió en su miembro viril el calor húmedo de sus muslos, en estrecho contacto. Ella apretó las piernas un poco más, como para provocarle y sentirlo más cerca. Deseaba, en realidad, sentirlo dentro de ella.

Él se sentó a horcajadas sobre el banco de madera, con una pierna a cada lado, y puso la toalla en el regazo de ella que seguía con las piernas alrededor de su cintura, dispuesto a penetrarla suavemente. Sin embargo, ella le detuvo poniéndole una mano en el pecho.

—Lo siento, pero es mi turno. Así que échate —dijo ella en voz baja pero con mucha decisión, empujándole hacia atrás para que quedase tumbado boca arriba—. Tengo mucho interés en saber cuánto vas a tardar en perder ese autocontrol que parece acompañarte siempre.

Hunter se echó hacia atrás, pero se quedó con los codos apoyados en el banco, expectante. No estaba muy acostumbrado a que una mujer llevara la iniciativa.

Miró sus ojos de ámbar y su pelo castaño cayéndole por los pechos. Era una visión increíblemente excitante, no solo por su postura dominante, sentada a horcajadas entre sus muslos como una amazona, sino también por sus movimientos descarados y agresivos.

Estaba tan excitado que parecía a punto de estallar. Carly se inclinó entonces hacia él y lo besó en la boca apasionadamente mientras le arañaba suavemente el pecho con las uñas hasta arrancarle un gemido de placer. Estimulada por su respuesta, comenzó a mover suavemente las caderas, frotando su miembro entre los muslos. Hunter, lleno de deseo, tuvo que reprimir el impulso salvaje que sentía de tomar la iniciativa y hacerla suya de una vez. Ella siguió con sus movimientos cadenciosos, sin dejarle hacer nada, excitándolo cada vez más, hasta que llegado el momento y cuando lo creyó oportuno, apartó la boca de la suya y rasgó con los dientes el pequeño estuche de papel de aluminio que había dejado en el banco. Le puso el preservativo desenrollándolo lentamente con ambas manos, hasta dejarlo perfectamente estirado y acoplado a su miembro. Hunter sintió toda la sangre de su cuerpo acumulándosele en esa zona.

Con el aire de una mujer que sabía lo que quería, se acopló encima de Hunter mientras él se arqueaba ligeramente para conseguir una penetración más completa y profunda.

Cerró los párpados, puso las manos sobre el pecho de él y empezó a mecerse hacia arriba y hacia abajo como una amazona a lomos de un caballo, mientras le clavaba las uñas en la carne y echaba la espalda hacia atrás para sentirle más íntimamente dentro de ella. Él acompañó cada movimiento de su cabalgada, empujando con virilidad. Con los ojos cerrados, las mejillas encendidas y la boca abierta, ella le llevó a lo más alto, dándole todo lo que él deseaba desde que la vio cruzar las piernas por primera vez aquella noche en la televisión.

Con los codos apoyados sobre el duro banco de madera, Hunter apretó los puños, acompasándose a cada uno de sus movimientos. Se sentía embriagado por la suavidad de su cuerpo y el aroma de su perfume mezclado con su propia fragancia femenina. Había apartado todas sus reservas y barreras protectoras. Se hallaba indefenso frente a ella y casi al borde del límite. Estaba a punto de cruzar la línea que se había prometido no cruzar.

Ella, como intuyendo aquel momento de duda, hundió las menos en su pelo y se inclinó de nuevo hacia él para besarlo en la boca, casi devorándolo. El deseo de Hunter se disparó. Creyó ahogarse en aquella sensación tan profundamente perturbadora. Sabía que debía recuperar el control de sí mismo si no quería dejar que ella lo volviera loco. Pero veía que no podía, o no quería intentarlo. Se sintió decepcionado consigo mismo. Sintió cómo ella aumentaba el ritmo, moviendo las caderas de forma excitante y besándolo en la boca de forma salvaje y primitiva, como exigiéndole su renuncia total a todo lo que no fuera ella.

Carly le agarró entonces de los glúteos y corrigió ligeramente su posición hasta sentirlo completamente dentro de ella. Apartó, por un instante, la boca de la suya y le miró con ojos de fuego mientras le susurraba, con voz fascinante, palabras atrevidas y sensuales que parecían acariciarlo y hechizarlo. Poco a poco, lo fue empujando hacia atrás hasta conseguir dejarlo completamente tumbado boca arriba en el banco. Luego se echó encima de él, pegó su cuerpo al suyo y siguió haciéndole el amor, ella arriba y él abajo, como si se hubieran intercambiado los papeles. Hunter, con el abdomen tenso y el cuerpo sudoroso sobre el banco de madera, se dejó llevar por ella, por su dulce aroma, la suavidad de su piel y sus maneras seductoras que amenazaban con deshacerlo, mientras luchaba contra la deliciosa y evanescente sensación de sentirse sumergido, cercado, pendiente de un hilo.

Los gemidos de ella se hicieron más frecuentes. Más apremiantes. Hunter se entregó de lleno dándolo todo de sí mientras Carly comenzó a gritar y a clavarle las uñas en la piel.

Entonces, su control se quebró como el rayo, abrasándolo con un destello cegador y dejando su mente en blanco, envuelta en una maravillosa sensación de placer. Levantó un poco la cabeza, la agarró por la cintura y se puso a mover las caderas de forma salvaje a un ritmo frenético y desesperado. Así era su deseo: desesperado, peligroso y casi autodestructivo.

Con un gemido áspero y crudo, Hunter la atrajo hacia sí mientras sentía sus músculos ardiendo, tensos y contraídos. Y cuando la presión llegó a hacerse tan fuerte que pensó que podría destruirlo, se deshizo en una explosión liberadora que pareció sumirlo en el olvido.

Capítulo 7

CARLY –dijo una melodiosa voz femenina, por encima del murmullo de los elegantes invitados reunidos en el lujoso *living* de la residencia de William Wolfe.

Desde la puerta que conducía al pasillo de la parte de atrás de la casa, Carly contempló a Elaine Bennett, la esposa del CFO, el director financiero, del grupo Media Wolfe.

A pesar de que debía rondar los setenta, una serie milagrosa de operaciones de estética habían dado a su rostro el aspecto de una máscara de edad indefinida.

Por un momento, Carly tuvo celos de ella. Se sentía como si hubiera envejecido diez años en la semana que había pasado desde que Hunter se había despedido de ella a la salida del gimnasio.

El vestido de noche negro de pedrería de Elaine Bennett brilló esplendorosamente al acercarse.

–Tu padre debe de estar muy feliz de tenerte aquí.

Carly prefirió ignorar su comentario para no contradecirla. No había necesidad.

–Está usted espléndida esta noche, señora Bennett.

La mujer la miró con afecto pero con cierta reserva: la conocía desde que tenía cinco años.

–Apenas hemos tenido ocasión de verte desde que volviste a Miami. Tu padre ya no es ningún muchacho. No deberías portarte con él como una extraña.

Con los nervios a flor de piel, Carly respondió algo

convencional y tomó un sorbo de su copa de champán mientras observaba a la señora Bennett volviendo con los demás invitados.

Le daba miedo la idea de tener una discusión con su padre. La relación entre ellos nunca había sido muy buena, pero desde su *affaire* con Thomas Weaver se había vuelto especialmente frágil.

No debía haber aceptado la invitación, pero su ausencia, tal vez, se hubiera visto como un gesto de hostilidad por su parte. Su padre había dado aquella fiesta tan glamurosa en honor de Brian O'Connor, cuyo programa había tenido un ascenso vertiginoso en el ranking de audiencia tras la sorprendente confesión de Hunter Philips sobre el origen de su popular aplicación informática. Toda una primicia, una exclusiva informativa seguida por prácticamente todo Miami. Y por si fuera poco, O'Connor había conseguido una tercera edición del show con los mismos invitados. El éxito estaba garantizado. Y no había nada que William Wolfe admirara más que eso: el éxito.

Por eso no se llevaba bien con ella. Porque, a su modo de ver, lo había decepcionado.

Echó otro trago de champán, tratando de no dejarse deprimir por aquellos recuerdos. Después de seis noches casi en blanco, sin poder dejar de pensar en Hunter y en la forma en que habían hecho el amor, no tenía ánimo ni fuerzas suficientes para enfrentarse con su padre.

Echó una ojeada por la sala y vio a Brian O'Connor. Sintió una extraña desazón, rayana a la repulsión. Echó de menos la presencia de algún individuo de carne y hueso: un joven grafitero, un motero fanático de su Harley Davidson o incluso una *drag queen*.

Y entonces, como si algún poder mágico o sobrenatural hubiera escuchado su deseo, Hunter entró en la sala, vestido con un esmoquin muy elegante.

El corazón le dio un vuelco al verlo y su mente pareció retroceder en el tiempo recordando lo que había pasado en el gimnasio siete días atrás.

Después de haber hecho el amor, y aún con el pulso acelerado y los pechos agitados, Carly se había quedado abrazada a Hunter. No estaba muy segura de lo que había pasado, solo recordaba vagamente que su cuerpo se había elevado a unas alturas más propias de una nave espacial. Recordaba también haberse conducido de manera tal vez algo agresiva o descarada con Hunter, pero no se arrepentía de ello. Sin embargo, había sentido una extraña tensión al terminar. Especialmente, cuando Hunter volvió a refugiarse detrás de su muralla protectora. Los minutos que transcurrieron en absoluto silencio, mientras se vestían, habían sido muy desagradables.

Carly había pensado preguntarle por qué se había molestado en sacar el segundo preservativo de la máquina, pero Hunter no le había dado la oportunidad. La acompañó a su coche y se despidió de ella sin volver una sola vez la vista atrás.

Ahora, en cambio, la estaba mirando. Ella se apoyó en la puerta, con el bolso en una mano, y se alisó el vestido de seda de tirantes color rojo pasión con la otra. Un vestido con el que enseñaba las piernas bastante más de lo debido.

Hunter –exclamó ella, dejando a un lado los nervios.

–Bonita casa –dijo él, señalando con la cabeza el lujoso mobiliario de la sala desde la que se dominaba una espléndida vista del Atlántico.

Su actitud era arrogante y fría. Parecía un hombre completamente distinto del que había gozado en sus brazos en el vestuario del gimnasio hacía solo una semana.

–No te dejes engañar –dijo ella, mirando las baldosas de importación y las paredes de cerezo brasileño–. Está pensado para crear la ilusión de un hogar cálido y acogedor –añadió con ironía.

–Cualquier cosa puede falsificarse en estos tiempos que corren –afirmó él con una leve sonrisa.

Carly presintió cierto tono de acusación en sus palabras.

–¿Como por ejemplo? –preguntó ella, apretando el tallo de la copa de champán.

Él recorrió con la mirada a todos los invitados de la sala y se detuvo en la señora Bennett.

–La juventud.

A pesar de lo ingenioso de la respuesta, ella se abstuvo de sonreír, presintiendo que había una segunda intención oculta en sus palabras.

–¿Y qué me dices de la nobleza, el afecto o la comprensión? –preguntó ella.

–O el orgasmo –exclamó él de forma pretendidamente suave pero con intención.

Carly sintió como si hubiera recibido un golpe bajo. Pensó qué podría ser peor: que creyese que era una estúpida o que la tomase por una farsante que fingía sus orgasmos.

Lo miró fijamente. Lo que había comenzado como un juego aquel día en el callejón se había convertido ahora en algo muy serio. Una experiencia sexual atrevida y ambiciosa. No había nada más excitante que conseguir hacer perder el control de sus emociones a un hombre como Hunter Philips. Había sido necesario un esfuerzo titánico. Él se había resistido hasta el último momento. De hecho, tan pronto terminaron, había vuelto a levantar su muralla protectora.

Sintió un nudo en el estómago. Trató de vencer el impulso de salir huyendo por el pasillo.

–Me sentiría muy decepcionada si consideras que lo que pasó el domingo por la noche entre nosotros fue solo una farsa.

–Ese tipo de farsas es algo casi privativo de las mujeres. En ese aspecto tenéis una clara ventaja sobre nosotros.

Carly se esforzó por mantener la calma y reconducir el curso de la conversación.

–Creo que estás resentido conmigo porque tuve la oportunidad de comprobar personalmente que no eres el hombre de hielo que pretendes aparentar –dijo ella, y luego añadió con la mejor sonrisa que pudo, dadas las circunstancias–. Desde luego, tengo que reconocer, como acabas de decir que, en tu caso, resultó más evidente cuando... disparaste tus balas.

–No estarás celosa de mis armas, ¿verdad? –replicó él, con una leve sonrisa.

–No, pero podrías enseñarme a dispararlas.

–Eso tiene fácil arreglo –respondió él con un tono mezcla de deseo y desconfianza–. Lo que no sé es si abordarías la experiencia con un entusiasmo fingido o esta vez sería real.

Era evidente que él estaba resentido con ella por la forma en que había llevado su relación sexual en el vestuario del gimnasio. Pero a Carly le resultaba muy doloroso hablar de un asunto tan delicado e íntimo. ¿Qué se suponía que debía decir? ¿Que nunca había habido antes en su vida un hombre que hubiera acudido a rescatarla? ¿Que había sido en el pasado una doncella en apuros, pero que ningún caballero con un sombrero blanco y una armadura de plata se había arriesgado a montar en su caballo para acudir en su defensa? Ella se había sentido profundamente agradecida y honrada por aquel gesto tan noble de Hunter en el programa de televisión y tal vez había llevado su agradecimiento a extremos excesivos. Tal vez, no debía haberse obstinado en tratar de derribar de forma tan precipitada las barreras emocionales de un hombre que había sufrido un desengaño sentimental tan fuerte en el pasado.

–¿Estás cuestionando mi integridad como mujer?

–Puede ser.

–¿Crees acaso que mis gemidos no fueron auténticos? –exclamó ella con una mano en la cadera.

–No, me parecieron reales. Fue tu grito del final lo que me pareció exagerado.

El grito había sido real también. Carly lo miró fijamente.

–Me duele profundamente que hayas podido pensar de mí que estaba fingiendo cuando hacíamos el amor. Puse todo mi entusiasmo.

–Sí, sé muy bien el entusiasmo que pones en tu trabajo.

Aquella insinuación era más de lo que ella podía soportar. Nunca lo hubiera esperado de él.

–Me pregunto si tus recelos no serán tal vez consecuencia de mi pasado... –dijo ella, acercándose a él, pero evitando caer bajo el influjo del perfume a limón de su loción de afeitar y del aspecto tan impresionante que tenía con su esmoquin–. O del tuyo.

Hunter sostuvo su mirada sin pestañear, pero ella creyó ver una leve crispación en sus mejillas.

–Antes de que esta conversación vaya más lejos, creo que es el momento de ir a por más champán –replicó él, tomando la copa vacía de ella–. Volveré en seguida.

Carly se quedó mirándolo y dejó escapar un suspiro que había estado conteniendo todo ese tiempo. Pero antes de que pudiera relajarse, escuchó otra voz masculina a su espalda.

–Hola, gatita.

Sintió un sobresalto al oír su viejo apodo de la infancia. Cerró brevemente los ojos, preparándose para enfrentarse al hombre que nunca había confiado en ella.

Carly sintió un nudo en el estómago ante la idea de tener que hablar con su padre y escuchar sus reproches.

Aunque ya estaba casi acostumbrada. Desde pequeña, había tratado de que su padre se sintiese orgulloso de ella, pero a él nunca le había parecido bastante todos sus esfuerzos.

Había tenido una adolescencia muy desgraciada, sintiéndose incomprendida por su padre con el que había tenido continuos enfrentamientos. Por desgracia, aquellos vestigios de rebeldía de otros tiempos parecían revivir últimamente cuando estaba en su presencia. ¿Cuál era, de verdad, la razón por la que ella había estado evitándolo durante los últimos seis meses?

–Hola, papá –dijo ella, saludando a su padre con una sonrisa de conveniencia.

El señor Wolfe tenía el pelo canoso, pero seguía teniendo un aspecto espléndido a sus sesenta años. Alto, esbelto y de rasgos afilados, tenía una presencia que imponía respeto.

Los veinticinco años que llevaba al frente del grupo Media Wolfe habían conferido a su mirada una dureza especial, propia de un hombre acostumbrado a mandar. Y a ser obedecido.

–Supuse que vendrías –dijo él.

–¿Es esa la razón por la que me incluiste en la lista de invitados? –preguntó ella.

–No te habría invitado si no hubiera querido que vinieras –respondió él, secamente.

–Claro –dijo ella, en tono cordial–. Supongo que habría quedado muy mal que hubieras invitado a todos los que han participado en el programa de O'Connor, excepto a tu propia hija.

Wolfe se fijó en su vestido y frunció el ceño.

Carly sabía que, si no hubiera sido la falda, habría encontrado otro motivo cualquiera para mostrarle su desaprobación. Imaginó que le haría alguno de sus comentarios sarcásticos.

–Te has superado a ti misma esta noche. ¿Quién es esta vez el infeliz?

–He venido sola –respondió ella, apretando los puños–. ¿Decepcionado?

–No puedo decir que estuviera deseando conocer a otro de esos infelices con los que te has estado relacionando últimamente. No digo que fueran malas personas, pero les faltaba ambición.

–Yo no elijo a los hombres por lo importantes que sean en sus trabajos ni por el saldo que tengan en sus cuentas corrientes.

–Pones tu listón demasiado bajo, gatita.

–Tal vez seas tú el que pones el tuyo demasiado alto –replicó ella.

Se hizo un tenso silencio en el que padre e hija se miraron recelosamente. Carly se preguntó, una vez más, por qué se habría tomado la molestia de asistir a aquella fiesta.

–Lo peor de todo es que creo que tampoco te importa demasiado saber cómo son esos tipos con los que sales –dijo su padre, ahora con cierta acritud–. Te limitas a probar con uno y con otro y luego te sorprendes al final de que te traten tan mal.

–¿Para qué me has invitado a esta fiesta? ¿Para reprocharme mi vida sentimental?

–Es muy triste para mí tener que organizar una fiesta para poder ver a mi propia hija –dijo él con un gesto de sufrimiento y un suspiro de resignación, como siempre hacía–. En cuanto a tu vida sentimental, ya eres mayor de edad. Eres muy dueña de salir con el hombre que te dé la gana.

–Sin embargo, eso nunca te ha impedido criticar mis decisiones. No solo en el terreno amoroso, sino también en el profesional. En todo caso, tengo una buena noticia para ti –dijo ella al ver su crispación–. Si vuelvo a verme envuelta en otro escándalo, esta vez no será en uno de tus periódicos. No tendrás que preocuparte de que pueda empañar tu buen nombre.

Sabía que su despido del periódico de California había sido culpa suya, no de su padre. Pero seguía manteniendo aún serias dudas del papel que él podía haber jugado en aquel asunto.

Miró a su padre y, por primera vez, esa noche, decidió hablarle con sinceridad y sin sarcasmos.

–Han pasado tres años y aún no sé exactamente si fuiste tú o no el que ordenó que me despidieran de aquel periódico.

–Maldita sea, Carly –dijo Wolfe, fuera de sí, abandonando el apodo cariñoso de gatita–. Tu jefe fue el que tomó la decisión. ¿Fuiste acaso tan ingenua como para pensar que tu conducta no iba a tener consecuencias? ¿No te diste cuenta de que Thomas Weaver te estaba utilizando?

–Él no me estaba utilizando. No empecé a salir con él hasta tres meses después de que se publicó la historia. Sin embargo, sí reconozco que fui lo bastante ingenua como para creer que las personas que pensaba que me querían se pondrían de mi parte cuando las cosas se pusieron feas. Pero no fue así, Thomas me dio la espalda para evitarse problemas. Igual que tú.

–¿Qué esperabas que hiciera, Carly? –exclamó su padre–. ¿Presentar mis excusas en nombre de mi hija, por su falta de sensatez? ¿Favorecer a una persona por el solo hecho de llevar mi misma sangre? Tengo un grupo empresarial muy importante que mantener y el negocio es lo primero. No entiendo cómo pudiste cometer ese error de principiante.

–Tengo un corazón, papá –dijo ella, con un nudo en la garganta.

–Lo creas o no, yo también, hija.

–Pero yo no puedo controlarlo a mi voluntad como tú.

–Como te he dicho, no podía involucrarme en ese asunto por tu causa.

Ella nunca había querido tal cosa de su padre, solo había esperado que la creyera. Pero, después de tres años, aún lo estaba esperando. Sintió las lágrimas pugnando por brotar de sus ojos.

–¿No lo entiendes, papá? Yo no pretendía que intervinieras en mi nombre ni que me trataras de forma especial por ser tu hija, solo quería que tuvieras fe en mí. No hubiera aceptado tu ayuda, pero confiabas tan poco en mí que ni siquiera me diste la oportunidad de rechazarla.

Wolfe se puso rojo de ira. Sin embargo, cuando Hunter se acercó a ella con las dos copas de champán, él asintió con la cabeza mirándolo con gesto irónico.

–Creo que usted no es como los demás. Es demasiado inteligente como para ser víctima de los encantos de mi hija.

Carly sintió una punzada en el corazón. No sabría decir si de vergüenza o de dolor. Intentó decir algo, pero las palabras se le quedaron ahogadas en la garganta. Hunter pareció hacerse cargo de la situación. Se puso a su lado, interponiéndose entre ella y su padre, en un gesto silencioso de protección y dirigió a Wolfe una mirada tan fría como el hielo y tan dura como el acero.

–Tenga cuidado –dijo simplemente.

Carly contuvo, a duras penas, sus deseos de llorar, de gritar y de desahogarse con su padre. Estaba avergonzada. Se sentía en ridículo. No podía seguir allí. Echó una última mirada a la cara enfurecida de su padre, se dio la vuelta y salió corriendo por el pasillo.

Capítulo 8

WILLIAM Wolfe se retiró muy enfadado y Hunter, aún con las copas de champán en las manos, se quedó mirando cómo Carly se alejaba por el pasillo. Tuvo que resistir el impulso de seguirla.

Recordó la noche del vestuario. Había quedado exhausto después de haber hecho el amor con ella, pero nunca se había sentido tan bien ni había experimentado una sensación tan apacible y liberadora. Había querido volver hacer el amor con ella pero, en ese momento, había reflexionado sobre la razón que le había llevado a seguirle a las duchas del vestuario y le había asaltado la sospecha de que lo estaba utilizando. Entonces había llegado a la conclusión de que debía marcharse o correr el riesgo de sucumbir ante ella por segunda vez.

Pero cuando, hacía unos minutos, la había visto con su vestido tan excitante y provocativo, el deseo había vuelto a corroerle. Enojado consigo mismo, la había insultado... igual que su padre.

Se arrepentía sinceramente de ello. Después de la escena que acababa de presenciar, creía conocerla mejor. Era una mujer complicada, llena de aristas, unas redondas y otras afiladas. Aparentemente desenvuelta y descarada pero, sin embargo, muy vulnerable. Capaz de cualquier cosa por hacer bien su trabajo, pero ingenua en el fondo. Él no tenía claro por cuál de los dos lados de Carly prefería decantarse, pero estaba convencido ahora de que era inocente de todas las acusaciones que la prensa había vertido sobre ella tres años atrás.

La vio entrar en la habitación que había al final del pasillo. Se hacía cargo de lo que debía de estar pasando. Cuando él había atravesado por un mal momento, sus padres le habían ayudado. Su amigo Booker le había apoyado en todo. Pero ella...

Sin pensárselo dos veces, se dirigió por el largo pasillo hasta la puerta que había al fondo. Estaba abierta. Pasó dentro. Era una especie de despacho de color verde bosque. Allí estaba Carly, con las mejillas encendidas, paseando de arriba abajo, moviendo sus largas piernas de infarto bajo aquel vestido rojo pasión, rayano en la indecencia.

Pensó que tal vez no hubiera sido una buena idea entrar allí, pero ya era tarde para echarse atrás.

–¿Quieres decirme qué ha pasado?

–Por favor, vete –dijo ella sin detenerse y como acompasando las palabras a sus pasos.

–Creo que deberías contármelo.

–No –exclamó ella, a punto de explotar de furia o de echarse a llorar.

Hunter dejó las dos copas sobre una mesa enorme de nogal.

–No reprimas las lágrimas si te apetece llorar. Desahógate. Te sentirás mejor.

–No –replicó ella, dejando el bolso sobre la silla de cuero del escritorio–. Me prometí que nunca más volvería a llorar por eso. Y no lo haré. Y menos aquí.

–¿Por qué aquí no?

Ella llegó a la pared del fondo y se dio la vuelta de nuevo.

–Justo después de que el caso Weaver me salpicara en la cara y me despidieran del periódico, volví a casa en busca de apoyo. Nada más llegar, mi padre me trajo a este despacho y me soltó un sermón sobre el deber de un periodista y el objetivo principal de un periódico: ganar dinero. Luego siguió hablando y hablando sobre la importancia del resultado final de la cuenta de explotación de una empresa. No se preocupó en ningún momento de cómo podía sentirme. Nada de lo que yo he hecho le ha parecido nunca bien. He estado evitándolo durante seis meses. Y ahora, en menos de dos minutos, ha echado por tierra toda mi vida sentimental.

–¿Ha sido la relación con tu padre siempre tan difícil?

–No –respondió ella–. De hecho, me dio libertad para irme donde quisiera, pero yo preferí volver a Miami. Y como una imbécil, me vine aquí a recordar cómo era cuando era más joven...

–Es difícil de separar los buenos recuerdos para librarse de los malos.

–Sí, tienes razón –replicó ella, deteniéndose en mitad del cuarto y mirándolo fijamente.

–¿Cuándo empezó a complicarse la relación con tu padre?

Carly se quedó absorta mirando la pared. Una sombra pareció cruzar fugazmente por su rostro.

–Mi madre murió cuando yo era niña. Mi padre ha sido la única familia que he tenido. Las cosas empezaron a ponerse difíciles cuando llegué a la adolescencia –dijo ella, pasándose la mano por el pelo–. Desde entonces, lo único que ha hecho ha sido reprocharme todas las decisiones que he tomado en la vida. Hasta la ropa que me ponía. Pronto, me di por vencida... Me puse este vestido esta noche porque sabía que le pondría furioso –sonrió con ironía y se dirigió a la ventana para mirar desconsolada la negrura de la noche sin luna–. No sé por qué trato siempre de provocarlo –dijo en voz muy baja como si hablara consigo misma.

Él lo sabía, como buen aficionado al boxeo.

–Uno debe golpear primero para no caer noqueado. Es un simple instinto de conservación.

Ella lo miró con aire de sorpresa como si la idea fuera nueva ella.

–Claro. Él está acostumbrado a golpear siempre el primero. En cierta ocasión, hasta me acusó de tratar a mis pretendientes como si fueran trapos de cocina. Usarlos y luego tirarlos.

–¿Ha habido muchos hombres en tu vida?

–No demasiados –respondió ella, y luego añadió mirándolo fijamente–. ¿Me estás juzgando?

–No. ¿Quién soy yo para juzgarte? Pero, dime, ¿qué provecho sacaste tú de esas relaciones?

–La mayoría de las veces, solo sinsabores y desengaños. Por cierto, ¿sabes que existe un servicio informatizado en esta ciudad, con canciones y todo, para romper con tu pareja? Yo debo de ser una de las destinatarias que más mensajes ha recibido de todo Miami –ahora fue él el que reprimió la sonrisa al ver su gesto serio–. Si te digo la verdad, lo único que he sacado, hasta ahora, en limpio de mis relaciones ha sido un montón de bromas de mis compañeros de trabajo.

–Tal vez no quieras tener ahora una relación estable con nadie para evitar que puedan utilizarte de nuevo, como hizo el senador.

–Thomas no me utilizó –respondió ella con firmeza.

–¿Estás segura? –preguntó él, haciendo una pausa lo suficientemente larga para captar su atención–. Resulta difícil de creer, viendo cómo, al final, cuando te convertiste en un obstáculo para él en vez de un trampolín para su carrera, decidió dejarte y romper contigo.

–Nuestra relación ya estaba rota. ¿Cómo iba a ser yo un trampo...?

–Con el apoyo mediático de Media Wolfe, le hubiera resultado más fácil ganar las elecciones.

–No sé qué pensar... Lo único que sé es... que te deseo.

–¿Por qué?

–Porque a tu lado siento algo que nunca había sentido antes.

Él la miró a los ojos tratando de hallar la verdad y llegó a la conclusión de que quería hacer el amor con él en esa casa porque encontraba en ello la forma perfecta de vengarse de su padre.

–Creo que debería irme. Juegas con ventaja. No puedes decirme eso, llevando ese vestido –dijo él con una voz más gutural de la que hubiera deseado–. Ni siquiera creo que sea legal.

–¿Serías capaz de arrestarme si no lo fuera? –dijo ella con una voz cargada de sensualidad.

–Debería –susurró él, muy excitado–. Pero, dime, ¿qué más armas ocultas?

Ella parpadeó un par de veces y, tras una breve reflexión, levantó las manos a la altura de la cabeza en un simulacro de rendición. De sumisión.

–Búscalas tú mismo. Puedes cachearme si quieres –respondió ella.

Hunter la miró fijamente... y vio que estaba expectante, esperando su decisión.

Sí, Carly se quedó a la espera, pensando hasta qué punto él era capaz de destruir la confianza que tenía en sí misma. Era un hombre apasionado, misterioso y peligroso, incluso cuando acudía en su defensa. Ella nunca se había enamorado de un hombre y siempre se había preguntado por qué. Se temía que, con Hunter, tuviera ya más de la mitad del camino andado...

«Es solo lujuria, Carly», volvió a decirle su voz interior.

Se sintió desnuda e indefensa mientras los segundos pasaban y él seguía observándola, como si tratara de hallar alguna pista que le ayudase a tomar su decisión. Veía el deseo en sus ojos, pero también una sombra de duda cuestionándose los motivos que ella podía tener para obrar así.

Con las manos aún sobre la cabeza, lo miró fijamente deseando saber si era tan bueno como lo recordaba. Tal vez, la vez anterior lo hubiera visto con buenos ojos, llevada por su gratitud hacia él, tras su acto de galantería delante de las cámaras, o por el hecho de haberse resistido en el vestuario y haber conseguido luego que se entregara a ella de aquella forma tan maravillosa.

–¿Cachearte? Sí, tal vez sería lo más seguro –exclamó él, acercándose a ella.

Hunter comenzó su registro con manos profesionales. De arriba abajo. Ella sintió cómo se le ponía la carne de gallina al paso de sus manos por las muñecas y los brazos desnudos. Siguió luego por las axilas y los pechos, bajando luego por la cintura y las caderas, mirando su cuerpo con ojos ardientes como si quisiera traspasar la seda de su vestido con la mirada.

–¿Qué llevas debajo?

–Un tanga.

Thunder se puso de cuclillas frente a ella. Sus ojos azul pizarra parecieron oscurecerse de deseo.

–¿Nada más? –dijo él, acariciándole las piernas con manos de fuego.

–No –respondió ella, sin bajar las manos de la cabeza.

–No puedes tener entonces muchos escondites bajo el vestido.

Carly recordó la última vez que él había estado así frente a ella y sintió el corazón latiéndole de forma desbocada como el de un caballo de carreras solicitado por su jinete al entrar en la meta.

–Eso depende de lo minucioso que seas.

La sonrisa misteriosa de Hunter acudió instantáneamente a su rostro. Subió las manos suavemente desde sus rodillas hasta sus muslos y acarició con los dedos su pequeña y carnosa protuberancia femenina, sin dejar de mirarla. Embriagada de placer, ella sostuvo su mirada mientras sentía su tanga humedecerse bajo el efecto de sus caricias.

–Extremaré mi minuciosidad todo lo que me sea posible –susurró él.

La mirada de Hunter era tan ardiente que costaba recordar su mirada habitual, fría y gélida.

Por su parte, ella estaba tan caliente y húmeda que su cuerpo parecía un amasijo de terminaciones nerviosas ávidas de placer.

–Supongo que estarás siguiendo fielmente el protocolo que aprendiste en tu período de adiestramiento en el FBI, ¿no? –dijo ella casi sin aliento.

–¿Qué otra cosa si no? –respondió él, subiendo ahora las manos por su vientre hasta cubrir con ellas sus pechos–. Siendo estricto, debería revisarte también la espalda –añadió él, frotándole ahora los pezones con las yemas de los pulgares hasta sentir cómo se ponían duros y tersos–, pero creo que con este cuerpo que tienes no necesitas llevar más armas.

Hunter la besó entonces en la boca y ella le devolvió el beso, presa de emociones contradictorias: el deseo que sentía por él y el temor a darle demasiado poder sobre ella.

Sintió estremecerse cada célula de su cuerpo cuando él la agarró por los glúteos y la atrajo hacia sí, apretándola con fuerza hasta hacerla sentir entre los muslos la dureza de su miembro. Ella arqueó la espalda para sentir un contacto más íntimo mientras sus bocas entablaban un duelo salvaje y primitivo y él le acariciaba la espalda trazando excitantes círculos con los dedos.

–Tenemos que cerrar la puerta –murmuró ella, aprovechando un hueco entre sus besos.

–Y necesitamos un preservativo –susurró él junto a su boca.

–Yo tengo en el bolso el segundo que sacaste de la máquina del vestuario.

Hunter pareció reaccionar de forma extraña al oír esas palabras. Echó la cabeza hacia atrás, con los ojos aún ardientes de deseo pero con un gesto de recelo reflejado en la frente.

–Iré yo a cerrar la puerta. Tú ve a por el preservativo –dijo él finalmente.

No eran tareas muy complicadas. Así que, poco después, se vieron juntos de nuevo en el centro del cuarto. Hunter le quitó el vestido sin más preámbulos y lo arrojó a un lado.

–Esta vez –dijo él, sentándola sobre la mullida alfombra que cubría el suelo del despacho de William Wolfe–, yo me haré cargo de todo.

La empujó suavemente por los hombros hasta dejarla completamente tumbada boca arriba y le quitó el tanga. Llena de deseo, Carly vio cómo Hunter se quitó la chaqueta del esmoquin, el lazo y la camisa. Sintió un escalofrío al ver su torso desnudo y una necesidad apremiante de rendir culto a aquella piel cálida y a aquella masa de músculos lisa y dura como una roca, ya familiar para ella. Pero cuando se quitó los pantalones y los calzoncillos y vio su erección en todo su esplendor, sintió el corazón bombeando con tanta fuerza que temió pudiera salírsele del pecho.

Pensó que, tal vez, había sido una buena idea que él hubiera decidido tomar la iniciativa.

Él se arrodilló a sus pies, le levantó un poco una pierna y le besó el tobillo. Luego le acarició la pierna, subiendo lentamente los labios y la lengua por su piel, y pasando luego las palmas de las manos para calmar el fuego que el rastro de su boca iba dejando atrás. Al llegar a la cara interna del muslo, su lengua se disparó como un dardo afilado y certero, lamiendo con fruición su punto más erógeno. Ella sintió una sacudida instantánea como si cada célula de su cuerpo hubiera recibido una descarga eléctrica de alto voltaje.

Antes de que pudiera recuperar el aliento, Hunter dejó suavemente esa pierna en el suelo y se aplicó a la otra con la mima fruición. Ella, con el cuerpo abrasando de deseo, cerró los ojos y se arqueó para recibirlo. Pero él prefirió demorar el momento. Hundió la cabeza entre sus muslos y procedió a estimularla de nuevo con los labios, la lengua e incluso con pequeños roces de los dientes. Ella, loca de placer, se agarró a la alfombra con las dos manos y dejó escapar un gemido, mientras unas gotas de sudor comenzaron a resbalar por sus sienes.

Su mente pareció expandirse, al tiempo que sus músculos se contraían en aquel pequeño punto donde los labios, los dientes y la lengua de Hunter trabajaban afanosamente para llevarla a un éxtasis que parecía redimirlo todo. No había un ayer del que arrepentirse. Ni un mañana del que preocuparse. Solo la experiencia maravillosa que Hunter le estaba haciendo sentir.

Casi al borde del clímax, él se echó atrás y se puso lentamente el preservativo.

Luego, sin dejar de mirarla, se acopló encima de ella. Carly lo recibió complacida, mientras él profundizaba más adentro con cada uno de sus empujes suaves pero firmes. Ella sintió un estremecimiento por todo el cuerpo y corrigió ligeramente la posición para sentirlo más hondo dentro de ella. Atrás quedaban las dudas y las desconfianzas. Solo quedaba el deseo. Un deseo lo bastante fuerte y poderoso como para dejar a un lado todas las preocupaciones.

Con el pecho palpitante y el cuello sudoroso, Carly cerró los ojos mientras las caderas de ambos se fundían al compás de una misma melodía, tan antigua como la humanidad, a la espera de la liberación final.

Pero entonces él salió de ella. Con gesto de sorpresa, Carly abrió los ojos y se aferró a sus hombros. Él comenzó a besarla el cuello.

—¿Qué estás hacien...? —susurró ella desconcertada.

Hunter impidió que terminara la frase deslizando los labios por uno de sus pezones, saboreándolo, mientras ella emitía unos gemidos suaves que fueron creciendo en intensidad a medida que él descendía con sus caricias por su estómago y su vientre.

Una vez más, y antes de que ella pudiera decir nada, se puso encima de ella y la penetró profundamente. No hubo ya ahora ni ninguna estrategia dilatoria. Hunter se entregó a fondo provocando en ella una respuesta cercana al frenesí. Su deseo era tan grande que le clavó las uñas en la espalda y le envolvió la cintura con las piernas para conseguir que sus empujes fueran más profundos, mientras sus caderas se movían al unísono. Unas lágrimas calientes brotaron de sus ojos. Comenzó a gemir de forma entrecortada, al tiempo que los movimientos de él comenzaban a hacerse cada vez más crudos y primarios. Estaba asombrada de su resistencia y de aquellos brazos que la estrechaban y parecían protegerla contra cualquier adversidad.

Sintió entonces que atravesaba la barrera de un camino sin retorno. Gritó con fuerza en medio del orgasmo y se agarró desesperadamente al cuerpo de Hunter que se unió con ella en unas convulsiones tan violentas que hicieron tambalearse los cimientos de su mundo.

–Parece que esa nube va a traernos lluvia –dijo Abby.

–Mejor, así se refrescará el ambiente –replicó Carly, mirando la pequeña masa gris que asomaba por el horizonte.

Lucía un sol radiante en Miami a aquella hora del mediodía y aquella nube contribuía a hacer más agradable la suave brisa que venía del mar.

Carly estaba plácidamente sentada con su amiga en la azotea de su modesto apartamento. Era un lugar destinado a labores de mantenimiento del tejado y a los servicios del edificio, pero ella había subido allí unas cuantas macetas con helechos y un par de sillones viejos y disfrutaba allí de las vistas de la ciudad. No era, desde luego, la lujosa terraza de la residencia millonaria de su padre, con vistas al Atlántico, pero encontraba en ella, a veces, la paz que tanto deseaba.

Después de una semana preguntándose en qué estado se hallaba realmente su relación con Hunter, necesitaba en ese momento, más que nunca, la tranquilidad de aquel lugar.

–Pete Booker me invitó a pasar con él el fin de semana –dijo Abby.

Carly la miró con una sonrisa de satisfacción.

–Ves como eres muy pesimista... Después de vuestra última cita, decías que nunca te lo pediría.

Abby se estiró los leggings negros y luego se alisó la blusa de manga larga también negra.

–Bueno, siempre puede cambiar de opinión a última hora.

–Abby, no todas las relaciones tienen por qué acabar en desastre.

La amiga gótica de Carly volvió la cabeza y los cientos de trenzas de su pelo giraron con ella como las aspas de un molino de viento.

–Las mías sí, Carly. Y, a menos que me estés ocultando algo, diría que las tuyas también. Por cierto, ¿qué sabes de Hunter?

–No he vuelto a verlo desde la fiesta de mi padre, hace ya una semana.

–A estas alturas, pensaba que ya... estaríais saliendo.

Carly se bajó un poco la visera para que no le diera el sol en los ojos.

Llevaba siete días física y emocionalmente hundida, preguntándose lo que Hunter habría hecho si ella no le hubiera pedido, o más bien suplicado, que le hiciera el amor. No comprendía cómo podía ser tan estúpida como para seguir persiguiendo a un hombre que no confiaba en ella.

¡Como si no tuviera ya bastante con su padre!

Después de reflexionar muchas horas, había llegado a la conclusión de que debía cortar por lo sano. Sabía que le era imposible controlarse cuando estaba cerca de Hunter. Aunque no tendría más remedio que enfrentarse a él en la tercera ronda del show de O'Connor en la WTDU.

–Y hablando de desastres –dijo Abby en tono sombrío, como si le hubiera leído el pensamiento–. Pusiste todo tu empeño en conseguir que el periódico te autorizara a escribir un artículo sobre Hunter Philips. Ahora que lo has conseguido, ¿qué vas a decirle a nuestra jefa?

Carly miró a Abby con cara de angustia, recordando las negras predicciones que había hecho sobre el asunto. Por primera vez, pensó que su amiga no era una mujer pesimista, sino realista.

Escuchó entonces la voz de Hunter, a su espalda.

–Hola, Carly.

Carly se quedó sin respiración. Abby, por su parte, se levantó de la silla como impulsada por un resorte y se puso a soltar una cadena interminable y casi cómica de disculpas para marcharse de allí: que estaba a punto de caer un chaparrón, que se iba a poner como una sopa, que podía pillar una pulmonía y que podía morirse y acabar ardiendo en el infierno.

Una vez solos, Carly se giró en el asiento y miró a Hunter. Llevaba una chaqueta de cuero muy elegante y unos pantalones y una camisa de vestir. Tenía aspecto de estar fresco y descansado. Ella, en cambio, llevaba toda la semana casi sin dormir, recordando cada minuto vivido con él en el despacho de su padre.

–Bonita vista –dijo él, dejándose caer en el sillón que Abby había dejado libre.

Carly estaba convencida de que él no había ido allí a disfrutar de las vistas.

–¿Cómo me has encontrado?

–Vi tu coche en el garaje y pregunté por ti a una vecina.

Se miraron el uno al otro durante un buen rato sin decir nada. Después de su tórrida relación sexual la semana pasada, ella no se sentía capaz de andarse con juegos ni lindezas.

–¿Qué es lo que quieres, Hunter? –dijo ella, sin rodeos.

Él la miró serenamente. Sus ojos azules eran cálidos. No tenían la frialdad habitual

–Voy a ir a una convección en Las Vegas este fin de semana y me gustaría que me acompañaras.

Sin salir de su asombro, Carly se mordió el labio inferior, tratando de hacerse a la idea de lo que le estaba ofreciendo. Un fin de semana juntos no encajaba precisamente con su objetivo de estar alejada de él. Por desgracia, se sentía a gusto a su lado, por no hablar de cuando estaba con él en la cama. Aunque, en realidad, no habían podido aún disfrutar de las comodidades de un dormitorio. La primera vez había sido en el duro banco de madera del vestuario de un gimnasio y la segunda sobre la alfombra persa del despacho de su padre. Estaba tentada de arriesgar la mitad de su corazón por poder estar a solas con él, pero a la vez sentía pánico solo de pensarlo.

En su cerebro, en cambio, no había esa división de opiniones. Debía rechazar su invitación.

–No creas que por esta invitación voy a ser más blanda contigo en nuestro próximo debate. Pienso atacarte con nuevas críticas al Desintegrador.

–No me preocupa. Sabré defenderme.

Carly desconcertada, decidió dejar a un lado la cordialidad y decirle algo fuerte que le hiciera desistir definitivamente de su idea.

–Mi jefa me ha autorizado a escribir una historia sobre ti.

–¿Y si yo no te doy mi conformidad?

–Es igual. Nos hemos acostado juntos. Podría escribir sobre ello –replicó ella.

–¿Le has contado lo nuestro a tu jefa?

–Aún no, pero no tardaré en decírselo.

Solo tenía que saber cómo. Hacer el amor con él no era la cosa más inteligente que había hecho en la vida. Pero el enigmático Hunter Philips había despertado su interés allí donde otros hombres solo habían conseguido aburrirla. Y ahora estaba allí, invitándola a pasar un fin de semana con él en Las Vegas. Parecía todo un regalo, pero podía acabar volviéndose contra ella, como un presente griego.

–¿Qué tipo de conferencia es? –preguntó ella con aparente interés.

–Se trata de Defcon, la mayor convención de piratas informáticos del país. En realidad, reúne no solo a piratas, sino también a expertos en seguridad y a agentes de policía que necesitan ponerse al día de las últimas tecnologías. Vengo asistiendo a esas reuniones desde que era adolescente.

–¿Te llevaba tu padre?

–No, a mi padre no le interesaba mucho la tecnología a pesar de que era un agente jubilado del FBI. Mi abuelo también fue de la organización.

–Veo que lo llevas en la sangre, ¿no?

–En efecto. Pero cada época es diferente. Mi padre era de la vieja escuela y no le gustaban los ordenadores. Tuvimos más de una discusión por ello. Pero siempre estuvimos de acuerdo en que había que respetar dos cosas fundamentales: la ley y la justicia.

–Fidelidad. Bravura. Integridad –dijo ella en voz baja–. Podrían ser las siglas del FBI. Parece que mamaste esos ideales ya desde la cuna.

–No exactamente –replicó Hunter–. Fue algo después. Booker y yo crecimos juntos. Se puede ser un genio excéntrico cuando uno es adulto, pero siendo adolescente te conviertes en el blanco de las burlas de tus compañeros. Hasta que nos hicimos amigos nunca moví un dedo para defenderlo –dijo él con un atisbo de culpabilidad en la mirada–. Estando en el segundo curso del instituto, los muchachos del equipo de lucha libre lo arrojaron a un contenedor de basura estando yo presente, y no hice nada por impedirlo. Este es solo un ejemplo de entre los muchos que podría contarte. Booker nunca me ha dicho nada, pero estoy seguro de que lo recuerda...

–Cuando se es adolescente se hacen cosas estúpidas. ¿Cómo acabasteis siendo amigos?

–Estando en el instituto, nos asignaron un proyecto en común. Descubrimos entonces nuestro interés mutuo por los ordenadores. Booker me invitó a asistir a mi primer Defcon. Fue entonces cuando me di cuenta de que, además de tener un extraño sentido del humor, era un gran tipo. Después de eso, nunca más me mantuve al margen ante una injusticia. Fuese quien fuese.

Carly estaba emocionada. Hunter era el hombre más noble y honrado que había conocido. Encarnaba verdaderamente los valores del FBI. ¿Cómo sería tener a un hombre así en su vida?

–Entonces... –dijo ella–. ¿Cuándo salimos para Las Vegas?

–Mañana por la noche –respondió él, mirándola con un brillo en los ojos que pareció iluminar la noche de Miami–. Pasaremos la mañana en la galería de tiro. Te enseñaré a manejar mi pistola.

Capítulo 9

LA GALERÍA de tiro de Jim estaba llena de gente practicando, pero el sonido de los disparos no llegaba a los oídos de Hunter, protegido por los cascos dentro de una cabina de gruesas paredes de hormigón. Los cascos, equipados con un sistema de comunicación inalámbrico le permitían hablar con Carly. Escuchó su voz, con un tono sarcástico y un ligero timbre metálico.

–¿Es así como impresionas a las mujeres con las que acostumbras a salir? –dijo ella.

Hunter esbozó una mueca mientras recargaba el arma.

–No pensé que fueras tan fácilmente impresionable.

–Es difícil no serlo. Manejas el arma como si fuera una extensión de ti mismo –replicó ella mirando la diana donde se habían registrado electrónicamente los disparos de Hunter–. Creo que has dado todos en el blanco. Me siento una inútil a tu lado.

–Tú tienes otras habilidades mejores –dijo él con una sonrisa burlona.

Carly se sentía extraña teniendo, por primera vez, un arma de fuego en la mano. Aunque tal vez se sintiese aún más cuando subieran esa noche a bordo del avión que les llevaría a Las Vegas.

Él nunca había llevado a una mujer a ese tipo de conferencias, como el Defcon. Mandy había querido ir una vez, pero él la había convencido de que no fuera porque acabaría aburriéndose. Ahora, en cambio, no podía hacerse a la idea de pasar todo un fin de semana sin Carly.

Con su Glock 17 de nueve milímetros en la mano, se puso detrás de ella, frente a la diana.

–Está puesto el seguro, pero recuerda que debes siempre manejar un arma como si estuviera cargada y con el seguro quitado –dijo él pegándose a ella–. Ahora, apoya bien el cuerpo y cuadra las caderas y los hombros para apuntar bien al blanco.

Hunter le puso una mano en la cadera, para ver mejor la posición de su cuerpo, y le dio el arma.

Ella tomó la pistola, extendió los brazos como él le había dicho y apuntó al blanco. Pero no podía concentrarse bien sintiendo la mano de él en la cadera y su aliento en la nuca.

–Me estás poniendo nerviosa.

–Estás apuntando un poco bajo –dijo él reprimiendo una sonrisa y casi abrazándola por detrás para levantarle un poco los brazos.

–Si sigues así, creo que no podré...

–Tú olvídate de mí –dijo Hunter, pensando en lo difícil que le resultaba a él seguir su propio consejo–. Mira al cañón de la pistola y trata de alinear el punto de mira con el blanco.

–Es lo que trato de hacer –susurró ella–. Pero creo que debería ir tomado antes algunas lecciones para no ponerme nerviosa teniendo a un monitor como tú tan cerca, enseñándome a apuntar.

–Eres una buena alumna –dijo él, sin poder evitar una sonrisa–. Aprendes muy rápido. Estoy seguro de que no tendrás ningún problema. Y ahora –dijo él, poniéndose más serio y sujetándole ligeramente los codos–, prepárate para el retroceso. Cuando estés lista, quita el seguro, corrige la puntería y aprieta poco a poco muy suavemente el gatillo.

Ella siguió sus instrucciones y el arma se disparó con un fuerte estruendo. Carly, sin embargo, no gritó ni se inmutó por la descarga. En lugar de eso, disparó otros dos tiros seguidos.

–Vaya –exclamó ella cuando se extinguió el eco de los disparos–. Es sorprendente el golpe de retroceso que puede tener un arma tan pequeña.

–Ya te acostumbrarás –dijo él, pensando que él nunca se acostumbraría a estar cerca de ella sin dejar de sentir la excitación que sentía en ese momento–. Lo has hecho muy bien.

Hunter puso ahora los brazos alrededor de su cintura, pero sin dejar de abrazarla por detrás. Tenían los cuerpos prácticamente pegados desde la cadera hasta los muslos.

–Todo el mérito es de mi maestro –dijo ella–. Debes de pasar aquí mucho tiempo, ¿no?

–Suelo venir todos los viernes por la mañana antes del trabajo.

Carly asintió con la cabeza. Luego alargó los brazos, apuntó al blanco y efectuó varios disparos más. Tras mirar un instante a la diana, se volvió hacia él. Tenían las caras casi pegadas.

–Nunca me has dicho por qué sigues viniendo aquí.

–Supongo que, de alguna forma, sigo echando de menos mi antiguo trabajo.

Carly echó el seguro a la pistola, bajó los brazos y, sin mover el cuerpo, giró la cabeza hacia él.

–¿Y cómo se te ocurrió entrar en el mundo de los negocios?

Hunter creyó revivir un viejo resentimiento. Se acercó a ella, recogió el arma y procuró responder con un tono de voz lo más sereno posible.

–Pensé que era el momento de pasar página y hacer algo distinto.

–Es un trabajo muy diferente al de perseguir criminales.

–Es una forma como otra cualquiera de ganarse la vida.

–Igual que yo escribir artículos sobre nuevas galerías

de arte, clubes nocturnos... o aplicaciones informáticas de moda –replicó ella con una sonrisa.

–¿No es eso lo que te gusta hacer? –preguntó él muy serio, mirándola fijamente.

–No –respondió ella, borrando la sonrisa de sus labios–. Soy una periodista a la que le interesa más la gente que los acontecimientos.

–Y con cierta tendencia a buscarse problemas, ¿verdad? –dijo él secamente.

–Creo que es por eso por lo que te gusta estar conmigo. He llegado a pensar que soy para ti como una válvula de escape para tu instinto superdesarrollado de proteger a los demás. Un instinto que no has podido ejercitar desde que dejaste el FBI.

–Esa no es la razón por la que decidí entrar en la organización.

–¿Qué sacaste de ello en limpio?

–Conseguir atrapar a los criminales.

–Disfrutabas demostrando que eras más listo que ellos, ¿no? –dijo ella con su sarcasmo habitual, y luego añadió en tono más serio–: ¿Por qué no te reincorporaste a la organización?

Hunter sintió un profundo dolor al recordarlo. Apretó con fuerza la culata de la Glock y, con gesto abatido, abrió uno de los cajetines que había en la pared lateral y sacó la caja donde guardaba la munición de la pistola. La pregunta de ella había sido inocente y sin mala intención. Pero la inocencia no le había servido de mucha ayuda en la vida.

Había estado a punto de volver, cuando la Verdad, el Honor y la Justicia, todos esos valores dignos de ser escritos con mayúsculas, tenían aún un significado para él.

–Ese ya no es mi trabajo –respondió él expulsando los casquillos vacíos de la Glock, de espaldas a Carly–. Ahora tengo un negocio que llevar. Y tengo que hacerlo yo solo porque Booker es un genio de la tecnología pero odia todas esas cosas –dijo él, tomando un cargador nuevo de la caja y volviéndose luego hacia ella–: Bueno, creo que debemos seguir con la lección.

–¿No le has dicho a Pete cómo te sientes?

Hunter contrajo la mandíbula y se quedó mirando al cargador que apretaba con fuerza con la mano, luchando contra la emoción que le había estado carcomiendo durante meses.

–Le debo mucho.

–¿Por algo que sucedió en el pasado cuando eras niño?

–No. Es mucho más que eso –respondió él, metiendo el cargador en la pistola con un golpe seco de la palma de la mano–. Él ha estado siempre a mi lado, en los buenos y en los malos momentos. Cuando decidí abandonar la organización y montar mi propia empresa, le pedí que se viniera conmigo. Él trabajaba como consultor para el FBI, pero no dudó en seguirme.

–Supongo que lo hizo porque le interesaría.

–Sí, tienes razón. Tampoco es ningún mártir –dijo Hunter, dejando la pistola en la mesa después de haber comprobado que tenía el seguro puesto–. Pero ha sido siempre un amigo leal y no me gustaría que se viera obligado a desempeñar un trabajo que no le gusta nada, caso de que yo me fuera. Ya le conoces. No se puede decir de él que sea una persona muy sociable precisamente.

–El hecho de que se pase todo el día entre ordenadores no significa necesariamente que lo único que le guste sea estar encerrado en su mundo. Tal vez necesite que le animen un poco. Un empujoncito, como suele decirse. Si lo suyo con Abby sigue adelante, tal vez, no necesite ni eso –dijo ella con una sonrisa, y luego añadió al ver que él se quedó callado–: Mira, Hunter. Sé la amistad y lealtad que os une. Pero tienes que ser franco con Pete. No puedes hipotecar el resto de tu vida por un ridículo sentido del deber. Dime una cosa, ¿eres feliz?

Hunter maldijo para sí y se volvió para mirar la puntuación de Carly en el marcador electrónico. No era muy buena. Era natural, siendo su primera sesión de tiro. Sin embargo, si hubiera habido que puntuarla por el análisis que había hecho de él, habría tenido que ponerle la máxima nota.

–No –respondió él con un suspiro–. No soy feliz. Me aburre mi trabajo.

–Habla con él. Dile cómo te sientes. Pensad en unas nuevas reglas para vuestra relación que os permitan a ambos, sin falsas ataduras, desarrollar vuestra propia personalidad y ser más felices en la vida. Pete es tu amigo y lo comprenderá –dijo ella, poniéndole una mano en el hombro.

Hunter agachó la cabeza y miró la pistola que había dejado en la mesa.

–¿Quieres probar de nuevo y vaciar otro cargador?

–Bueno. Pero espero que esta vez no me distraigas ni me pongas nerviosa.

Hunter alzó la vista. Una sonrisa de satisfacción pareció iluminar de nuevo sus ojos azul pizarra.

–Lo intentaré.

El salón de convenciones de Las Vegas estaba abarrotado por todos los asistentes a la conferencia del Defcon: el lugar de peregrinación anual de todos los piratas informáticos y fanáticos de la informática. Miles de participantes, sentados frente a su ordenador portátil, competían por ver cuál era capaz de atacar el mayor número de servidores en menos de una hora. Hasta el momento, Booker iba en cabeza. Abby, detrás de él, no dejaba de animarlo.

–Creo que nunca te dije que fue Booker en realidad el que asistió, en mi lugar, a la convención del *Star Trek* –dijo Hunter, señalando con la cabeza en dirección a su amigo.

–Eso me recuerda que tenía un cosa pendiente que hablar contigo –dijo Carly, acercándose a él, que subyugado por su fragancia y los recuerdos sensuales de los últimos dos días con ella, esperaba que estuviera pensando en lo mismo que él–. ¿Has hablado ya con él?

Hunter suspiró decepcionado. Era evidente, que no estaban pensando en lo mismo.

–No me apetece hablar con Pete. No tiene ni la mitad de atractivo que tú.

–Diría que estás tratando de eludir mi pregunta –dijo ella con una sonrisa.

–No –replicó él, acercándose un poco más a ella–. Solo trato de disfrutar del fin de semana.

Tenía razón. Él no había disfrutado nunca tanto de un fin de semana, ni siquiera cuando estaba con Mandy. Carly era otra cosa. Se sentía a gusto con ella. No era solo por su inteligencia, su sentido del humor y sus salidas ingeniosas y algo descaradas... Por no hablar del sexo, donde era cosa aparte... No, lo mejor de todo era que Carly tenía el don de hacer que lo que era divertido fuese más divertido y lo que era interesante mucho más interesante. De hecho, después de haber estado con ella en aquel teatro, ya no podría volver a ver *Hamlet* con los mismos ojos.

–A propósito, la próxima vez que quieras hacerme un regalo para sobornarme, consúltame antes –dijo él sin perder la sonrisa–. Tengo una lista de preferencias.

Hunter tenía, en efecto, una lista de las cosas que más deseaba en el mundo. Pero en todas aparecía el nombre de una mujer hermosa que le había cambiado la vida. Estaba feliz de ver lo bien que ella se desenvolvía en aquel ambiente, saludando y charlando con sus viejos amigos.

Carly no le había dado descanso. Él día anterior, había conseguido que dejara de asistir a una conferencia, para poder tener ellos dos un *rendez-vous* a la hora del almuerzo en su habitación del hotel. Y tampoco le había dejado dormir mucho por la noche.

–Me gustaría conocerla –dijo ella–. Así no me devolverías los regalos. Aún tengo el anillo decodificador. Lo guardo como recuerdo de nuestro primer encuentro en la televisión.

–Espero que conserves también aquel vestido.

–Sí –respondió ella con una sonrisa seductora–. Lo traje conmigo.

–¡Oh! Al fin podré ver satisfecha mi fantasía de hacer el amor contigo con ese vestido puesto.

–No creo que te siente muy bien –dijo ella con un gesto pretendidamente serio.

Hunter se echó a reír y se inclinó hacia ella para embriagarse un poco más de su perfume.

–No te creas. Sería capaz de cualquier cosa, si tú me lo pidieras.

–¿De veras? –dijo ella con una voz cálida y casi provocadora–. Tal vez, te tome la palabra.

Hunter la miró a los ojos y sintió su mirada penetrándole hasta la médula de los huesos.

Era fácil perderse en la red de sensualidad que ella tejía tan fácilmente. Y su cuerpo parecía darle a entender que era la hora del *rendez-vous* del mediodía.

–¿Quieres saber lo que deseo realmente? –dijo él.

–Sí –respondió ella con cara de interés, como si estuviera dispuesta a cualquier cosa.

Hunter se dio cuenta de que había hecho una pregunta retórica. No sabía, en realidad qué decirle. Se fijó entonces en sus piernas. Llevaba unos shorts.

–Me gustaría saber si se fabrican shorts más cortos que los que llevas.

–Claro que sí. Se llaman tangas. Pero no creo que me dejaran entrar así en la sala.

–No creo que nadie se quejara.

–Si te digo la verdad, no creo que nadie se diera cuenta.

–Yo sí –dijo él con una sonrisa maliciosa.

Carly le puso la mano en la pechera de la camisa, despertando en él emociones pasadas.

—Esa forma con que me miras es una de las cosas que más me gustan de ti.

Hunter la miró de arriba abajo y sintió algo más que deseo. Era una sensación nueva para él y que iba creciendo día a día, aunque se resistía a aceptarla y menos aún a compartirla con ella.

—¿De veras? ¿Y qué otras cosas más te gustan de mí?

—Me estoy aficionando mucho a tu pistola —respondió ella con cierta intención—. Admiro tu entereza para enfrentarte a las dificultades y me gusta también cómo te sienta tu sombrero blanco de caballero protector —dijo ella de forma metafórica con una sonrisa, y luego añadió con aire más serio, apartando la mano de su pecho—: ¿Por qué no has hablado aún con Pete?

Hunter frunció el ceño y miró a los participantes de aquella fiesta de la informática entre los que estaba Pete. Un sentimiento de culpa cruzó por su mente. Sabía que debía hablar sinceramente con su amigo y decirle que aquel negocio que llevaban entre los dos no le hacía feliz, que quería liberarse de esa responsabilidad que le asfixiaba día a día, como si llevara una soga atada al cuello. Pero tenía que encontrar el momento adecuado. Ahora estaba atravesando el momento más feliz de su vida, al lado de ella, y no quería echarlo a perder pensando en otra cosa.

Le pasó a Carly el brazo por la cintura y la atrajo hacia sí.

—Hablaré con él cuando llegue el momento. Ahora tengo otras cosas en qué pensar —dijo él bajando la mano por su cadera y deslizándola hasta el muslo que asomaba por debajo de los shorts, para contornear luego con un dedo el borde de las bragas.

La sala estaba abarrotada y podía permitirse hacer una cosa así sin que nadie lo advirtiera.

Ella abrió instintivamente la boca, como si necesitara recuperar el aliento, pero luego lo miró de nuevo con gesto serio como si se dispusiera a insistir sobre el asunto de su trabajo y su relación con Pete. Sin embargo, Hunter se le adelantó.

–Podría ir a hablar con mi socio sobre el asunto –le susurró él al oído, inclinándose hacia ella de forma seductora–. O podríamos volver a la habitación del hotel y revisar juntos esa lista de preferencias de que hablábamos. ¿Qué prefieres?

Ella no se movió ni dijo nada, pero él vio la imagen del deseo grabada en su rostro y presintió que aquella mujer acabaría venciéndolo. Le acarició discretamente los muslos con una mano y, al instante, fluyó una energía tan grande entre ellos que bien podría haber iluminado toda la sala y aun alimentar los ordenadores que manejaban todos aquellos frikis de la informática.

–Veo que no has perdido tu afición por las mujeres bonitas –dijo alguien detrás de ellos.

Hunter frunció el ceño al escuchar esa voz que le era tan familiar de sus tiempos en el FBI. Apretó la mano alrededor de la cintura de Carly como tratando de relajar así su tensión. Una oleada de amargos recuerdos y de viejos resentimientos se apoderó de él. Sintió una sensación desagradable en la boca. Era el sabor de la traición.

–Hola, Terry –dijo Hunter, volviéndose hacia su antiguo colega.

Cary contempló, asustada, la mirada gélida de Hunter. Nunca había visto en él una mirada tan fría y dura hasta entonces. Hunter retiró la mano de su cintura y ella sintió instantáneamente un escalofrío por todo el cuerpo como si se hubiera visto privada repentinamente de su calor.

Había estado muy relajado desde su llegada a Las Vegas. Había desaparecido en él toda esa tensión que tenía habitualmente, pero parecía haber vuelto de nuevo, como por arte de magia.

Terry, un tipo pelirrojo, bastante calvo y lleno de pecas, devolvió a Hunter una mirada igual de hostil. A pesar del bullicio de la sala, se produjo un tenso silencio entre ellos que no presagiaba nada bueno. Finalmente, el hombre se presentó tendiendo la mano a Carly.

–Terry Smith.

Ella murmuró su nombre y le devolvió el saludo, estrechándole la mano. Aunque procuró mantenerla solo el tiempo necesario para no parecer descortés.

–Soy un viejo amigo de Hunter del FBI, de los tiempos en que trabajaba en el departamento de informática. ¿Has venido aquí como pirata informático o trabajas en seguridad de datos?

–Ni una cosa ni otra –respondió ella–. Soy periodista.

Terry Smith puso cara de sorpresa como si le chocase su profesión, cosa que despertó, en seguida, en ella, su instinto periodístico. Luego se volvió hacia Hunter con una sonrisa capciosa que hizo pensar a Carly que se disponía a soltar alguna inconveniencia.

–Veo que no has perdido tu fascinación por los miembros de la prensa –dijo Terry mirando a Carly con cierto descaro–. Aunque, ¿quién podría culparte de ello? Esta chica es...

Carly se quedó sin aliento, esperando alguna grosería, observando al mismo tiempo a Hunter, cuyos ojos parecían dos trozos de iceberg flotando en sus órbitas. Parecía querer fulminarle con la mirada. Vio, con sobresalto, cómo Hunter dio un paso hacia él.

Afortunadamente, la aparición de Pete vino a resolver la situación de manera providencial. Puso una mano en el hombro de Hunter y se dirigió al otro hombre con una sonrisa infantil.

–¿Qué tal Terry? ¿Cómo va esa afición tuya por el alcohol?

La sonrisa del agente se borró de su rostro como por encanto. Miró a Pete con gesto receloso.

–Es curioso las cosas que me pasan aquí todos los años. El hotel me carga a la habitación las bebidas alcohólicas que ha consumido otra persona. Es como si alguien entrara en el ordenador del hotel y mandara la factura del minibar de su habitación a la mía.

Hunter relajó un poco la mandíbula como si encontrara divertida aquella velada acusación.

–Hay muchos piratas informáticos en esta convención dispuestos a gastar ese tipo de bromas.

–Y un agente del FBI es siempre un blanco ideal –dijo Pete con fingido gesto de conmiseración.

–No es para tomárselo a broma –replicó Terry–. La factura asciende a varios cientos de dólares.

–Demasiado dinero para un sueldo como el tuyo –dijo Hunter.

–Supongo que el que lo haya hecho estará celebrando una fiesta –añadió Pete.

–Probablemente en tu honor –dijo Hunter, tratando de echar más leña al fuego–. Corre el rumor de que alguien paga luego la factura todos los años de forma anónima.

–Sí –dijo Terry, lleno de rabia, mirando a sus antiguos colegas con gesto acusador–. Pero eso no quita que siga siendo un acto delictivo –añadió, mirando sucesivamente a Hunter y a Pete, como si buscara alguna huella del crimen en sus rostros y tratara de determinar cuál de ellos era el pirata informático y cuál el que pagaba las facturas–. Como consiga agarrar a ese delincuente, juro que no volveré a gastar más bromas de esas en su vida.

–Cálmate, Terry –dijo Pete con una sonrisa–. Lo más probable es que se trate de alguna pareja de adolescentes que quiera divertirse un rato a tu costa. Aunque me temo que, sean quienes sean, pueden considerarse a salvo, dada tu escasa pericia para detener a los delincuentes.

El insulto pareció quedar suspendido en el aire. Ninguno de los tres hombres hizo el más leve movimiento, como si cada uno de ellos estuviera a la espera de ver lo que podía pasar.

–Esta noche, me voy a reunir con algunos colegas en el bar del hotel –dijo Terry, mirando a Carly–. Si alguno de tus amigos quiere recordar los viejos tiempos... que se pase por allí.

Terry dirigió una mirada despectiva a los dos hombres y se perdió entre la multitud.

Carly se quedó aturdida mirando al agente del FBI alejándose de allí. Eran demasiadas cosas. Demasiada información para poder procesar en tan poco tiempo. Había cientos de preguntas que requerían una respuesta, pero su curiosidad era tan fuerte que no sabía por dónde empezar. ¿Por qué Terry había puesto esa cara de sorpresa cuando ella le había dicho que era periodista? ¿Cuál era el origen de la animosidad que parecía existir entre los tres hombres? ¿Quiénes eran esas dos personas que entraban en el ordenador del hotel y cargaban a Terry una factura de bebidas alcohólicas que ascendía a varios cientos de dólares?

Volvió la vista para hablar con Hunter... Pero vio que se había ido.

Hunter llegó al hotel y se sentó en una silla de un rincón de la habitación. Las cortinas estaban echadas, pero pudo contemplar los últimos vestigios de la puesta del sol a través de la pequeña rendija del centro. Había estado vagando sin rumbo por las calles de Las Vegas, entre el bullicio de la gente y las luces de neón de los casinos de juego y las salas de espectáculos. Necesitaba un poco de paz y tranquilidad. Y de silencio. Había visto por las aceras tres burdos imitadores de Elvis, cuatro superhéroes y un hombre estatua todo pintado de purpurina emulando al rey Midas. A Carly le habría gustado verlos. No debía haberla dejado de aquella forma, pero necesitaba estar solo para reflexionar y tranquilizarse.

Echó un trago del vaso de bourbon que se había servido nada más entrar y echó una ojeada a la suite. Era una suite realmente lujosa. En sus días como agente del FBI, con el sueldo de un funcionario del gobierno, solo podía permitirse alojarse en hoteles baratos. Ahora, en cambio, podía darse el lujo de reservar la suite principal de los hoteles más caros. Era una habitación enorme, con muebles fastuosos, alfombras gruesas y mullidas y un minibar bien surtido digno de alguien más aficionado a la bebida que él. Había perdido el gusto por el alcohol tras aquella borrachera que pilló al enterarse de que Mandy le había abandonado.

Volver a encontrarse con Terry le había hecho revivir un aluvión de experiencias amargas que llevaba ocho años tratando de olvidar. En otro tiempo, se había sentido satisfecho del sueldo que ganaba, a sabiendas de que podría comprar y vender la vida de un hombre por diez veces más. Pero el dinero no le importaba. Su trabajo le proporcionaba todo lo que necesitaba y daba sentido a su vida: una idea en la que creer. Hasta que su integridad fue puesta en tela de juicio.

No le sería fácil olvidar aquellos días amargos en que iba a trabajar avergonzado, sabiendo que, mientras él arriesgaba la vida en las calles, el departamento de asuntos internos estaba investigándolo igual que a los criminales que él había estado persiguiendo durante dos años.

Tomó de nuevo el vaso de bourbon y lo apretó con fuerza tratando de ahogar su amargura y frustración. Escuchó entonces un murmullo proveniente del vestíbulo. Se puso en tensión. No estaba con ánimo para hablar con nadie. Oyó el sonido de una tarjeta deslizándose por la cerradura, luego el de la puerta al abrirse y después una suave clic al cerrarse. Era Carly.

Capítulo 10

CARLY respiró aliviada al verlo en la habitación. Había estado muy intranquila pensando en lo que podría haber pasado entre el agente Smith y él. Miró a Hunter confiando ser capaz de ver su estado de ánimo por la expresión de su mirada. Había tenido ocasión de ver una vez en Washington el célebre diamante azul conocido como el Diamante de la Esperanza. Sus ojos tenían ahora el mismo aspecto: azules, fríos y duros. Aunque no veía en ellos el menor asomo de esperanza sino, más bien, amargura y un tremendo vacío.

Le costaba aceptar que, después de los dos últimos días tan felices que habían pasado juntos, él hubiera vuelto de nuevo a parapetarse tras su muralla protectora, ahora con unas paredes más altas y gruesas que nunca. Su expresión parecía sellada con un código más indescifrable que el de los ordenadores federales que guardaban las informaciones más secretas de la nación.

–Después de marcharte del salón de convenciones, vine aquí a ver si estabas –dijo ella.

–Estuve dando un paseo por la ciudad.

–El agente Terry Smith es un estúpido. ¿Nunca os llevasteis bien?

–Me consideraba un rival en el trabajo –respondió él, después de una pausa.

Carly se fijó en el vaso que tenía en la mano.

–¿Piensas cargar ese bourbon a tu cuenta del hotel... o a la del repulsivo agente Smith?

–A la mía –respondió él, con una expresión algo más relajada.

Animada por su reacción, pasó por su lado y dejó el bolso en la cama.

–Me lo imaginaba. Pete es el que ha estado todos estos años manipulando las facturas del minibar y tú, el que ha estado pagando anónimamente para enmendarlo, ¿verdad?

–Podría ser comprensible dada la rivalidad que ha habido siempre entre nosotros, pero atacar el ordenador de un hotel es algo ilegal –dijo él.

Ella no entendió claramente el significado de sus palabras y se acercó a la silla donde estaba.

–¿Eres acaso tú el culpable?

–En caso de que lo fuera, ¿por qué iba a admitirlo? –dijo él, con una leve sonrisa.

Ella pensó que sería inútil insistir. Se ajustó uno de los tirantes del vestido y le hizo otra pregunta de la que estaba convencida de saber la respuesta.

–Tu ex era periodista, ¿verdad?

–Sí –respondió él, escuetamente.

Eso abría todo un abanico de posibilidades. Eso explicaba su actitud inicialmente hostil hacia ella y podía dar también mucha luz sobre la causa que podría haber producido su ruptura.

–¿Qué sucedió?

–Nada importante –respondió él con voz sombría, apurando el vaso de bourbon.

Ella sintió una mezcla de angustia y decepción. El invitarla a la convención le había parecido un gran paso adelante. Ahora ya no estaba tan segura. Pero debía conservar la esperanza y no darse por vencida tan pronto. Tenía que ayudarle a restañar las heridas que llevaba abiertas tantos años y conseguir derribar esa muralla de una vez por todas.

Hunter dejó el vaso en la mesa que tenía al lado y la

miró con esa expresión que tenía la virtud de encender el deseo en ella.

—¿Te has puesto ese vestido para mí?

Carly miró instintivamente el vestido estampado de leopardo que había llevado la noche del primer debate en televisión. Se lo había puesto hacía unas horas cuando había ido al hotel a buscarlo, pensando que, dado su estado de ánimo, eso podría animarle cuando lo encontrase. Pero ahora le parecía inapropiado y fuera de lugar.

—Hunter, ha sido un día muy duro. Tienes que estar cansado. ¿Has comido?

—No tengo hambre —respondió él, agarrándole de la muñeca.

—Necesitas descansar y comer algo —dijo ella con el pulso acelerado.

—No —dijo él, poniéndole la mano en el cuello para atraerla hacia sí—. Solo te necesito a ti.

Hunter la besó con pasión. Pero había algo más que un simple deseo sexual en aquel beso. Había también un sentimiento de desesperación. Parecía un hombre a punto de ahogarse decidido a llevársela con él al fondo del mar.

Carly sintió que él la necesitaba tanto como ella a él.

«Está bien, Carly. Ahora sí. Esto ya es algo más que lujuria».

Todas sus dudas y miedos quedaron disipados cuando él le acarició los muslos y las caderas. Al juntarse sus bocas, ella sintió un deseo apremiante. Comenzó a desabrocharle la camisa con manos torpes por la emoción, consciente de la trascendencia que aquello podía tener para ellos. Cuando acabó de desabrocharle el último botón de la camisa, le pasó la mano por el pecho, gozando de la sensación de sentir la aspereza de su vello, el ardor de su piel y la dureza de su musculatura. Quería gozar cada momento, temerosa de que aquella pudiera ser la última vez.

Se arrodilló frente a él y le desabrochó los pantalones con manos temblorosas.

–Espero no hacerte daño –dijo ella casi riéndose de sí misma.

–No temas.

Carly sintió que las manos le temblaban menos, aunque el corazón seguía latiéndole de forma desbocada. Pero el deseo que vio en sus ojos le dio valor necesario para seguir adelante. Vio la potencia de su erección y bajó allí la cabeza para saborearla.

Escuchó el gemido de Hunter y notó en seguida su mano en el pelo. Le dio la impresión de que su muralla estaba a punto de caer derribada. Ya no había en él ninguna reserva, ninguna prevención, solo un deseo que estaba en sus manos.

Su boca se tornó más atrevida y exigente. Acarició simultáneamente con las manos, los labios y la lengua aquel miembro que parecía un eje de acero revestido de satén. El caballero del sombrero blanco, el hombre frío e inmutable, estaba a su merced.

–Carly –susurró él, en un hilo de voz.

Al escuchar su súplica, ella se levantó el vestido, dispuesta a quitárselo.

–No –dijo él, con los ojos ardiendo de deseo–. Déjatelo puesto.

Carly se quitó el tanga por debajo del vestido y fue a por el preservativo que tenía en el bolso. Luego se sentó a horcajadas sobre los muslos de él y le colocó el preservativo.

–Parecías más divertido que afectado la primera vez que me puse este vestido, ¿recuerdas? –dijo ella con una sonrisa pero con la respiración entrecortada.

–Estaba afectado –respondió él, subiéndole el vestido hasta las caderas y revolviéndose ligeramente en el asiento para buscar la posición adecuada–. Muy afectado.

Ella se abandonó en sus brazos, arqueó la espalda y se dejó hundir lentamente en él, hasta sentirlo dentro por completo.

Hunter no pudo contener un gemido de placer cuando se sintió dentro de ella. Su calidez lo envolvió aliviando el dolor acumulado durante años. Abrumado por la sensación, se detuvo un momento, pero manteniéndose dentro. Ella, algo alarmada, le acarició las mejillas con las manos y lo besó. Era un beso que formaba parte del tratamiento curativo, del deseo que los consumía y de aquella emoción maravillosa que empezaba a sentir pero que aún temía llamar por su nombre. Apartó la boca de la suya solo la distancia necesaria para poder mirarlo a los ojos y comenzó a mover las caderas, cabalgando sobre él.

Sus cuerpos comenzaron a moverse al unísono, de forma lenta pero segura, saboreando cada sensación. Carly, con la mirada cada vez más apagada, dejó escapar un suspiro.

Hunter se sintió aún más excitado. Atrás habían quedado los gestos desafiantes, los comentarios sarcásticos de doble sentido y las sonrisas irónicas. Ahora solo quedaba el deseo de perderse en ella. La manera en que lo miraba y la perfecta armonía con que se acompasaba a su ritmo parecían reparar las grietas que la decepción y la traición habían abierto en su alma y en su corazón. Las dudas y recelos a los que se había aferrado para no perder el juicio, comenzaban a desvanecerse. Su corazón era demasiado grande para poder encerrarlo en una caja de cinismo. La mujer que tenía encima era una mezcla seductora de fuerza atrevida y adorable vulnerabilidad, pero era su mirada lo que le llevaba a querer fundirse con ella en un solo cuerpo.

Morir ahogado no parecía tan malo si era dentro de Carly donde se hundía.

Entregado a esa sensación, le puso un brazo alrededor de la cintura y la otra mano en la parte baja de la espalda. Cerró los ojos y apoyó la cabeza en su cuello, sumergiéndose en sí mismo como tratando de sucumbir al hechizo de esa idea que se había forjado.

Pero el perfume de su pelo, la suavidad de su piel y el apasionado ritmo de sus caderas le hizo volver a la realidad. Cada movimiento de subida y bajada aumentaba la avidez del deseo. Deseaba saborear y absorber toda la esencia de aquella mujer. La agarró del pelo con las dos manos y le besó apasionadamente el cuello con la lengua y los dientes.

Jadeantes y sudorosos, se perdieron el uno en el otro. Aunque él trató de controlarse, el ritmo fue haciéndose progresivamente más frenético conforme crecía en ellos la necesidad y el deseo.

Carly dejó escapar un grito. Fue un grito desgarrador por su intensidad y terapéutico por su autenticidad. Un grito que tuvo la virtud de fortalecerle y debilitarle, al mismo tiempo. Un grito que anunciaba el comienzo de su orgasmo. Se abrazó a ella y saltaron juntos desde lo alto del acantilado hundiéndose en el fondo del océano.

Bueno, no era exactamente como se lo había imaginado, pero no le cabía la menor duda.

Estaba enamorada.

Contempló, por un instante, a Hunter durmiendo plácidamente en la cama junto a ella y luego miró el techo de la habitación del hotel. Sintió el pecho henchido de una emoción muy especial. Durante años, se había preguntado cómo se sentiría llegado el momento. Tal vez, vería un doble arcoíris con orlas doradas o una manada de unicornios retozando en la pradera o cualquier otra de esas cosas míticas y mágicas de las que había oído hablar a lo largo de la vida. Había esperado sentirse llena de vitalidad y energía, lista para enfrentarse al mundo.

Cerró los ojos y respiró profundamente, tratando de huir del mareo que empezaba a sentir. Giró la cabeza para mirar a Hunter, pero ello no le ayudó tampoco a disipar su ansiedad. La agudeza de los rasgos varoniles de su rostro parecía suavizada por la acción relajante del sueño. Al igual que sus labios que, solo unos minutos antes, la habían devorado y consumido.

Esta vez había sido diferente. Hunter había hecho el amor con ella como si todas las barreras entre ellos hubieran desaparecido, como si le urgiera desesperadamente satisfacer una necesidad emocional a través de una física. O, tal vez, todo fuera fruto de su ingenuidad. El sexo era solo sexo, y sus experiencias con Hunter en ese terreno habían sido siempre más que satisfactorias. Pero, entonces, ¿qué significa aquello realmente?

Llena de confusión, se cubrió los ojos con la mano. El amor no llevaba consigo ese tipo de armonía que se había imaginado. ¿Cómo podía haber creído que el hecho de haber practicado sexo con un hombre pudiera significar algo? ¿Qué habría significado para Hunter?

Pero no pudo seguir con aquel monólogo interior al pensar en el choque emocional que Hunter había sentido al encontrar a su viejo colega del FBI y revivir sus amargos recuerdos. Se había entregado a ella en un momento de dolor, sin reservas ni murallas. No podía perder la esperanza. Tal vez las orlas doradas del arcoíris y los míticos unicornios fueran reales y la estuvieran esperando a la salida misma de la habitación.

Con un leve suspiro, se levantó de la cama muy decidida y se puso en silencio los pantalones vaqueros y una camiseta. Se peinó y salió de la habitación. Atravesó el pasillo, entró en el ascensor y pulsó el botón de la planta baja. Se miró en el espejo de la pared del ascensor buscando el brillante resplandor que toda mujer enamorada se suponía que debía tener.

Pero ¿dónde estaba su paz interior y su confianza en sí misma? De acuerdo con esas normas generalmente aceptadas, aunque no escritas, debía sentirse una mujer radiante, exultante, capaz de superar todo tipo de obstáculos, simplemente con el poder del amor que anidaba en su corazón. Pero todo lo que sentía era la angustia de estar más lejos de romper las poderosas defensas de Hunter que antes de saber que estaba enamorada. Porque ahora, la misión de conseguir sacarlo de su caparazón era aún más importante. De su éxito, dependía no solo la felicidad de él, sino también la suya.

Cuando las puertas del ascensor se abrieron, cruzó el hall de entrada y se detuvo un instante a admirar la fuente de mármol que había en el centro. Vio entonces al agente Smith en el bar del vestíbulo. Sintió de inmediato una sensación de rechazo y repugnancia.

Se mordió el labio inferior. Smith podía ser un miserable, pero tenía algo muy importante para ella: conocía el pasado de Hunter. Todos esos pequeños detalles que él se había negado a contarle... como el hecho que su exnovia fuera periodista.

Había estado dándole vueltas en la cabeza mucho tiempo a ese detalle, aparentemente intrascendente, pensando si podría haber alguna relación entre la ruptura de Hunter con su novia y los motivos que le habían llevado a dejar el FBI. Hasta entonces, no había barajado la posibilidad de que pudiera haber ninguna conexión entre ellos, pero ahora que sabía que su ex era periodista tenía serias sospechas de que pudiera haberla.

¿Por qué él no había tenido la confianza suficiente con ella para decírselo?

La angustia y la duda volvieron a adueñarse de su corazón. Sintió un deseo urgente de saber la verdad. No pretendía llegar hasta el extremo de conocer todos los detalles, solo quería la respuesta a una pregunta: ¿había estado implicada su novia en la filtración de información que había conducido a la apertura de la investigación y a su salida posterior del FBI?

La única manera de saberlo era preguntar.

Se quedó mirando al hombre pelirrojo de la calva reluciente.

«No lo hagas, Carly. No lo hagas».

Carly hizo oídos sordos a su voz interior. El pasado de Hunter ya no era algo que solo le perteneciese a él, sino también a ella. El amor podía no haberle dotado de superpoderes, pero le había descubierto una verdad incuestionable: él tenía en sus manos el futuro de su felicidad.

Armada de valor y decisión, se dirigió hacia donde estaba el agente Smith.

Hunter bajó en el ascensor del hotel maldiciéndose por haberse quedado dormido hasta tan tarde. Había dormido poco las últimas noches y ahora eso le estaba pasando factura. Pero había valido la pena. Especialmente esa última noche. Nunca se había sentido tan relajado en la vida. Se había pasado media noche despierto, disfrutando de la sensación de sentir a Carly a su lado, después de haber hecho el amor con ella. Era una mujer maravillosa. Lo tenía todo: era alegre, divertida, con un gran sentido del humor y muy sexy. En las pocas semanas que llevaba con ella, sentía que se le había metido dentro de la piel, pero esa noche, después de la forma en que se había entregado a él, tenía la sensación de que se le había metido también dentro del alma y del corazón. No podía comprender ya la vida sin ella. Y, por la forma en que ella había hecho el amor con él esa noche, estaba convencido de que ella debía de sentir por él algo parecido.

Pero entonces, ¿por qué se había despertado solo en la cama? ¿Dónde podía haberse ido ella? Había sentido un deseo imperioso de estar cerca de ella de nuevo, aunque solo fuera para oler su perfume o sentir el calor de su cuerpo. Por eso había salido de la habitación, nada más despertarse: para decirle lo que sentía por ella. Para decirle que el vacío terrible que había amenazado con engullirlo estaba ahora lleno del aroma y de la sonrisa de la mujer que llenaba esos huecos de su vida de los que él ni siquiera había sido consciente hasta entonces.

Cuando se abrieron las puertas del ascensor al llegar a la planta baja, salió y se dirigió al vestíbulo. Sintió un placer indescriptible al ver a Carly en el bar, apoyada en la barra. Pero la sonrisa se le heló en los labios en cuanto vio al hombre que estaba junto a ella: Terry Smith.

Sintió como si acabara de recibir un puñetazo en el estómago. Creyó que le faltaba el aire en el pecho. Respiró hondo un par de veces para recuperarse y se dirigió con la mirada de hielo, que parecía haber abandonado esos últimos días, hacia la zona del bar donde Carly y Terry estaban conversando. La sospecha de una traición nauseabunda encendió una llama dentro de él. Solo había una cosa de la que pudieran estar hablando: de él.

Una serie de amargos recuerdos, que creía haber ya olvidado, vinieron a atormentarle de nuevo: Carly utilizando su blog para remover las cenizas de su pasado, convirtiéndolo así en foco de interés de toda la prensa de Miami; Carly consiguiendo la autorización de su jefa para escribir un artículo de investigación sobre él; y Carly haciendo el amor apasionadamente, pero despertando sus sospechas sobre cuál podrían ser sus verdaderas intenciones, al menos en las dos primeras veces, en el gimnasio y en casa de su padre.

Esa noche parecía haber sido diferente. Había caído en una especie de letargo placentero. Sin embargo, cuando se había despertado... ella se había ido.

Ahora sabía dónde estaba: hablando con su exco-lega. Un hombre que conocía todos los detalles sórdidos de por qué Mandy le había engañado. Volvió a revivir aquellas sensaciones tan denigrantes: su reputación puesta en entredicho, su buen nombre vilipendiado y la humi-llación de saber que era objeto de investigación por el departamento al que había jurado servir.

¿Por qué Carly estaba hablando con Terry? No podía haber más que una respuesta posible.

Se dirigió hacia ellos casi ciego, como si alguien le hubiera puesto una venda en los ojos o le hubiera en-vuelto con un gran manto negro que le impidiera ver cualquier cosa que no fuera a la mujer que llevaba en su pensamiento.

–Vaya, ¿cómo tú por aquí? –dijo Hunter con voz fría y distante.

Si ella hubiera sido un gato, habría perdido varias de sus siete vidas en ese preciso instante. Carly se dio la vuelta y sintió una aguja de hielo penetrándola en la mé-dula al ver su mirada.

Trató de responder, pero su garganta pareció incapaz de articular una sola palabra. Terry Smith, vino a sa-carla del apuro.

–Hunter, ven y tómate algo nosotros. Olvidemos vie-jas rencillas –dijo el agente del FBI con una amplia son-risa–. Venga, yo invito.

–No me apetece beber contigo –respondió Hunter con la mirada puesta en Carly.

Ella sintió el corazón latiéndole a una velocidad más propia de un corredor olímpico a punto de romper la cinta de la meta. El aire se había vuelto irrespirable. Se preguntó si la furia que veía en su rostro iría dirigida a su excolega o a ella. Tuvo la sensación de que era a ella.

–Estoy en deuda contigo. Después de haber estado pagándome las facturas manipuladas del minibar del hotel durante todos estos años –dijo Smith, tratando de hacerse el simpático–, lo menos que puedo hacer es invitarte a unas rondas.

–No me debes nada –dijo Hunter.

–¿Ni siquiera un bourbon por los viejos tiempos? –exclamó Terry.

–Nunca quise tomar una copa contigo entonces y tampoco me apetece tomarla ahora.

–Vamos, Hunter, no te pongas así –insistió Smith–. Lo único que Carly estaba haciendo era hacerme unas preguntas sobre ti. No era mi intención entablar ningún tipo de relación con ella –dijo él, mirando a Carly de manera pretendidamente lasciva con el único propósito de provocar a Hunter–. Aunque la chica lo vale, ¿verdad, Hunter? Tal vez, si yo tuviera algún pasado interesante, aceptaría también acostarse conmigo a cambio de una historia para su periódico.

Antes de que Carly se diera cuenta, el puño de Hunter salió proyectado como un obús hacia la mandíbula del agente, con un sonido fuerte y sordo. Terry, que estaba sentado en un taburete junto a la barra, cayó fulminado al suelo. Se escucharon gritos de asombro por parte de algunos clientes. A una camarera se le cayó la bandeja del susto y los vasos, copas y platos se rompieron en mil pedazos, desperdigándose por el suelo. Se produjo un instante de silencio.

Dos camareros se acercaron a Hunter. Él dio un paso atrás y levantó las manos en son de paz.

–Tranquilos, caballeros. No pasa nada –dijo Hunter mirando a Carly con sus ojos azul pizarra que parecían querer robarle el alma–. Ya me voy.

Hunter se dio la vuelta y se dirigió al vestíbulo.

El bar se llenó de nuevo del murmullo de los clientes. Los camareros se acercaron a Terry para ayudarle a levantarse, pero él se incorporó con gesto huraño, rechazando su ayuda.

Carly, aturdida por lo que había pasado, tardó unos segundos en reaccionar. Luego salió corriendo del bar en busca de Hunter.

–¿Qué estás haciendo? –le preguntó ella al llegar a su altura.

–Me voy a casa –respondió él, sin detenerse ni aminorar la marcha.

–¿Se puede saber qué te pasa? –dijo ella, tratando de seguir su paso.

–Por lo que parece, soy bastante torpe a la hora de elegir a las mujeres. ¿Y tú, qué tal? ¿Averiguaste algo sustancioso?

Carly trató de mantener la calma y de seguir a duras penas la zancada de Hunter.

–No tuve oportunidad de preguntarle casi nada. Irrumpiste en el bar y lo tumbaste de un puñetazo sin encomendarte a nadie.

–Perdón por estropearte la entrevista –replicó él con la cara desencajada.

–Maldita sea, Hunter –dijo ella, agarrándole del brazo–. No era ninguna entrevista.

Hunter, mucho más fuerte que ella, siguió su camino casi arrastrándola como si nada.

–Entonces, ¿por qué estabas hablando con él?

Ella se mordió el labio inferior, mientras le seguía hasta el ascensor, tratando de hallar una explicación convincente. Pensó que lo mejor sería decirle la verdad.

–Quería hacerle una pregunta.

Él se detuvo al fin para mirarla. Le apartó el brazo y se acercó un paso a ella.

–¿Qué pregunta? –exclamó él, con la mirada más dura que ella había visto nunca.

–Quería saber por qué dejaste el FBI y si tu novia tuvo algo que ver en ello.

–Podrías habérmelo preguntado a mí.

–Lo hice, pero me respondiste que eso era algo que no tenía importancia.

–Siento no haber colaborado contigo –replicó él–. No fue mi intención arruinarte el plan. Porque ese fue tu plan desde el principio, ¿verdad? Dejarme dormido después de una noche de sexo para escaparte luego a ver a Terry y sonsacarle la historia que siempre has querido tener.

Carly se maravilló de mantener la calma necesaria para no darle una bofetada, como se merecía.

Sintió el corazón roto y la esperanza perdida, mientras su alma parecía acurrucarse en un rincón para comenzar a lamerse sus heridas. Se había sentido orgullosa de que él hubiera acudido varias veces en su ayuda para proteger su honor, pero ahora empezaba a comprender que eso era solo un instinto natural en él y que habría hecho lo mismo por cualquier otra mujer. Pero no porque la considerase digna de respeto. Él no tenía ninguna fe en ella. Y nunca la tendría.

Las lágrimas pugnaron por brotar de sus ojos, pero las contuvo sin dificultad. Tenía mucha experiencia en eso. Llevaba muchos años practicando.

–Ni siquiera me estás dando la oportunidad de explicártelo.

Carly se sintió presa de un viejo sentimiento de impotencia y abandono. Primero Thomas, luego su padre y ahora Hunter.

–Vine a buscarte porque te echaba de menos –dijo él muy serio mirándola a los ojos.

–Solo quería saber algunas respuestas –replicó ella con la voz llena de emoción–. Porque te am...

–No –exclamó él–. No lo digas.

–Hunter, ya te lo dije. Créeme. Quería saber la verdad, y dado que tú no quisiste...

–¿Quieres oír lo que pasó? Está bien. Vaya por delante que puedes usarlo para impresionar a tu jefa, presentándolo como un gran trabajo de investigación por tu parte –dijo él, cruzándose de brazos con gesto de resignación aunque su expresión parecía denotar lo contrario–. Mandy me estuvo utilizando hasta que consiguió lo que quería y luego me dejó. No sé si se acercó a mí con esa intención o no. Sospecho que mi trabajo despertó su interés y decidió ver adónde podía llevarla. Al final, debió de llegar a la conclusión de que el caso era más importante para ella que nuestra relación. Escribió un artículo, desvelando información confidencial sobre una banda de delincuentes informáticos afiliados a la mafia de Chicago. Era una información que solo conocía la gente de nuestro departamento. Yo había estado trabajando en el caso durante dos años y sospeché que debió de conseguir la información de un amigo mío, consultor del FBI. Pero tampoco podía estar seguro. Lo único que sabía cierto era que yo no había sido. Pero eso era algo que no podía probar. Y aunque me declararon inocente y libre de cargos, eso no evitó que mis colegas siguieran sospechando de mí –dijo Hunter pasándose la mano por el pelo–. Podría haber seguido en el FBI, aunque con acceso restringido a ciertas informaciones, pero había perdido mi entusiasmo por el trabajo. Pensé que sería mejor ganarme la vida montando mi propia empresa.

Carly sintió un gran pesar por él: el honorable hombre del sombrero blanco, acusado de traición.

–Yo no tengo intención de utilizar tu historia –dijo ella.

–Tal vez, necesites un poco más de sangre o de vísceras para causar más impacto a tus lectores –dijo él, con un gesto mezcla de ironía y amargura–. Como lo terrible que resultó saber que estaba siendo utilizado por la mujer que amaba o lo humillante que fue ser acusado de poner en riesgo un caso por el que habría dado la vida. El FBI era, para mí, algo más que un trabajo, era mi vida.

Hunter se dio la vuelta y se dirigió a los ascensores. Carly lo siguió.

–Te lo he dicho, pero no me importa repetírtelo. No pienso publicar una sola palabra de ello.

–Creo que olvidas que sé lo mucho que deseas demostrar a tu padre que eres capaz de triunfar en la vida por tus propios méritos y sin su ayuda –respondió Hunter entrando en uno de los ascensores y poniéndose con las manos sujetando las puertas frente a ella para impedirle la entrada–. Escucha esto, Carly: eres una mujer muy inteligente y con muchas cualidades, pero no deberías estar tan preocupada por la opinión que tu padre tenga de ti, sino por la que tú tengas de ti misma. No puedes ganarte el respeto de tu padre si no sientes respeto por ti misma. Y eso incluye no saltar de cama en cama, de un perdedor a otro.

Carly, sin pensarlo, le dio una sonora bofetada. Tal como se había imaginado, sintió un gran dolor en la palma de la mano. Pero eso no era nada comparado con lo que sentía dentro del corazón. Sintió que se acababa de romper su último hilo de esperanza.

–Escucha esto, tú también –dijo ella con los ojos encendidos–. Tú no tienes el monopolio de la fidelidad, ni del valor ni de la integridad. Ya tengo bastante con un juez en mi vida, como para tener que soportar a dos. Así que ya puedes irte al infierno con tu actitud paternalista.

–Yo espero mucho más de la mujer que amo –dijo él sin inmutarse.

Carly se sintió desolada, aturdida, hundida... Lo veía ahora todo claro. Había vivido la emoción de ver cómo él se había aferrado a ella la noche anterior. Se había entregado a ella. Sí, lo sabía: él la amaba. Pero ahora comprendía por qué eso no la había hecho todo lo feliz que se había imaginado. Porque había varias clases de amor. El amor no correspondido, que sumía a la persona despreciada en un estado de amargura e impotencia. El amor recíproco, sólido y firme, que hacía a las personas sentirse invencibles y seguras de sí mismas. Y estaba también esa otra clase de amor correspondido, pero no lo suficientemente maduro como para ser duradero y que acababa atrofiándose por las sombras del pasado. Ese era el que había entre Hunter y ella.

–Yo también esperaba más del hombre que amo –dijo Carly–. Necesito un hombre que esté a mi lado, apoyándome. Que tenga fe en mí, que crea en mí.

–Por desgracia –dijo él con una voz exasperantemente suave, pulsando el botón del ascensor–, ese hombre no soy yo.

Carly se quedó mirando a Hunter, consternada, hasta que la puerta del ascensor se cerró y dejó de ver su expresión terrible y espantosa.

Capítulo 11

QUÉ asco de vida! –exclamó Carly, dejándose caer sobre la cama de matrimonio del hotel.

–Carly, no creo que Hunter quisiera decir las cosas que dijo –replicó Abby.

Carly se restregó los ojos. Estaba cansada. Se sentía como si Hunter hubiera sacado su pistola y la hubiera acribillado a balazos, marchándose luego tranquilamente, dejándola sola desangrándose. Había tenido el detalle de dejarle pagada la factura del hotel con un día extra. Pero ¿qué podía importarle eso a ella cuando acababa de perder su corazón? Había sentido el deseo de correr tras él para quitarle de un manotazo su simbólico sombrero blanco, que ella misma le había puesto, y pisotearlo en el suelo hasta dejarlo hecho un guiñapo.

Abby se sentó en la cama junto a ella.

–Míralo de este modo –dijo Abby, poniéndole una mano en el hombro–. No se habría molestado tanto por encontrarte con su viejo colega si no le importaras nada.

¡Importarle! ¡Qué eufemismo! Él le había dicho que la amaba. Durante años, había soñado con escuchar esas palabras del hombre amado, pero lo último que hubiera imaginado era que podría producirle la sensación de angustia y agonía que sentía en ese momento.

–No sé –replicó Carly.

–Bueno. Tumbó a ese tipo de un puñetazo por lo que dijo de ti. Eso también significa algo.

–Eso significa que encontró la ocasión de hacer lo que probablemente venía deseando hacer desde hacía años y se limitó a utilizar mi honra como excusa –dijo Carly, escondiendo la cabeza entre los brazos–. La paradoja es que él no me ve como una mujer honorable.

–Pero tú lo amas –dijo Abby en voz baja.

Carly alzó la cabeza y miró a su amiga.

–¿Y qué? Tú misma lo dijiste. Estas cosas rara vez funcionan.

–A veces, sí –replicó Abby–. Tienes que tener fe y no perder la esperanza.

–¿Desde cuándo te has convertido en adalid del amor?

–Desde que estoy casada –respondió Abby con un leve aire de culpabilidad.

Carly parpadeó varias veces, desconcertada, sin poder dar crédito a lo que escuchaba. Luego, tras unos segundos, se incorporó y se puso de rodillas en la cama, de un salto.

–¿Casada?

–Sí. Pete y yo formalizamos ayer nuestra relación en una iglesia de Las Vegas Strip. Un imitador de Elvis ofició la boda.

Carly se inclinó hacia su amiga y la abrazó efusivamente.

–¡No sabes cuánto me alegro por ti! –dijo ella, con un nudo en la garganta de la emoción.

–Estoy segura de que, algún día no muy lejano, yo diré lo mismo de ti.

Carly no dijo nada. Pensó que no era momento de contradecir a su amiga. Todos los pensamientos que acudían a su mente eran negativos.

–¿Qué piensas hacer ahora? –preguntó Abby, con los brazos en los hombros de su amiga.

Carly sabía que Abby se estaba refiriendo no solo a Hunter, sino también a sus demás problemas. Apretó los labios, mientras una serie de ideas confusas y contradictorias acudían a su mente. ¿Huir? ¿Dejarlo todo atrás y empezar de nuevo? Era tentador, pero eso no le había servido de gran ayuda cuando, tres años atrás, había vuelto a casa tras sus desgraciadas experiencias en California. Y tampoco parecía la mejor solución ahora.

Tenía que poner fin de una vez a todos los problemas que venía arrastrando desde hacía tiempo.

–Voy a tratar de arreglar las cosas y poner orden en mi vida. Empezaré por mi padre.

Carly giró el volante y enfiló el camino, poblado de robles a ambos lados, que conducía a la casa de su padre. La casa donde ella había pasado su infancia y adolescencia. Sospechaba que la conversación no sería nada grata. Pensó que, tal vez, lo mejor sería pasar de largo y disfrutar del día de sol que hacía y de las melodías tan hermosas que estaban sonando por la radio, dejando para otra ocasión aquel enfrentamiento con su padre.

Estaba agotada del viaje y echaba de menos a Hunter. Habían pasado ya cuarenta y ocho horas y aún no se había recuperado. Tal vez, tampoco lo lograra aunque pasaran cuarenta y ocho años.

Pero había llegado el momento de decirle a su padre lo que había sucedido. Ya no se trataba solo de que hubiera vuelto a cometer un nuevo error y de que probablemente la despidieran. Ahora había también un hombre en juego. El hombre al que amaba.

No solo había repetido los errores del pasado, sino que los había superado con creces.

¿Qué padre no estaría orgulloso de una hija así?, se dijo ella con ironía, mientras aparcaba el coche junto a la entrada. Se quedó mirando, unos instantes, aquella imponente casa colonial, con la esperanza de darse ánimos antes de entrar. Aquella casa le traía muchos recuerdos gratos. Había tenido una infancia todo lo feliz que cabría esperar, habida cuenta de que apenas había conocido a su madre y de que se había criado casi exclusivamente con su padre. Habían salido del paso relativamente bien hasta que ella había llegado a la pubertad. Pero ahora, a su edad, ya no podía permitirse el lujo de seguir siendo la adolescente resentida, inadaptada e incomprendida. Era hora de dejar su obstinación y dar el primer paso para reconciliarse con su padre y no esperar eternamente a que fuera él quien se acercara a ella para pedirle disculpas.

Porque solo había dos opciones: o perdonarle por sus desprecios o romper con él para siempre.

Salió del coche y cerró la puerta. Apretó los párpados con fuerza y respiró profundamente.

Encontró a su padre en el porche de la parte de atrás de la casa. Estaba de pie, apoyado en uno de los pilares, mirando al Atlántico. Parecía como si hubiera envejecido desde la última semana.

—Papá.

Él se dio la vuelta y ella se preparó a escuchar alguno de sus habituales sermones reprochándole lo mal que lo hacía todo.

—Hola, gatita —dijo su padre, con su saludo habitual, pero sin el menor gesto de alegría al verla, y luego añadió tras unos segundos—: Al verte, me has hecho recordar aquella vez que te disfrazaste de camarera en una fiesta que di en honor del alcalde. ¿Cuántos años tenías? ¿Dieciséis?

—Quince —dijo ella—. Tú te enfadaste mucho conmigo y me castigaste sin salir durante un mes.

—El alcalde se quejó de que estuviste acosándolo toda la fiesta.

—No fue así exactamente —dijo ella—. En realidad, se enfadó conmigo porque fui a contarle a su esposa que él tenía una amante.

—Nunca me lo dijiste. No me extraña que el alcalde se pusiera tan furioso.

Se produjo un silencio. Carly no estaba segura de si le había hecho gracia su argucia o estaba molesto. Nunca se había sentido orgulloso de ella. Carly sentía esa conducta de su padre como si ella se hubiera tragado una píldora amarga y la tuviera en el estómago desde hacía años sin que los jugos gástricos hubieran sido capaces de digerirla.

–¿A qué has venido, Carly? –exclamó Wolfe, arrugando la frente.

–Deseo...

No pudo seguir. Sintió un nudo en la garganta que le impidió pronunciar una sola palabra. Aun así, se esforzó en permanecer al lado de su padre que seguía impertérrito contemplando las aguas color turquesa del Atlántico. El sol del atardecer centelleaba sobre la superficie y la brisa soplaba suavemente llevando el sabor salado del océano. Volvió a recordar a Hunter y la forma en que se había ido por el ascensor. Sintió un gran dolor. Era como ver una silla vacía alrededor de una gran mesa llena de gente: un recordatorio constante de su ausencia. Pero le había dicho algo que era cierto. Ya era hora de que tratase con su padre como una persona adulta.

–No quiero estar enemistado contigo nunca más –dijo ella, conteniendo el aliento–. Sé que no debió de resultar fácil para ti criarme.

–Estoy seguro de que tu madre lo habría hecho mucho mejor que yo.

–Siento haber sido una adolescente tan difícil.

–Bueno... –dijo Wolfe, pasándose la mano por la frente–. Yo no voy a estar aquí siempre. Cualquier día de estos, te meterás en un gran problema por alguna de tus decisiones.

Carly se llevó las manos a la cabeza y se apretó las sienes para tratar de aliviar su dolor.

–Está bien. Tenías razón –dijo ella, dejando caer las

manos–. Thomas me estaba utilizando. Pero yo no lo amaba.

–Lo sé –dijo él–. Nunca creí que te hubieras acostado con el senador solo por escribir un artículo. Y menos aún que te hubieras enamorado de él, dejando que tus emociones anularan tu objetividad. Sin embargo, tengo que reconocer que casi lo hubiera deseado. Al menos habrías arriesgado tu carrera por amor.

Ella abrió la boca, pero no halló palabras en su defensa. Creyó volver a escuchar la voz de Hunter, poco antes de que se cerraran las puertas del ascensor. Desde entonces, se había preguntado si en todas las relaciones que había tenido había descartado deliberadamente el amor. Las acusaciones de Hunter la habían dejado herida por segunda vez en la vida. Abandonada y sin la oportunidad de poder dar una explicación. Su padre no había querido oír su versión tres años atrás, y Hunter tampoco quiso oírla entonces.

Pero quizá su padre estaba dispuesto a escucharla ahora.

–Thomas y yo no empezamos a vernos hasta después de que se publicara la historia –dijo ella.

–Sí, ahora lo sé, pero entonces no estaba tan convencido de ello.

Oír la verdad resultaba doloroso. Era terriblemente injusto. Pero tampoco la vida era justa ni probablemente lo fuera nunca. Lo único que ella podía hacer para que la situación no se le fuera definitivamente de las manos era comportarse de manera comprensiva y olvidar viejos rencores.

–Carly –dijo su padre–, ¿cuándo vas a madurar y dejar de ir revoloteando de un hombre a otro?

Carly sintió como si acabasen de arrancarle el corazón. Sintió un dolor tan agudo que casi le impidió respirar. Pero pensó que había llegado el momento de aclarar las cosas. No sabía si su padre se sentiría feliz de saber que ella finalmente se había enamorado.

–He pedido autorización a mi jefa para escribir una historia sobre Hunter Philips –dijo ella, advirtiendo la cara de escepticismo que iba poniendo su padre, como si se estuviera preparando para una mala noticia–. Finalmente me dio el visto bueno, pero...

–Te has acostado con él, ¿verdad? –dijo Wolfe, con cara de resignación–. Y ahora no puedes escribir la historia y tienes que explicarle a tu jefa por qué.

Carly sintió un nudo en la garganta que casi le impidió responder.

–Estoy enamorada de él.

La expresión de su cara debía de transmitir tanto dolor que su padre dio la sensación de querer compartir con ella su dolor pero de no saber cómo hacerlo.

–Carly... –dijo su padre, acercándose a ella.

Ella, embargada de emoción, dio los últimos pasos que la separaban de su padre y se arrojó en sus brazos. Wolfe abrazó a su hija torpemente como quien no estuviera acostumbrado a hacerlo.

El abrazo fue breve, pero lleno de ternura y de viejos recuerdos. Wolfe se llenó del olor a menta que tanto amaba, antes de apartarse de ella.

–Siento que ese Hunter te haya hecho daño –dijo su padre con cierta brusquedad.

Ella trató de sonreír. No podía dejar que él pensara que todo había sido culpa de Hunter. Se aclaró la garganta obstruida por las lágrimas no derramadas.

–Es un buen tipo –dijo ella–. Y muy noble. Todo un hombre de honor. Tal vez, demasiado.

–¿Qué piensas decirle a tu jefa? –dijo Wolfe, arqueando una ceja.

–La verdad –respondió ella, alzando la barbilla–. Voy a escribir el mejor artículo que pueda sobre la figura de cualquier otro personaje de la ciudad, en sustitución de Hunter. Luego iré al show de Brian O'Connor, me enfrentaré a Hunter cara a cara y terminaré lo que empecé.

–¿Te sientes mal tras haber renunciado a ir al show de Brian O'Connor? –preguntó Booker.

Hunter clavó la mirada en el saco de un metro de alto que colgaba del techo del pequeño gimnasio improvisado que tenía instalado en su casa y le lanzó un potente *crochet* de derecha.

–No –respondió él, procurando apartar la vista del reloj digital de la pared que marcaba las 23:44–. No había nada ya que debatir.

Lanzó ahora un gancho que impactó en el saco haciéndolo balancearse ligeramente. Sabía que Booker estaba esperando que le diera más explicaciones, pero él estaba ya demasiado cansado tras más de una hora de entrenamiento y no tenía muchas ganas de conversación.

Hacía una semana que había vuelto de Las Vegas. Afortunadamente, había estado muy ocupado con su trabajo, pero aun así había tenido tiempo de reflexionar sobre su relación con Carly. Después de todo lo que había sucedido entre ellos, verse de nuevo con ella en directo frente a las cámaras de televisión podía ser superior a sus fuerzas.

Iba a ser un verdadero milagro conseguir sobrevivir a aquel cuarto de hora que faltaba para el comienzo del programa, sin volverse loco. Miró el reloj. Las 23:45.

Se había propuesto encarecidamente no encender la televisión. Sabía que ella aparecería en la pantalla. Golpeó al saco varias veces, ahora con terribles directos de derecha, procurando llenar el silencio tenso que se había hecho entre su amigo y él.

–Aparecerá en quince minutos –dijo Booker, como

si cada célula del cuerpo de Hunter no estuviese ya al tanto de ello–. ¿No piensas verla?

Hunter apretó el abdomen como si acabara de encajar un golpe. Tenía los músculos de los brazos y del pecho en plena actividad y eso le hizo sentir menos el dolor. Desde su última discusión con Carly, había tratado de sumergirse en una especie de trance. Como si estuviera entumecido o aletargado. Todo para tratar de olvidar la terrible visión de Carly hablando con Terry. Y la mirada desolada de su rostro mientras las puertas del ascensor se cerraban...

Golpeó el saco con todas sus fuerzas, ahora con un directo de izquierda. Pero no consiguió con ello aliviar el dolor que le producían las imágenes que acudían a su mente.

–Creo que deberías encender la televisión para ver lo que dice –añadió Booker.

–No –replicó Hunter acentuando su respuesta con un poderoso *uppercut*–. No pienso verla.

Hacía cuarenta y ocho horas que él se había retirado del programa. Sin embargo, ella, fiel a su estilo, no había cancelado su compromiso con la WTDU. Él no sabía si había sido por razones éticas o por cuestiones comerciales, pero sí había visto un avance anunciando el cambio de la programación: el debut de una nueva serie presentada por Carly Wolfe en el que se analizaba la personalidad de un ciudadano de Miami cada semana. Por fin, había conseguido su objetivo.

La pregunta era: ¿a qué personaje habría elegido para su primer programa de la serie?

El reloj marcaba ahora las 23:47. Sintió el sabor amargo de la bilis subiéndole a la garganta. Se le revolvía el estómago ante la idea de verla revelando ante las cámaras todo lo que él le había contado en un ataque de ira. No podía ver a la mujer que amaba comerciando con lo que habían compartido juntos, solo por lograr la meta que llevaba persiguiendo desde hacía tres años.

Volvió a sentir aquella sensación de traición. Una oleada de resentimiento se adueño de él. Golpeó el saco de cuero con fuerza inusitada para tratar de sobreponerse.

–Es curiosa esta situación –dijo Booker–. Por lo general, soy yo el que ve conspiraciones por todas partes.

–¿Estás diciendo que me estoy volviendo paranoico, como tú? –dijo Hunter frunciendo el ceño.

–Tus sospechas son de poca monta –dijo Booker con una sonrisa–. En las mías, están involucradas siempre naciones enteras y grandes agencias gubernamentales. Pero eres muy escéptico a la hora de confiar en las personas. Y creo que te equivocas con Carly.

–Es lógico que digas eso, estando casado con su mejor amiga –dijo Hunter que aún no se había hecho a la idea de la nueva situación de su amigo.

–Abby y yo decidimos no tomar partido por ninguno de los dos.

La duda volvió a adueñarse de Hunter. Tal vez el miedo y los recelos del pasado le estaban impidiendo ver la única cosa buena que le había pasado desde hacía mucho tiempo.

Maldijo para sí y cerró los ojos. La última vez que había hecho el amor con Carly su corazón le había dicho que era de fiar, que podía confiar en ella. Pero luego la recordaba hablando con Terry y su corazón daba un giro de ciento ochenta grados.

¿Y si Carly no tuviera intención de contar en público ninguna historia sobre él?

Golpeó de nuevo el saco con directos sucesivos de derecha e izquierda, mientras esa pregunta planeaba sin respuesta sobre su mente, alimentando su dolor. Atormentándolo.

–¿Qué me dices de nuestro negocio? –preguntó Booker–. ¿Va a seguir todo como antes?

Hunter dejó quieto el saco y se volvió a su socio y amigo. Pasase lo que pasase esa noche, la situación entre ellos había cambiado. No podía seguir fingiendo que llevaba una vida feliz y agradable, cuando distaba mucho de ser verdad. Ganar dinero no lo era todo en la vida. Era ya hora de dejar las cosas claras, sincerarse con él y contarle sus planes.

–Tuve una larga conversación con el agente especial a cargo de la división del FBI en Miami –dijo Hunter–. Parece que tienen mucho trabajo y andan buscando ayuda. He firmado con ellos un contrato como consultor a tiempo parcial.

–Me alegro por ti, sé que eso es lo que siempre te ha gustado –replicó Booker con una sonrisa.

–Eso significa que, a partir de ahora, tendrás que involucrarte más a fondo en el negocio.

–Eso no es ningún problema –replicó Booker.

–Creí que no te gustaba nada tratar con los clientes.

–Temía no estar a tu altura, Hunter. Acostumbras a poner siempre el listón muy alto en todo lo que haces –dijo Booker–. Me preocupaba la idea de que pensaras que no hacía bien mi trabajo.

–¿Te he dado alguna vez esa impresión? –exclamó Hunter, desconcertado.

–No exactamente. Pero eres demasiado estricto. A veces, sometes a la gente que tienes a tu alrededor a unas normas tan exigentes que resultan casi imposibles de cumplir.

Hunter intentó tragar saliva y echó un vistazo al reloj de la pared. Las 11:55.

Booker tomó el mando a distancia del televisor y se lo ofreció a Hunter.

–Hazte un favor a ti mismo, Hunter. Pon la televisión y ve el programa de Carly.

Con el corazón latiéndole con fuerza en el pecho, Hunter se quitó los guantes de boxeo y tomó el mando del televisor, mientras Booker salía discretamente por la puerta sin decir una palabra.

Se quedó como absorto, mirando la pantalla negra del televisor durante cuatro minutos. El reloj fue marcando de forma inexorable el paso de tiempo, minuto a minuto.

Incapaz de mantener la tensión por más tiempo, encendió el televisor y sintonizó el canal. Apareció la imagen de Carly sentada en el sofá de Brian O'Connor. Estaba radiante de belleza, como siempre. Llevaba una falda y una blusa de gasa. Pero ni sus piernas de infarto, ni su brillante pelo castaño, ni sus cálidos ojos ámbar fueron nada comparado con el impacto que sintió cuando la cámara se desplazó hacia su derecha y vio a las personas que estaban sentadas junto a ella. Eran Thad y Marcus, los dos jóvenes grafiteros que ella había ido a entrevistar el famoso día del incidente del callejón. Iban vestidos con sus típicas ropas urbanas. Eran los primeros personajes de Miami con los que ella había decidido estrenar su nueva serie. No él.

Hunter se abrazó al saco de boxeo que tenía al lado. A su mente acudieron amargos recuerdos: las palabras viles que habían salido de su boca, la cara de desolación que había visto en ella mientras se cerraban las puertas del ascensor. Ella le había dicho que necesitaba un hombre que confiara en ella. Pero él lo había estropeado todo al confesarle que la amaba.

¿Cómo podría convencerla ahora?

Capítulo 12

A PESAR de los manteles de color ébano y los centros de mesa con rosas secas marchitas, había un ambiente festivo en el patio al aire libre del restaurante. Carly se sorprendió de que Abby y Pete hubieran logrado encontrar el equilibrio perfecto entre los estilos clásico y gótico que dominaban aquel recinto donde habían decidido celebrar su reciente matrimonio. La luz de las velas se reflejaba en el manto de niebla que cubría el piso de la terraza, creando un mundo casi surrealista a su alrededor. Los camareros pasaban por entre la gente con fuentes y platos de aperitivos. Los invitados pedían sus bebidas, arremolinados a lo largo de las dos barras de caoba labradas primorosamente, con aspecto de ataúdes. O, tal vez, lo fueran realmente.

Pete Booker, con vaqueros, zapatillas de deporte y una camiseta negra, contemplaba a su esposa de dos semanas con una mirada de adoración. Carly sintió una mezcla de envidia y felicidad.

–Esta es la celebración más extraña a la que he asistido en mi vida –dijo William Wolfe, al lado de su hija, mirando la máquina de humo colocada discretamente en un extremo del local y luego el peculiar traje de la novia.

Abby llevaba una blusa negra de manga larga que acababa en unos guantes también negros, a juego con una falda larga de encaje que llegaba hasta el suelo y que le daba al caminar un aire victoriano a la vez que un toque gótico, como no podía ser menos.

Carly llevaba un vestido de noche de satén negro sin mangas y un bolso con incrustaciones de plata. No era ese su estilo, pero se había pedido encarecidamente a todos los invitados que fueran de negro. Al menos, era el color que mejor le iba a su estado de ánimo.

–Gracias por acompañarme, papá. Me angustiaba la idea de tener que presentarme sola.

–Ya... –replicó su padre, incómodo, sin duda, en aquel ambiente tan extraño para él–. Bueno...

–No te preocupes –dijo ella–. No me pondré a llorar de nuevo.

–No, por favor –exclamó su padre con mirada temerosa.

Ella casi se echó a reír. Había reservado todas sus emociones para estar lo más atractiva posible en el show pero, al final, se había venido abajo y su padre apenas había podido sobreponerse a su oleada de lágrimas. Había comprendido, que él nunca sería el padre perfecto, siempre dispuesto a un abrazo de comprensión, una sonrisa tranquilizadora o unas palabras cariñosas. Tampoco ella sería nunca la hija perfecta. Pero él estaba allí esa noche, apoyándola en todo.

Por eso le estaba agradecida. Por eso y porque además Hunter aparecería en cualquier momento.

Sintió una gran ansiedad. Si alguna vez se decidía a salir de nuevo con un hombre, se lo pensaría antes mucho mejor. Tal vez, Hunter se hubiera refugiado tras aquella muralla protectora que levantaba cada vez que veía sus emociones y sentimientos en peligro, pero, además de a ella, nunca había hecho daño a nadie. Ella, en cambio, había dejado un reguero de novios desgraciados a su paso. Todos ellos se habían merecido algo mejor que perder su tiempo con ella, pues sabía de antemano que no tenían ninguna oportunidad de conquistar su corazón.

Cuando vio aparecer a Hunter, sintió un vuelco en el

corazón. Se agarró al respaldo de la silla que tenía al lado. Después de unos segundos, en que creyó sentir la tierra temblando bajo sus pies, trató de sobreponerse a aquel torbellino de melancolía que amenazaba adueñarse de ella.

Su padre miró a Hunter y luego se dirigió a ella con gesto preocupado.

–¿Quieres que me quede? –preguntó él–. ¿O quieres que vaya a traerte una copa?

Ella estuvo tentada de usarlo como escudo protector, pero había hecho, ese mismo día, un pacto consigo misma de no hacerse la víctima ni deleitarse en la autocompasión.

–Tráeme una copa, por favor –dijo ella a su padre, viendo cómo Hunter se abría paso entre la multitud en dirección a ella–. Creo que voy a necesitarla.

William Wolfe se dirigió a la barra, lanzando a Hunter una mirada llena de preocupación.

Hunter se detuvo a un metro de ella. Llevaba un traje negro impecable. Estaba tan atractivo como siempre. Pero todos sus músculos estaban en tensión, dispuestos a saltar en cualquier momento. Sus fríos ojos azul pizarra parecían esculpidos en su rostro.

–He venido a decirte que ya he hablado con Booker y hemos llegado a un acuerdo. Hemos elaborado un plan para que yo pueda trabajar como consultor para el FBI a tiempo parcial.

–Me alegra oírlo.

Ninguno de los dos se atrevió a mencionar las palabras de despedida en el ascensor, pero el fantasma de su desencuentro pareció flotar en el aire como la neblina que bañaba el suelo de aquel patio.

–Te felicito por tu nueva serie. ¿Cómo conseguiste que tu jefa te diese la autorización del guion?

–Te aseguro que no me acosté con ella, si eso es lo que estás pensando –dijo ella con una leve sonrisa, más de tristeza que de alegría–. Se lo conté todo, y luego le entregué una sinopsis sobre la historia de Thad y Marcus que la dejó impresionada.

–No sabes lo que me alegro por ti.

–Sí, claro... –dijo ella, debatiéndose en un mar de dudas y sentimientos contrapuestos–. Bueno, ahora debo ir a reunirme con mi padre.

Carly se dio la vuelta, pero Hunter la agarró del brazo y la detuvo.

–No debería haberte insultado –dijo él, con una expresión de arrepentimiento–. Lo siento.

Ella trató de ignorar la sensación de sentir sus dedos sobre la piel. La tensión inicial se había roto pero su disculpa no era suficiente. No lavaba la ofensa de sus palabras en el ascensor, pero, al menos, era un buen comienzo y una forma de allanar el camino.

–Yo tampoco debería haberte abofeteado –replicó ella–. Fue una reacción impulsiva.

–Me lo merecía.

No podía creerlo. Volvía a ser el mismo Hunter agradable y comprensivo de la primera vez. El Hunter con el que resultaba tan difícil discutir. Pero la pregunta era: ¿qué quería ahora?

–Hunter –dijo ella, apartando el brazo–, creo que ya nos hemos dicho todo lo que teníamos que decirnos.

–No. Yo aún no te lo he dicho todo –replicó él–. Quería decirte que me he pasado toda la semana tratando de perfeccionar mi nueva aplicación.

–Me importan un bledo tus aplic...

–Cásate conmigo –dijo él bruscamente y sin ningún tipo de rodeos.

Ella contuvo el aliento, sintiendo un nudo en la boca del estómago y otro en la garganta.

–No te entiendo. Te presentas aquí, después de todo este tiempo sin vernos y ¿esperas que acepte tu proposición, así, sin más ni más? Han pasado ya siete días desde que me dejaste plantada en el programa de televisión, y...

–Tenía mucho trabajo pendiente. No tenía tiempo para enfrentarme contigo ante las cámaras.

–Te enfrentaste a dos hombres en un peligroso callejón de Miami –dijo ella, arqueando las cejas con gesto de incredulidad–. Y, sin embargo, ¿no tuviste valor para enfrentarte conmigo?

–No, después del error que había cometido.

–Cobarde.

–En algunas cosas, sí –admitió él con un rictus de amargura.

Él era capaz de enfrentarse a cualquier delincuente si viese en peligro la vida de un inocente, pero podía echar a correr cuando creía ver en peligro sus emociones y sentimientos.

Carly desvió la mirada, tratando de controlarse. Los invitados hacían cola ante el insólito pastel de boda: una tarta de seis pisos con una extraña decoración de chocolate negro.

–No puedo casarme contigo –dijo ella, dirigiéndose hacia la barra donde estaba su padre.

Pero a mitad de camino, escuchó su teléfono móvil. Lo sacó del bolso. Era un mensaje. Al abrirlo, escuchó las notas de la enternecedora canción *Share My Life*, y vio aparecer en la pantalla del móvil las palabras *«Cásate conmigo»*.

Sintió una extraña desazón. Aún no se había recuperado de la primera proposición y ya le estaba enviando una segunda. Con dedos temblorosos, pulsó la opción: «No», y luego fue recorriendo la lista de canciones que había en la aplicación para acompañar a la respuesta negativa. Solo había diez. Con mucho sentimiento, pulsó el botón de aceptar la melodía titulada *Love Stinks*.

Escuchó entonces el sonido aflautado de la canción, por detrás de ella.

Se dio la vuelta y vio a Hunter. Él sostuvo su mirada mientras se acercaba a ella.

–Ahora veo en qué has estado tan ocupado todos estos días.

–El diseño de la aplicación fue lo más fácil. Lo difícil fue encontrar las canciones adecuadas. Tengo que informarte también de que he retirado El Desintegrador del mercado.

–¿Por qué lo has hecho?

–Porque tú me lo pediste... Pensé también que preferirías algo más positivo –añadió él–. Así que sustituí el Desintegrador por el Integrador.

Al oír ese nombre, la angustia pareció dar paso a un simulacro de sonrisa.

–Tu nueva aplicación necesita aún muchas mejoras –dijo ella–. Y la selección de canciones para acompañar las respuestas del «No» es bastante limitada.

–Pero ofrece más de treinta opciones diferentes para el «Sí».

–¿Crees que se venderá bien?

–Solo me preocupa conseguir un cliente: a ti, Carly –dijo él, y luego añadió acercándose un poco más a ella–: No esperaba que me dijeras que sí... a la primera.

Ella sostuvo su mirada, debatiéndose entre sus convicciones y el deseo que sentía de poner fin a aquella tortura y decirle que sí de una vez.

–Debo ir a buscar a mi padre –dijo ella, prosiguiendo su camino hacia la barra del bar.

Pero poco antes de llegar allí, escuchó una nueva sintonía saliendo de su teléfono móvil. Se detuvo con una mezcla de temor y de... esperanza.

Abrió el mensaje y aparecieron de nuevo las palabras *«Cásate conmigo»*, pero la canción que sonaba ahora era *White Wedding* de Billy Idol. Carly no pudo contener una pequeña sonrisa. Pulsó de nuevo la opción

«No» y se desplazó por la lista de canciones asociadas. Al final, eligió una y pulsó la tecla de «Enviar».

Escuchó casi instantáneamente la melodía *Bad Romance* a un metro escaso detrás de ella.

Cerró los ojos. Los volvió a abrir y vio la cara de Hunter a su lado.

–¿Pensaste que me rendiría con *White Wedding* de Billy Idol? –preguntó ella, consciente de que él había elegido con toda intención el orden de las dos canciones que le había enviado.

–La primera canción era demasiado obvia. Y sé lo mucho que te gustan las sorpresas. Además... –replicó él, contemplando la mesa que tenía al lado, ornamentada con una casita embrujada con unos candelabros de época parpadeando en la noche–. *White Wedding* me pareció un título apropiado, teniendo en cuenta los trajes que llevamos esta noche.

–Hunter...

–Lamento mucho no haber confiado en ti –dijo él, interrumpiéndola.

Carly sintió el corazón golpeándole de nuevo con fuerza dentro del pecho. Era como si llamase con fuerza para que lo liberase de aquella jaula en la que estaba preso.

–Demasiado tarde –respondió ella–. Antes de que diese comienzo el último show, estuve esperando hasta el último minuto a que me llamaras para decirme que habías cambiado de opinión, que confiabas en mí y que no necesitabas para creer en mí más pruebas que mi palabra. Eso habría significado mucho para mí. Ahora, después de tener la evidencia cierta de que no te estaba engañando, tus disculpas carecen ya de valor.

–Lo sé –dijo él, escuetamente.

Hunter le tocó la mano con un dedo y ella escuchó de nuevo su corazón golpeando con fuerza los barrotes de su prisión. Pero trató de vencer su debilidad y sus dudas.

–Estoy esperando que aceptes mis disculpas, de todos modos –prosiguió diciendo él–. Y aún estaría más contento si aceptaras casarte conmigo.

Carly se esforzó por contener las lágrimas y dominar el deseo que sentía de decirle que sí.

–¿Por qué habría de hacerlo?

–Porque me gustaría tener una segunda oportunidad. Soy consciente del error que he cometido –dijo él con la voz ronca por la emoción–. Pero eso no significa que no te ame.

–Lo sé. Pero...

Él abrió la boca para interrumpirla de nuevo, pero ella le puso los dedos en los labios impidiéndoselo. Luego clavó la mirada en sus maravillosos ojos azul pizarra.

–No puedo vivir continuamente sobre ascuas, preocupada de si hago o digo algo que despierte tus recelos. Necesito que tengas fe en mí –dijo ella, bajando la mano y tratando de abstraerse de la calidez de sus labios–. Y todo porque no eres capaz de pasar página y olvidar tu pasado.

–Sí que puedo –replicó él en voz baja–. Dame otra oportunidad y te lo demostraré.

–¿Por qué debería dártela? –insistió ella.

–Porque ahora sé que gracias a ti, he conseguido alejar todos mis miedos. Siempre supe que me amabas. Pero no me fiaba de mí mismo y tenía demasiados miedos y recelos para creerte. Sé que no me merezco una segunda oportunidad. Pero te la pido, de todos modos, porque estoy cansado de ser desgraciado y de vivir solo. Y todo por ser un estúpido cobarde.

Como si necesitara unos segundos para serenarse, Hunter puso las manos sobre sus hombros desnudos con el mismo aplomo que si pensara dejarlas allí toda la vida.

–Creo que ahora eres tú la que tiene miedo de tomar una decisión –añadió él.

–No, yo no tengo miedo –replicó ella, alzando la barbilla.

Pero las palabras sonaron huecas incluso a sus propios oídos.

–Entonces no debería ser un problema para ti casarte conmigo –dijo él, muy convincente.

Carly sintió ahora una de sus manos acariciándole la espalda y pensó que él también podría haberla llamado cobarde a ella y, sin embargo, no lo había hecho.

–¿Te atreves a pedirme que me case contigo?

–La mujer que yo amo nunca rehuiría un desafío.

–Maldita sea –dijo ella en voz baja–. No sabes lo que me disgusta que tengas razón.

Hunter miró a Carly con unos ojos que parecían querer desnudarla emocionalmente.

–Entonces, Carly Wolfe, dime, ¿qué prefieres? –preguntó él, con una expresión burlona en la mirada a pesar del tono serio de su voz–. ¿Vivir conmigo, aprendiendo a amarnos día a día, o recibir una serie interminable de mensajes con canciones de ruptura?

Carly suspiró. El contacto de sus dedos en la espalda le dificultaba la respiración y le impedía recapacitar sobre la pregunta que le había formulado. Por fortuna, la respuesta era muy simple.

–A ti –dijo ella–. Te prefiero a ti.

Con los ojos brillantes de alegría y del fuego que parecía arder en el fondo de sus pupilas, Hunter la atrajo hacia sí y la estrechó entre sus brazos. Ella emitió un gemido de felicidad y se acurrucó contra su pecho mientras sentía el corazón derritiéndose con su abrazo. Embriagada de felicidad, dejó que su chaqueta absorbiera las lágrimas que empezaron a correr por sus mejillas.

–Prométeme una cosa –dijo Hunter, después de un minuto.

Ella le rodeó la cintura con los brazos, contuvo las lágrimas un instante y alzó la vista hacia él.

–Lo que quieras.

Hunter echó un vistazo a las dos barras, con aspecto de ataúdes, junto a las que se arremolinaban los invitados, todos vestidos de negro y con los pies ocultos bajo aquella densa neblina que lanzaba la máquina de humo.

–No quiero que nos case ningún imitador de Elvis ni una celebración gótica como esta.

–Está bien –respondió Carly muy sonriente, dejándose llevar por la felicidad que sentía–. ¿Qué te parecería si oficiase nuestra ceremonia el ganador del certamen de *drag queens*?

Hunter, sorprendido, abrió los ojos como platos, pero no dijo nada.

–Y ahora, ¿quién es el que tiene miedo? –exclamó ella, arqueando una ceja.

–Buena pregunta –dijo él, con una amplia sonrisa, acariciándole la espalda.

–Dime una cosa. ¿Qué tipo de canciones ofrece El Integrador cuando se acepta una proposición?

Hunter esbozó una sonrisa misteriosa, mientras una luz cálida iluminaba sus ojos azul pizarra.

–Volveré a enviarte el mensaje por tercera vez. Pulsa la opción «Sí» y lo averiguarás.

BIANCA™

ELIZABETH POWER
UN ENGAÑO DELICIOSO

Capítulo 1

EL ECO de unos pasos firmes rebotaba contra el suelo de terrazo del balcón, caliente por el sol. Eran los pasos de un hombre cuya presencia era sinónimo de peligro. Sin necesidad de darse la vuelta, Rayne supo de quién se trataba; esa cadencia decidida, inflexible, era inconfundible. Todas las células de su cuerpo estaban alertas, por el miedo a ser reconocida. Él siempre conseguía todo lo que quería, fuera lo que fuera, a toda costa.

–Entonces mi padre la recogió de la calle, ¿no? Y le muestras su agradecimiento llevándole a pasear en coche.

Ella estaba de espaldas, mirando a través del arco del balcón, contemplando los bloques de apartamentos de color coral. Algunos tenían jardines en el tejado y en otros había piscinas que resplandecían a la luz del sol. Se dio la vuelta de golpe al oír ese tono burlón y corrosivo que oscurecía un acento inglés impecable. Su melena pelirroja le fue a caer sobre el hombro. Detrás quedaron el mar rutilante, el palacio de La Roca y los acantilados que se extendían por toda la costa de Montecarlo.

La ropa que llevaba era hecha a medida, y muy cara. Todas las prendas tenían un corte limpio, hecho al detalle, desde la inmaculada camisa blanca hasta el traje de firma, pasando por esos relucientes zapatos negros. Era un hombre cuya imagen sofisticada y fresca escondía una naturaleza cruel y una lengua afilada que cortaba como una guadaña.

Durante una fracción de segundo, Rayne no supo qué decir. Los años le habían dado una presencia poderosa que intimidaba bastante. Las fotos recientes de los periódicos no captaban bien esa cualidad tan sorprendente, casi sobrecogedora. Era como si su cuerpo irradiara un aura especial, algo que iba más allá del magnetismo físico que también tenía gracias a esos rasgos clásicos y a ese denso pelo negro.

—Para su información, tengo veinticinco años.

¿Por qué le había dicho eso? ¿Por la forma condescendiente con la que se había dirigido a ella? ¿O más bien para recordarle que ya no era la adolescente chillona a la que había conocido la última vez que se habían visto?

Él arqueó una ceja, dejándole muy claro cómo se había tomado la respuesta. Debía de pensar que tenía intención de llevarse a su padre a la cama, o que a lo mejor ya lo había hecho... Tal vez la creía una mercenaria del sexo o algo parecido...

—Y no me recogió de la calle. Los dos fuimos víctimas de un robo. Vine a Francia, y después a Mónaco, de vacaciones, y me quedé sin tarjetas de crédito, sin dinero, sin un lugar donde quedarme.

¿Por qué sentía la necesidad de justificarse ante él? Apretó la mandíbula. ¿Acaso era porque no se había sentado en aquella terraza de una cafetería por casualidad? ¿Porque una periodista inexperta siempre estudiaba a fondo al sujeto de antemano? ¿Porque sabía exactamente dónde estaría Mitchell Clayborne?

–Su padre me ofreció, muy amablemente, un sitio donde quedarme hasta que pudiera resolverlo todo.

Él apretó los labios; esos labios tan masculinos que siempre le habían parecido apasionados.

–Fue un poco inconsciente no haber hecho una reserva.

¿Cómo podía ser que cada palabra que salía de su boca pareciera una acusación? ¿O acaso era el sentimiento de culpabilidad el que la hacía imaginarse cosas? El miedo a verse descubierta...

–Mi madre lleva aproximadamente un año enferma. Ahora está algo mejor, así que aceptó el ofrecimiento de un amigo y se marchó durante tres semanas. Yo quise aprovechar también.

En la casita victoriana que compartía con su madre en Londres, le había parecido una buena idea. Sin embargo, Cynthia Hardwicke se hubiera echado las manos a la cabeza de haber sabido la verdadera razón que la había llevado a hacer ese viaje.

–Tenía donde quedarme hasta esa misma mañana.

Rayne se encogió de hombros. No merecía la pena contarle lo que había pasado después. Había planeado pasar una temporada con su amiga Joanne, que vivía en el sur de Francia con su marido, pero su hermana se había presentado por sorpresa con sus tres sobrinas, y no había tenido más remedio que marcharse para no ser un estorbo.

–Como la temporada de vacaciones acababa de empezar, no pensé que tendría problema en encontrar alojamiento en otro sitio.

Pero no contaba con que le robaran antes de poder registrarse en un hotel...

–Había alquilado un coche por un día... Me paré a tomar un café y... Bueno... El resto ya lo sabe.

Él solo sabía lo que su padre le había contado, pero Mitch tenía una visión claramente sesgada.

«Una jovencita...», le había dicho.

Pero la mujer que estaba ante él no tenía nada de pequeña. Debía de medir un metro setenta. Tenía una figura perfecta y un cabello pelirrojo que llamaba mucho la atención. ¿O era más bien cobrizo? Su piel era de color marfil y sus labios carnosos podían hacerle perder la cabeza a cualquier hombre.

Desprendía seguridad en sí misma y resultaba demasiado asertiva como para no tener un interés oculto. ¿Qué podría ser? Todo había ocurrido el miércoles anterior. Al parecer, su padre salía del lugar donde solía almorzar. Iba solo, porque esa misma mañana había tenido un rifirrafe con el último chófer que le había mandado.

Tan testarudo como siempre, había sacado su viejo Bentley, el cual estaba adaptado para que lo pudiera usar, y se había ido solo a comer. No era que le creyera incapaz de conducir, pero no era recomendable que un hombre de sesenta y siete años, de tanto renombre, saliera sin seguridad, sobre todo tratándose de alguien con graves impedimentos físicos. Al subirse al coche le habían robado la silla de ruedas y, al parecer, ese ángel de pelo rojo que tenía delante había salido corriendo detrás del ladrón.

–Parece que debo darle las gracias por cuidar de mi padre, señorita...

–Carpenter. Rayne Carpenter.

No era su nombre real, no del todo. Usaba el apellido de soltera de su madre y el nombre que solía usar cuando escribía para ese periódico de pueblo. Pero si se hubiera presentado como Lorrayne Hardwicke le hubieran dado con la puerta en las narices. Al principio tenía intención de decir quién era desde el primer momento, pero las cosas se habían ido complicando. Los planes se habían ido al traste por culpa de los ladrones.

–Eres la mejor reportera que tengo, ¡pero tienes que traerme una buena historia! –le había dicho su editor seis meses antes.

Poco después, su madre había caído enferma y había tenido que dejar el trabajo para atenderla tras la operación.

«Bueno, aquí está mi historia», pensó para sí, apretando los dientes. Era una exclusiva que a todo el mundo le gustaría leer, pero sobre todo era algo personal.

De repente, vio cómo se contraía un músculo en la mandíbula del hombre. Se acercó a ella. Estaba lo bastante cerca como para poder oler su colonia.

–Soy Kingsley Clayborne. Pero todo el mundo me llama King –le dijo, ofreciéndole la mano.

«Ya sé quién eres», pensó ella para sí.

Vaciló un instante. No quería tocarle. Pero hizo

todo lo posible por esbozar su mejor sonrisa. Agarró la mano y le dio un pequeño apretón.

–¡No me extraña! –dijo casi sin pensar.

Sintiendo cómo le temblaba la mano, King deslizó un dedo sobre la vena azul que palpitaba en su muñeca. Había algo en sus ojos también. Eran de color miel, con pinceladas verdes, y le observaban con cautela, con recelo.

Sabía que su padre podía cuidar de sí mismo. Era un hombre de mundo. Pero también sentía debilidad por las caras bonitas y podía ser presa fácil de una cazafortunas.

La observó un instante. Había algo en ella... Un recuerdo olvidado pugnaba por salir de su subconsciente, como si fuera el fragmento de un sueño, escurridizo, pero poderoso.

–¿No nos hemos visto antes?

Rayne sintió gotas de sudor por todo el cuerpo.

–No lo creo –dijo, riéndose de forma nerviosa.

Él la soltó, o quizás fue ella quien rompió el contacto... En cualquier caso, nada más soltarse, se dio cuenta de que necesitaba tomar aliento desesperadamente.

Algo se agitó en su interior. ¿Era resentimiento? ¿Rechazo?

¿Qué si no podría haber provocado semejante reacción? Sentía la sangre caliente en las venas, en ebullición, pero... Si alguna vez había sentido algo por él, él mismo se había encargado de matar ese sentimiento.

Era extraño que no la hubiera reconocido, aunque la gente también solía decirle que había cambiado mucho... Siete años antes no tenía curvas y llevaba el pelo corto y de punta, de otro color. Por aquel entonces todos la conocían por Lorri...

–Esos ladrones debieron de pensar que era una presa fácil, ¿no? Si fueron a por usted de esa forma...

Ella dio un paso atrás. Su presencia la asfixiaba.

–¿Disculpe? –le dijo, sin saber muy bien qué quería decir.

–Quiero decir que debieron de notar que estaba pendiente de mi padre. Estarían seguros de que iba a morder el anzuelo en cuanto salieran corriendo con esa silla.

–No me gusta que se aprovechen de nadie –dijo ella con contundencia–. Por ningún motivo... ¿Qué está insinuando exactamente, señor...?

–King.

A lo mejor prefería que le llamaran «Su Majestad»...

Rayne tuvo que morderse el labio inferior para no decirlo en alto. Se había convertido en un hombre rico y poderoso, y también despiadado.

Ya por aquel entonces, siete años antes, al presenciar aquella escena entre su padre y él, había visto algo desconocido, algo que jamás hubiera esperado de él. Era esa actitud afilada, esa absoluta falta de escrúpulos en un hombre de veintitrés años que se había visto obligado a tomar las riendas de una empresa internacional tras el accidente de su padre.

–No pude evitar fijarme en él, y en lo que estaba haciendo. ¡Desde luego que no! –exclamó, odiándole más que nunca por haber sido uno de los que habían destruido a su padre–. Me sorprendió que fuera capaz de superar sus dificultades y conducir por la ciudad él solo. No sabía que admirar las capacidades de una persona fuera un delito.

–No lo es –dijo King. Una sonrisa le iluminó la cara.

Rayne sintió que se le cerraba la garganta.

–Como ya le habrán dicho, el chófer de mi padre se fue... repentinamente. Por eso estaba sin conductor, aunque... Tengo que decir que, gracias a usted, ese puesto ha quedado cubierto.

Ella asintió, ignorando el sarcasmo que teñía sus palabras.

–Entiendo que no lo perdió todo a manos de esos delincuentes –le dijo, mirándola de arriba abajo.

–Tenía la ropa en el coche.

–¿Y no se llevaron las llaves?

–No. Las tenía en el bolsillo de los vaqueros –junto con el teléfono móvil, afortunadamente, pero eso no se lo dijo.

Lo había sacado del bolso para enviarle un mensaje a su madre justo antes de que Mitchell Clayborne saliera del restaurante del hotel que estaba al lado de la cafetería. Así había podido cancelar las tarjetas de crédito y denunciar el robo dentro del coche alquilado.

–¿Interroga a todos los huéspedes de su padre de esta manera?

Él esbozó una media sonrisa y fue hacia la mesa de granito de la terraza. Se sirvió una taza de café. Le hizo señas a Rayne. Ella negó con la cabeza.

–Pero usted es algo más que una huésped, ¿no?

Insiste en trabajar durante su estancia hasta que pueda solucionar sus asuntos, lo cual la convierte en una especie de empleada, aunque sea una empleada poco convencional. Y mi padre no contrata a nadie sin consultarme primero.

Era fácil adivinar quién estaba al frente del imperio Clayborne.

—Le pido disculpas por ser tan cauteloso y desconfiado —bebió un sorbo de café y volvió a poner la taza sobre la mesa con un movimiento firme y sutil—. Pero, como ya debe de saber, mi padre es un hombre muy rico.

«Y tú también...», pensó Rayne para sí.

Recordaba haber leído un artículo que lo situaba entre los diez hombres más ricos de Inglaterra, incluso por delante de Mitchell Clayborne. Todos los miembros del clan habían prosperado gracias a su patriarca, pero Rayne tampoco quería pensar mucho en ello. Era consciente, no obstante, de los muchos negocios en los que King tomaba parte, negocios que nada tenían que ver con el imperio tecnológico de la familia.

—¿Y eso qué significa? —le preguntó, mirándole de reojo.

Él hizo un gesto con la mano.

—Una mujer joven... Un hombre mayor, rico y vulnerable, con la autoestima un poco baja. Un robo improvisado en mitad de una cafetería concurrida. No me negará que hubiera sido un golpe maestro si lo hubiera orquestado todo para ganarse la confianza del viejo y meterse en su casa.

Rayne sintió que le ardían las mejillas. Se había

sentado en esa silla a esperar a Mitchell Clayborne, pero no lo había hecho por los motivos que sugería ese perro guardián que tenía por hijo.

—¡Eso es mucho suponer!

—¿Lo es? —él se metió la mano en el bolsillo. La tela del pantalón se tensó, marcándole el contorno de la pelvis.

Rayne se dio cuenta de que estaba mirando donde no debía y apartó la vista de inmediato. Le miró las piernas de arriba abajo.

—No es la primera vez que se oye una historia así.

—Pero aquí hay una diferencia, King.

Ambos miraron en la dirección de la que provenía la voz. Un segundo más tarde empezaron a oír el inconfundible chirrido de la silla de ruedas.

—Ella no quería venir.

Era cierto. Al principio no había querido acompañarle, asediada por un sentimiento de culpabilidad. Al fin y al cabo, le vigilaba por un único motivo; enfrentarse a él y decirle quién era. Incluso había pensado en amenazarle con ir a la prensa si no admitía todo el daño que King y él le habían hecho a su padre. Quería que le remordiera la conciencia, si la tenía.

Mitchell Clayborne y su hijo King le habían arrebatado algo muy valioso a su familia, pero al verle tan indefenso ante esos matones de barrio, no había sido capaz de enfrentarse a él. Además, le esperaba en ese café porque sabía que jamás podría burlar la seguridad de la mansión. Era una oportunidad que no había podido rechazar.

—¿Has oído eso, King?

Mitchell Clayborne salió al exterior. Todavía hacía calor, pero ya no había luz apenas. Su pelo blanco, peinado hacia atrás, seguía siendo tan denso como el de su hijo.

–He dicho que ella no quería venir.

A pesar de las sombras que ya empezaban a caer sobre la piedra de la mansión, Rayne pudo ver un atisbo de sonrisa en los labios de King.

–Parece que es una persona discreta –le dijo en un tono tranquilo. Sus ojos, sin embargo, daban a entender todo lo contrario.

«¿Lo sabe?», se preguntó Rayne. El corazón se le salía del pecho. ¿Había adivinado quién era y estaba jugando con ella?

–Déjala en paz, King –dijo Mitchell, avanzando hacia la mesa al tiempo que King agarraba la botella de cristal que estaba junto a la cafetera.

Le sirvió una copa.

–¿No puedo disfrutar de su compañía sin que la trates como si fuera una mujer de la calle?

Mitchell tomó el vaso que le ofrecía King, el hijo cuya influencia y poder en el mundo de los negocios era inigualable.

De repente, un haz de luz incidió en la botella de cristal y se refractó en una miríada de colores.

–Claro –le puso el tapón y volvió a dejarla sobre la mesa–. Pero será bajo tu responsabilidad, Mitch. No pienso cargar con esta –dijo y se marchó.

–No le caigo bien –le comentó Rayne a Mitchell.

–Vas a tener que disculpar a mi hijo. Sospecha de todas las mujeres que me dedican un poco de su tiempo, sobre todo si son jóvenes y guapas. Normalmente logra ahuyentarlas con bastante rapidez.

–Eso suena muy egoísta –dijo Rayne, mirando en la dirección en la que se había marchado King.

–No tiene motivos para serlo –dijo Mitchell–. Con ese físico y ese intelecto, terminan queriéndole de todos modos –se rio–. Bueno, ¿quién iba a querer a un viejo fósil como yo? –empezó a toser. El vaso comenzó a temblar peligrosamente en su mano.

Rayne se acercó para quitárselo, pero él le hizo un gesto de impaciencia.

–Pero ¿qué puede hacer un hombre?

Las luces de la terraza se encendieron, reflejándose en el vaso de cristal que Mitchell se llevaba a la boca. Se bebió la copa de un trago.

–Según él, protege mis intereses. Toma... –le dio el vaso–. Sírveme otra, ¿quieres?

Rayne le miró un instante. Parecía que ya había bebido bastante. Además, según le había contado el ama de llaves, tenía problemas de tensión alta y de corazón.

–¿Seguro que es una buena idea?

–¡Por Dios, chica! ¿Te atreves a cuestionarme mientras te hospedas en mi casa?

–No era mi intención –le dijo ella.

Además, tampoco quería terminar preocupándose por un hombre que le había hecho tanto daño a su padre. Era una especie de traición...

Mitch Clayborne parecía cansado, amargado... Agarró el vaso y le sirvió otra copa.

–Te estás comportando como King –dijo Mitchell, insistiendo–. Él es de la familia, pero no se lo tolero a ningún otro. ¿Lo entiendes?

–Perfectamente –ella respiró hondo y le dio el vaso lleno.

Había un brillo cálido en esos ojos azules tan intensos.

–Si no necesita nada más... Creo que me voy a acostar pronto.

Él sonrió y la despidió con un gesto.

–Buena idea. Ah, Rayne...

Rayne se detuvo frente a la puerta abierta que separaba la habitación de la terraza. Se dio la vuelta.

–Respecto a King... ¿Le hiciste enfadar antes de que yo llegara?

–No. ¿Por qué?

–Nunca lo había visto ponerse tan... intenso.

Ella se encogió de hombros.

–A lo mejor ha tenido un mal día.

–Tonterías. A diferencia del resto de los mortales, a él le encanta trabajar duro, bajo presión.

–Cualquiera diría que es una dinamo.

–Y lo es.

–Pero las dinamos también se rompen.

–Si es eso lo que crees, es que no conoces a King.

–Claro que no.

–Pero lo conocerás –dijo Mitchell–. Se va a quedar una temporada.

–Muy bien –repuso Rayne. Cada vez le costaba más mantener un tono ligero. Era difícil seguir fingiendo indiferencia.

–Y... Rayne...

A punto de entrar en la habitación, ansiosa por

escapar de allí, Rayne miró hacia atrás por encima del hombro.

–Sé buena con él –le advirtió con cautela–. Por nosotros dos.

«Me postraré ante sus pies, ¿no? Como deben de hacer todas las mujeres», pensó para sí.

Forzó una sonrisa. Le dolía la cara.

–Claro.

Entró en la espaciosa habitación y trató de mantener la cabeza fría. Había ido a Mónaco para enmendar el daño que le habían hecho a su padre y no iba a dejar que nadie se interpusiera en su camino, ni siquiera Kingsley Clayborne.

Capítulo 2

LAS FORMAS, colores y texturas de Montecarlo le cortaron el aliento, como cada mañana desde su llegada. Pero ese día el sol apenas empezaba a salir y teñía de oro el mar azul. Las montañas lejanas estaban envueltas en un halo de calor. Parecía que aquel complejo turístico de lujo contenía el aliento, justo antes de ofrecer otro día vibrante de opulencia y glamour.

Rayne hizo una mueca. No había ido a Mónaco de vacaciones, pero al menos podía admirar el paisaje. El único nubarrón que oscurecía el horizonte, no obstante, era King. Había investigado un poco antes de embarcarse en el viaje y, según lo que había averiguado, en ese momento él debería haber estado en un acto benéfico en Nueva York.

No vivía en la mansión familiar. Tenía un apartamento de lujo en Londres y, al parecer, no se entendía muy bien con su padre.

¿Qué estaba haciendo en la casa?... Era difícil saberlo, pero sería muy complicado enfrentarse a Mitch teniéndole allí. Era un tipo duro, cruel, inflexible, listo... Y sospechaba de todo y de todos.

Recordaba muy bien aquella época, siete años antes, cuando bebía los vientos por él. Un encaprichamiento adolescente... Pero Kingsley Clayborne la ignoraba por completo. Aquella chiquilla rubia, con el pelo de punta y sombra de ojos morada jamás hubiera llamado su atención. Lorri Hardwicke, experimental y patética... enamorada del chico más guapo de la empresa, recién salido de la universidad y formándose para ser director.

Se había quedado prendada la primera vez que le había visto. Un día se había tropezado con él en la puerta de su despacho y ese día habían empezado las fantasías. Joven, inocente y desocupada, se había dedicado a ayudar en la oficina durante un par de semanas, aprovechando la baja de una de las mecanógrafas. Así podía estar cerca de él... Pero King apenas le hablaba y, al igual que su padre, pasaba mucho tiempo fuera de la oficina.

Cuando estaba allí, le observaba a través de la división de cristal nevado, construyendo castillos en el aire, imaginando un futuro glorioso en el que la invitaría a salir y la iniciaría en el sofisticado arte de hacer el amor...

Después de dejar la empresa, había seguido albergando una esperanza, pero aquella noche, al presentarse en su casa de esa manera, King Clayborne había hecho añicos todos sus sueños. Ese día había empezado a odiarle con toda el alma.

Amargos recuerdos la asaltaron de pronto. Todo había ocurrido unas semanas después de aquella disputa entre Mitchell y su padre. Este había roto la sociedad, lo cual había tenido consecuencias nefastas.

Regresaba del gimnasio ese día, volvía a casa en bicicleta bajo la lluvia. Al entrar había oído voces, gritos... La voz de su padre sonaba débil e indefensa, mientras que la de King era profunda e implacable.

–¡Tú eres el ladrón, Grant Hardwicke! ¡No mi padre! Aléjate de él. ¿Me he explicado con claridad? Déjale en paz o tendrás que vértelas conmigo.

Todavía temblaba al recordar aquella voz amenazante.

–Créeme, después de esto no sabrás lo que se te viene encima como te atrevas a volver a poner un pie en la oficina o en la casa.

Gigantesco en comparación con su padre, King estaba de pie en el vestíbulo de la casa adosada que tanto le gustaba a su madre. Su padre, en cambio, parecía un gnomo de repente. Estaba pálido, cansado... Se había aferrado a la puerta como si fuera demasiado esfuerzo para él mantenerse de pie.

Calada hasta los huesos, con el pelo pegado a la cara, se había topado con King de frente.

–¡No te atrevas a hacerle daño a mi padre! –le había dicho entre sollozos, abalanzándose sobre él con los puños cerrados –. ¡Antes te mato! ¡Lo haré! ¡Te mataré!

–Cálmate, Lorri...

Se había referido a ella por su nombre de pila. Era la primera vez que lo hacía... La agarró de las muñecas y la echó a un lado como si fuera un juguete roto.

–No malgastes tus arrebatos histéricos y tus amenazas infantiles conmigo –le advirtió–. Guárdatelas para alguien que de verdad se las merezca. ¡Como tu padre! –dijo, y salió de la casa.

–Se trata de ese software, cariño –le dijo su padre cuando corrió hacia él. Le ayudó a sentarse en una silla–. Mitchell dice que es propiedad de la empresa y King le apoya. Me temo que están decididos a quedárselo. Lo he perdido todo, Lorri. Todo.

Jamás olvidaría la desesperación que oyó aquel día en su voz.

–Pero es tuyo, papá. ¡Tú lo desarrollaste todo!

Era un software que había diseñado expresamente para la profesión médica. Decía que iba a beneficiar a mucha gente, porque su padre era así, generoso y solidario. Era su obra maestra, aquello en lo que había trabajado desde mucho antes de unirse a Mitchell Clayborne.

Pero el viejo Clayborne se había llevado todo el mérito y beneficio. Lo había lanzado bajo el sello de su empresa con la ayuda de su ambicioso y despiadado hijo.

Su madre estaba en clase de baile esa noche y no había visto llorar a su padre. Pero ella sí. Era la primera y la única vez que le había visto llorar. Por su edad, le resultó imposible encontrar otro trabajo. Empezó a beber, enfermó y se arruinó. Su madre perdió la casa.

Rayne estaba segura de que todos los problemas de su padre habían empezado aquella noche en que King le había inoculado su ponzoñoso veneno. Ese veneno había acabado con su familia; había destruido todo lo bueno, todo lo que ella amaba.

Bajó las escaleras con la esperanza de que King se hubiera marchado ya de la casa, aunque Mitch le hubiera dicho otra cosa. A lo mejor se había tenido que ir repentinamente para atender algún negocio. La esperanza no le duró mucho. De pronto le vio entrar por la puerta principal, con una camiseta blanca de manga corta que dejaba al descubierto esos brazos fuertes y bronceados.

–Buenos días, Rayne.

No llevaba corbata... Rayne se fijó en la piel que asomaba justo por debajo de su musculoso cuello. De pronto, la camiseta blanca que llevaba, combinada con esos vaqueros, le pareció demasiado pequeña. Esos ojos pétreos la miraban de arriba abajo, quemándole la piel.

–Espero que hayas dormido bien –le dijo, tuteándola de repente.

–Muy bien. Gracias –le contestó ella, mintiendo. Se había pasado toda la noche dando vueltas.

–Te alegrará saber que no tendrás que llevar a mi padre a la ciudad esta mañana. Quería irse pronto y, como yo ya me había levantado, le llevé yo mismo.

La puerta principal estaba abierta y el Bentley se encontraba aparcado justo delante. Un poco más lejos estaba el flamante deportivo negro que conducía King.

–No tenías por qué hacerlo. Quiero decir que... –miró hacia la puerta de madera tallada que ocultaba el ascensor que subía y bajaba la silla de ruedas de Mitch–. Deberías haberme llamado.

–Oh, creo que lo hice.

Rayne tragó con dificultad. Él la miraba de una forma muy extraña.

–En ese caso... –esbozó la sonrisa más agradecida que fue capaz de dibujar–. Voy a desayunar algo.

–Me parece que te vas a llevar una decepción.

Rayne se detuvo de golpe y le miró a los ojos, frunciendo el ceño.

–¿Disculpa?

–Le dije a Hélène que no se molestara. Le he dado la mañana libre.

Una sonrisa iluminó sus duros rasgos.

–Como hace una mañana tan bonita, voy a desayunar fuera. Pensé que a lo mejor te gustaría venir conmigo.

–No, de verdad. Eres muy amable. Te lo agradezco, pero... Tengo... Tengo que quedarme aquí para cuando tu padre me llame para que vaya a recogerle.

–No te llamará. Hasta dentro de mucho. Por si no te habías dado cuenta ya, pronto descubrirás que mi padre es una persona de hábitos fijos. Siempre se puede confiar en él, pero a veces es demasiado predecible. Tiene unos negocios que atender y después va a jugar al ajedrez con un amigo. No creo que vuelva hasta media tarde. Si hay algún cambio de planes, me llamará.

Rayne guardó silencio. Se había quedado sin excusas.

–Bueno, vamos pues. Y te aseguro que... no trato de ser amable.

–Me alegro de que me lo digas –Rayne esbozó otra sonrisa forzada por encima del hombro.

–No –dijo él, al ver que ella se dirigía hacia el Bentley–. Vamos en el mío.

Un reguero de ansiedad corrió por dentro de Rayne a medida que avanzaba hacia el vehículo. Subió y cerró la puerta. Aquella máquina poderosa con su tapicería de cuero de color crema representaba la opulencia en su máxima expresión.

–Relájate –le dijo él, sintiendo su tensión–. Tengo fama de ser adicto a la potencia, pero siempre tengo presente a quién llevo al lado.

¿Era eso lo que pensaba? ¿Que tenía miedo de la velocidad? ¿O acaso estaba hablando de otro tipo de potencia? ¿Poder, quizá?

–Me alegra oír eso –repuso ella, sin dejar de contemplar el paisaje por la ventanilla.

–Es extraordinario, ¿verdad? –le dijo él de repente.

La carretera bordeaba toda la Riviera francesa hasta llegar a la costa de Italia. Rayne recordaba haberlo leído en un catálogo de viajes antes de salir de Inglaterra. Algunos decían que era la carretera más romántica de todo el mundo. Deslizándose sobre el asfalto como un veloz pájaro, recorrieron lugares de ensueño. A un lado del camino se alzaban casas con tejados de color terracota situadas al borde de precipicios imposibles, torres de iglesias, acantilados que caían hasta la orilla del mar... Por encima de ellos se alzaban Los Alpes, con sus picos nevados, detenidos en el tiempo. King se paró de repente en un área de descanso que estaba desierta.

–¿Qué estás pensando? –le preguntó en un tono burlón–. ¿Que te he traído hasta aquí para seducirte?

Ella soltó una carcajada.

–No. ¿Por qué? ¿Era eso lo que tenías pensado? –le dijo, sin pensarlo demasiado.

Él se rio.

—No —paró el motor—. Pero si era eso lo que esperabas...

Se volvió hacia él con las mejillas encendidas.

—¿Siempre estás tan seguro de ti mismo?

Él se rio suavemente.

—¿Y tú?

Ella no supo qué decir durante unos segundos. Él la observó atentamente.

—Es que me resulta difícil... —dijo él por fin—. ¿Por qué iba a aceptar una mujer la hospitalidad de un hombre, aunque conduzca un Bentley, a menos que esté un poco loca, o porque quiera sacarle algo?

—Supongo que en otras circunstancias ni siquiera se me hubiera pasado por la cabeza —dijo ella—. Pero teniendo en cuenta su edad y después de decirme que tenía una casa llena de empleados que podían cuidar de mí, pensé que no corría ningún peligro.

—¿Y sabías quién era? ¿Antes de que te llevara a la casa?

A Rayne se le aceleró el corazón.

«Ten cuidado. No sabe quién eres. Mantén la calma», se dijo.

—Reconocí el nombre, sin duda... en cuanto me lo dijo —se encogió de hombros con fingida indiferencia—. ¿Quién no lo reconocería? ¿Quién no conoce el nombre del hombre que creó MiracleMed? —hizo un esfuerzo por sonreír, por tratar de creer lo que todo el mundo creía sobre Mitchell Clayborne—. Es un hombre muy inteligente.

Los labios de King se contrajeron con una mueca. Era una boca tan cruel, pero tan sensual... De repente se vio asediada por una idea de lo más peregrina. ¿Cuántas mujeres habrían sentido la presión de esos labios? ¿Cuántas le habrían conocido en la cama?

–Sí –contestó él–. Pero me refería a antes de que fueras detrás de esos delincuentes.

De forma inconsciente, se humedeció el labio superior. No le gustaba mentir, aunque fuera por su padre.

–¿Todavía estás sugiriendo que planeé ese robo para ganarme a tu padre y colarme en su casa? Si crees que estoy interesada en el dinero de tu padre, ¡entonces lo único que puedo decir es que tienes una imaginación calenturienta!

Él se rio, impasible ante su tono de voz.

–¡Yo podría sugerir que la razón por la que no quieres que una mujer se acerque a tu padre es que podrías perder mucho si el interés es mutuo!

–No te creas... Vamos a comer –dijo y arrancó de nuevo el coche. No pudo evitar fijarse en el pecho de Rayne, que subía y bajaba de forma acelerada.

¿Por qué se había exaltado tanto?... Su experiencia en los negocios también le fue de utilidad en ese momento. Rayne Carpenter no estaba siendo sincera. Tenía algo que ocultar, algo que debía averiguar. Y la mejor manera de proteger a su padre era mantenerla alejada de él durante el mayor tiempo posible.

El café al que se dirigieron estaba situado en una calle peatonal, pavimentada en los mismos tonos rosa salmón que los edificios que la flanqueaban.

Había cestas de flores, rojas, moradas y rosas, colgadas de las farolas y numerosos árboles se alineaban frente a las puertas de los comercios. Eran naranjos en su mayoría.

–Aquí estamos –dijo King, sacándole una silla.

Un rato más tarde, mientras bebían el café y tomaban unos exquisitos pasteles, la conversación se hizo más fluida. Rayne agradeció que los temas se limitaran a la huelga de pilotos, el interés turístico de la zona y poco más. Eran temas seguros, neutrales...

–¿Normalmente vas sola de vacaciones? –le preguntó de repente.

Ella se puso tensa de inmediato. Pensó en Matt Cotton; ese chico con el que había estado saliendo sin llegar a nada más seis meses antes. Él había sido el único hombre con el que había pensado ir en serio, lo bastante en serio como para ir de vacaciones con él.

El primer fin de semana que pasaron juntos, no obstante, después de hacer el amor por primera vez, él le propuso que se fueran a vivir juntos, «para ver cómo iban las cosas»... Y, en ese preciso momento, Rayne se dio cuenta de que ella buscaba algo más. Lo que quería era un amor como el de sus padres, un compromiso serio, para toda la vida, cimentado en el amor, la confianza y el respeto mutuo. No estaba dispuesta a conformarse con menos.

–¿Me hubieras hecho esa pregunta si fuera un hombre?

Él arqueó una ceja.

–Si fueras mi mujer, no me haría mucha gracia

que te dedicaras a explorar un país extraño completamente sola.

–Pero no soy tu mujer –le dijo ella, clavándole la mirada.

–Eso es. No lo eres –replicó él–. Pero no has contestado a mi pregunta, la cual no pretendía ofender, ni atentar contra tu feminidad. ¿Normalmente vas sola de vacaciones?

Ella se encogió de hombros.

–No. Normalmente no. Pero tal y como te dije la otra noche, mi madre ha estado muy enferma. No he tenido mucho tiempo para mí. Una vieja amiga del colegio la invitó a su casa de Mallorca a pasar una temporada, y entonces me di cuenta de que yo también necesitaba unas vacaciones. No me gusta decirlo, pero creo que la enfermedad me golpeó tanto como a ella. No te puedes ni imaginar el estrés al que estás sometido cuando algo así le pasa a alguien que quieres.

Una sombra oscureció el rostro de King.

–Oh, créeme que sí me lo puedo imaginar.

Ella frunció el ceño, sin entender, pero entonces se dio cuenta. Estaba hablando de su padre...

–¿Qué le pasó a Mitch?

–Un accidente. Quedó muy limitado en sus movimientos...

Rayne también sabía que su esposa había fallecido en ese accidente, la madrastra de King.

–Eso es horrible.

–¿Y qué me dices de ti? –le preguntó, dejando la taza sobre la mesa–. ¿Tienes hermanos?

Rayne sacudió la cabeza.

–¿Y tu padre?

–¿Qué pasa con él?

–No le has mencionado –la mirada que le lanzó era demasiado penetrante.

–Murió, hace poco más de un año.

–Lo siento.

«No. No lo sientes. Pero lo harás. ¡Tú y tu padre!», pensó para sí.

Estaba convencida de que la ruina económica de su padre le había causado ese ataque al corazón, y todo ello había desencadenado la enfermedad de su madre.

–Entonces, ¿qué haces cuando no te dedicas a recorrer el país y a recoger a hombres extraños?

–Me dedico a mecanografiar un poco.

–¿A mecanografiar?

–Bueno, en realidad un montón.

–¿Me estás diciendo que eres secretaria?

Ella se mordió el labio inferior por dentro.

–No. Soy autónoma.

–¿Trabajas para una empresa?

Ella sacudió la cabeza.

–Para mí.

–Mecanografiando.

–La mayor parte de mi trabajo se reduce a eso. ¿Qué tiene de raro?

–Es que das la impresión de ser una mujer con carrera.

–Y la tengo... ¡Me he especializado en seducir a hombres mayores ricos!

King esbozó una media sonrisa.

–Creo que es hora de irse –le dijo.

El camino de vuelta fue de lo más incómodo, no por la forma de conducir de King, sino por el tenso silencio que se generó entre ellos.

–Las vistas son impresionantes –dijo Rayne, intentando aligerar el ambiente–. ¡Y este clima también! ¿Hacía tan bueno en Nueva York?

–¿Quién te ha dicho que estaba en Nueva York?

Rayne deseó que la tierra se abriera y se la tragara. Se encogió de hombros con toda la naturalidad que pudo.

–Mitch. Me dio a entender que estabas allí por negocios.

–¿Ah, sí? –exclamó él.

Rayne vio cómo se apretaban sus manos en torno al volante. Tragó con dificultad. De repente tenía la garganta seca.

–¿Vienes a verle a menudo?

–No todas las veces que quisiera. Y no estaría aquí ahora si Hélène no se hubiera puesto en contacto conmigo para decirme que no se encontraba muy bien. Por suerte también mencionó a esa conductora tan atractiva que se presentó por sorpresa en lugar de Talbot. Vine lo antes que pude, y me alegro de haberlo hecho.

–¿Por qué? ¿No te fías de mí?

–Los hombres como nosotros no podemos fiarnos de nadie.

–Eso suena muy cínico. ¿Para eso te sirve el dinero?

–Desafortunadamente, sí.

–Entonces, ¿por qué hay que ostentar tanto? Me refiero a este coche. El Bentley. Todas esas casas que debes de tener. Si no quieres llamar la atención de gente que no te interesa, puedes comprarte un Mini.

—Pero entonces no disfrutaría de los beneficios de todo aquello por lo que he trabajado.

«Todo por lo que trabajó mi padre...», pensó Rayne, mordiéndose la lengua.

—¿Y eso es todo por lo que has trabajado? ¿Un deportivo de lujo? ¿Casa en Inglaterra, en Suiza, y quién sabe dónde más? ¿Viajes en yates exclusivos?

—Has hecho bien tus deberes, ¿no? —la miró de reojo, dejándole claro que había hablado demasiado.

—Sé lo que leo, lo que lee todo el mundo —añadió rápidamente.

—No es solo mi dinero lo que te preocupa, ¿verdad, Rayne? Si es que ese es tu verdadero nombre... —apretó el botón del mando que abría las puertas de la verja de la mansión—. Es algo mucho más básico que eso.

—¡No digas tonterías! Ni siquiera te conozco —dijo ella, poniéndose roja.

—A lo mejor no —King detuvo el coche delante de la puerta principal y apagó el motor—. Pero creo que ha llegado el momento de cambiar eso.

Capítulo 3

LO HAS entendido todo mal! –dijo Rayne por encima del hombro, entrando delante de él. La sangre le bullía en los oídos y el corazón se le salía del pecho.

–¿Ah, sí? No soy ningún tonto, Rayne, y si tu historia tiene algo de fundamento, lo cual me gustaría creer, no se me ocurre ninguna otra razón por la que quieras llevarme la contraria todo el tiempo.

Rayne se detuvo en seco y respiró hondo. Se lamió el labio superior y se volvió hacia él.

–Me das pánico –le dijo, sorprendiéndose a sí misma. Era Lorri quien hablaba, esa jovencita que le adoraba en la distancia, que hubiera dado su vida por él...

–Lo sé –declaró él–. Pero es de ti misma de quien tienes miedo, Rayne. Tienes miedo de involucrarte demasiado en esto. Bueno, preciosa, lo que me puedes hacer a mí también me da pánico, créeme.

Ella se echó a reír. Casi se atragantó.

–¿Tú? ¿Con pánico?

–¿Por qué te parece tan raro?

–No. Eso es imposible.

–¿Por qué? ¿Porque soy un hombre? ¿Y porque tengo mucha experiencia?

–Digamos que sí –Rayne ya no sabía lo que estaba diciendo. No era capaz de apartarse de él. No podía cortar la conversación.

–Puede que sea un hombre de mundo, pero apuesto a que podrías darme bastante guerra.

¿Era eso lo que pensaba en el fondo? Rayne tragó en seco. Probablemente se hubiera echado a reír de haber sabido con cuántos hombres se había ido a la cama en toda su vida.

–Y ahí habla la voz de la experiencia, ¿no?

–Por supuesto –le dijo él.

–Bueno, sigue soñando, King. No he venido a tener una aventura contigo, ni con nadie, y te equivocas del todo si es eso lo que crees.

–No a propósito. No.

–¿Y eso qué significa? –le preguntó en un tono desafiante.

–Estoy seguro de que no tenías pensado colarte aquí para terminar luchando contra algo que te desborda, que nos desborda a los dos, si te digo la verdad. Pero provocas de una manera, Rayne, que es difícil de ignorar. Además, ni se me ocurriría ignorarlo, francamente. Y si te niegas a aceptar el efecto que produces en mí, estoy seguro de que tienes demasiada experiencia como para no saber interpretar esto.

Lo que iba a suceder era inevitable... Pero Rayne no estaba preparada para sentir esos duros labios masculinos. Fue como si dos estrellas colisionaran en cuestión de segundos, en vez de hacerlo durante muchos años luz... Una avalancha de emociones irreverentes la sacudió de los pies a la cabeza. Solo quería que él la besara, que la acariciara... Suspirando, le rodeó con los brazos y se frotó contra su miembro potente y duro.

–¿Vas a negarlo ahora, Rayne? –le susurró él contra la mejilla–. ¿Tienes algo que perder si reconoces que me deseas tanto como me has hecho desearte a ti?

No se había dado cuenta de lo mucho que la deseaba hasta ese momento. Se había acostado con mujeres que le habían dado mucho placer, pero jamás había experimentado algo parecido. Casi le dolía desearla tanto. Pero... ¿por qué?

Lo único que quería en ese momento era arrancarle la ropa del cuerpo, llevarla hasta la cama más próxima y hacerle el amor, entrar en su cuerpo suave...

Sin aliento, levantó la cabeza.

–¿Cómo va a ser, Rayne? ¿En tu cama o en la mía? –le dijo, en un tono frío, casi indiferente, que nada tenía que ver con lo que sentía en realidad.

De pronto sintió una fría mano en la mejilla. El golpe estuvo a punto de hacerle perder el equilibrio.

–¡Cómo te atreves! –gritó Rayne, temblando tanto que apenas era capaz de articular palabra.

–Lo siento. No he podido evitar sacar la conclusión que me ha parecido más lógica –dijo él–. ¿Normalmente eres tan guerrera?

–¡No! ¡Has sido tú!

–Te lo has buscado tú sola –dijo él tranquilamente–. Te has negado a reconocer que hay algo entre nosotros, y después te has dado cuenta de que no podías con ello –esbozó una media sonrisa.

–¡Piensa lo que quieras! –le dijo ella, soltando el aliento bruscamente y alejándose de él.

Huyó por las escaleras. Solo quería esconderse en un agujero y fingir que no había pasado nada.

Ya en la intimidad de su habitación, apoyó la cabeza en las manos y gimió. ¿Qué le había pasado? Amargas lágrimas cayeron sobre sus mejillas, quemándole la piel. ¿Cómo había podido responder así, de una forma tan inconsciente? ¿Acaso no recordaba ya lo que los Clayborne le habían hecho a su familia? ¿Era tan débil en realidad? Fue hacia el cuarto de baño y trató de quitarse el sabor de Kingsley Clayborne de los labios. Juró que no volvería a pasar.

¿Y si él llegaba a averiguar que le había estado mintiendo?

Se estremeció por dentro. No podía pensar en ello en ese momento. Ya lo pensaría más adelante...

La florista se estaba tomando su tiempo para cursar el pedido por teléfono. Rayne puso los ojos en blanco.

–¿Y el nombre de la tarjeta de crédito? –le preguntó de forma automática, en un inglés un tanto encorsetado.

–Le expliqué a la señorita con la que hablé primero que no tengo tarjeta, pero ella me dijo que no habría problema si les llevo el dinero en efectivo antes de cerrar esta tarde. Me llamo Lorrayne Hardwicke –repuso mirando hacia la puerta cerrada con impaciencia.

Se había colado en el estudio para hacer un par de llamadas y pedir un ramo de flores para su madre. Era su cumpleaños. Hubiera querido llamar desde su dormitorio, pero las sirvientas estaban limpiando la habitación y no disponía de mucho tiempo si quería que su madre recibiera las flores por la mañana.

–Me temo que no puedo cursar el pedido si no me deja un número de tarjeta o me paga en efectivo... ¿Cómo se dice? ¿Pagar por adelantado? Lo siento, señorita, pero esas son las condiciones.

–Pero la encargada me aseguró que no habría ningún problema –Rayne se desesperó. Nunca había dejado de mandarle flores a su madre en el día de su cumpleaños desde que tenía dieciocho años.

–La encargada se acaba de marchar. Trataré de comunicarme con ella y la llamaré de nuevo si me deja su número. ¿Cómo me ha dicho que se llama?

–Lorrayne Hardwicke.

–¿Podría deletrearlo, por favor?

Rayne miró hacia la puerta. Se oían voces al otro lado.

–Volveré a llamar –dijo rápidamente y cerró el móvil un segundo antes de que se abriera la puerta.

Era King.

–Pero ¿qué...? –la sorpresa le borró la sonrisa del rostro.

–Me están limpiando la habitación y necesitaba hacer un par de llamadas –le dijo–. Pero si no debería estar... –se dio la vuelta en la silla giratoria.

–Yo no diría eso.

–No... No te oí cuando entraste.

–Ya veo que no.

Había salido a recoger a su padre y durante su

ausencia su secretaria le había enviado unos documentos que debía firmar. Había acudido al estudio en busca de su bolígrafo.

–De lo contrario no te comportarías como si te hubiera pillado rebuscando en los cajones –esbozó una sonrisa burlona–. A lo mejor es eso –dijo con un aire prepotente, guardándose el bolígrafo en el bolsillo–. ¿Buscas algo, Rayne?

–No –dijo ella. Por lo menos, eso era verdad.

De haber estado rebuscando en los cajones, hubiera sido para encontrar algo con lo que demostrar que MiracleMed había sido creado por su padre. Pero no tenía muchas posibilidades de encontrar algo en ese refugio mediterráneo del clan Clayborne.

–Ya que quieres saberlo, estoy un poco enfadada porque llevo un buen rato intentando pedir unas flores para mi madre –le dijo, aferrándose a los mullidos reposabrazos de la silla–. Pero parece que hoy en día no puedes ni respirar si no tienes una tarjeta de crédito.

Él asintió con la cabeza.

–Haz la llamada –dijo y se sacó la billetera del bolsillo, para sorpresa de Rayne.

–No... No puedo... –repuso ella, tartamudeando y sonrojándose hasta la médula–. No quería que tú...

–¿Cuál es el número? –le preguntó él, ignorando sus objeciones.

Al ver que estaba tan decidido, Rayne leyó el número que había apuntado en un trozo de papel.

–Bueno, ¿qué es lo que quieres?

Encogiéndose de hombros y algo incómoda, le

dijo lo que quería. Haciendo alarde de un francés fluido y eficaz, él hizo el pedido sin mayor problema.

—¿Y el destinatario? —le preguntó a ella, volviendo al inglés un momento.

«Cynthia Hardwicke...», estuvo a punto de decirlo en alto, pero, por suerte, se dio cuenta a tiempo.

—Envíalo a nombre de «mamá».

Le dio el nombre de la amiga con la que se quedaba su madre.

—Simplemente pon «Feliz cumpleaños» en el mensaje. «Te quiere, Rayne».

King le dio todos los datos a la florista en unos segundos. Su voz sonaba profunda, segura.

—Gracias —le dijo ella cuando terminó, incapaz de mirarle a la cara—. Realmente no tenías por qué hacerlo. Te pagaré en efectivo.

—No hay prisa —dijo él y le puso una mano sobre el hombro.

Rayne se sorprendió. Levantó la vista.

King encontró tristeza en sus ojos, escondida tras otras emociones... De repente supo que esos ojos le habían mirado antes. ¿Cuándo? ¿La semana anterior? ¿Un año antes? No estaba seguro... A lo mejor solo había sido en sueños.

—Hemos empezado con mal pie —se sorprendió al ver lo ronca que sonaba su voz—. He pensado que lo mejor sería empezar de nuevo.

—¿Empezar de nuevo? —repitió ella en un tono tentativo.

—Sí. Creo que deberíamos empezar de nuevo, ser más cordiales el uno con el otro. Yo aceptaré que

los motivos por los que estás aquí son perfectamente honestos. Y tú... –se estaba frotando la mandíbula con los dedos–. Tú mantendrás las manos
quietas.

Rayne se ruborizó, recordando cómo le había
golpeado.

–Siempre y cuando tú hagas lo mismo.

–Si eso es lo que quieres...

–¿Y eso qué significa?

Él sonrió.

–Ya lo sabes.

–Desafortunadamente, una tregua no va a acabar
con la química que hay entre nosotros, Rayne, aunque quieras negarlo. Pero una mujer no responde
ante un hombre como tú respondiste ante mí a menos que quiera que ese hombre le haga el amor,
aunque tenga intereses ocultos, cosa que, por otra
parte, me gustaría poder descartar en este caso.

–Me dejé llevar. Eso es todo. Bueno, ¿y qué? Te
encuentro atractivo. ¿Quién no? Pero no siempre
cedemos ante nuestros instintos más primarios, ¿no?
Siento haber reaccionado como lo hice. Es que estaba un poco nerviosa. Eso es todo. No estaba preparada...

–¿Para lo que pasó entre nosotros?

Ella asintió.

–¿Y sigues sin estar preparada?

–Me las arreglaré –le dijo en un tono bajo.

–¿Ah, sí?

Ella no dijo nada.

–Ya veremos –añadió él.

Mientras hablaba se había apoyado en el borde

del escritorio. De repente la agarró de la cintura. Rayne perdió el equilibrio y estiró un brazo para recuperarlo. Su mano fue a parar al muslo de él, musculoso y duro.

–¡Dios sabe que has venido a parar a este lugar para volverme loco! –exclamó él y la besó.

Esa vez, Rayne no tuvo mucho tiempo de pararse a pensar. Su aroma y el tacto de sus labios la hicieron perder la cabeza. Le abrió la blusa y le bajó una de las copas del sujetador. Ella se echó hacia atrás, invitándole a llevarse el pezón a la boca. Orgullosa de su feminidad, empezó a retorcerse entre los muslos de King, disfrutando de esa fuerza masculina que la contenía. Él seguía chupándole el pecho.

–Puedes negarlo todo lo que quieras, pero vas a ser mía, Rayne. Eres mía. ¿Lo entiendes? De lo contrario, ¿por qué ibas a dejarme hacer esto? –buscó su otro pecho con las puntas de los dedos y empezó a atormentarla frotándole el pezón–. O esto... –deslizó la otra mano por su espalda y empezó a tocarle el trasero, acariciándola, masajeándola–. ¿Por qué? –le preguntó–. Si tampoco puedes aceptar eso...

Rayne quería protestar. Sabía que debía hacerlo. Pero ¿cómo iba a hacerlo? Sabía que era suya, que siempre lo había sido.

«Es tu enemigo. ¿En qué te convierte esto?», le susurró una voz interior de repente.

Haciendo acopio de la poca fuerza de voluntad que le quedaba, se apartó de él de un empujón.

–¡No quiero esto! –exclamó, limpiándose la boca con el dorso de la mano.

–¿En serio? –todavía apoyado en el borde de la

mesa, King respiraba con tanta dificultad como ella–. Bueno, pues has montado un buen espectáculo para convencerme de lo contrario.

–Me da igual lo que pienses. No quiero tener nada que ver contigo.

–¿Por qué no, cuando está tan claro que podríamos ser felices juntos? –King también tenía las mejillas rojas y estaba visiblemente excitado–. ¿Estás con alguien?

–Eso no es asunto tuyo –le espetó ella, alisándose la ropa con dedos temblorosos.

–Entonces no estás con nadie... ¿Qué fue, Rayne? ¿Una relación decepcionante?

Rayne sintió que le daba un vuelco el corazón de la impotencia.

–Es que no me gusta lo de tener aventuras por ahí.

–Me alegra oír eso –dijo él, mirándola fijamente–. A mí tampoco me va mucho.

–¡Ya! –Rayne soltó una carcajada.

Sin embargo, no pudo evitar preguntarse si le estaba diciendo la verdad, y entonces casi tuvo ganas de darse una bofetada por albergar esa mínima esperanza.

–Realmente tienes una opinión muy mala de mí, ¿no? –recalcó él, revolviéndose el pelo.

Rayne se sorprendió al ver que le temblaba la mano ligeramente.

Incluso el todopoderoso Kingsley Clayborne mostraba signos de humanidad de vez en cuando...

–¿Y por qué debería importarte lo que yo...? –empezó a decir ella, pero la puerta se abrió de repente, con un golpe de bastón. Los dos habían estado demasiado ocupados como para oír la silla de ruedas.

–¿King? ¿Rayne? ¡Oh, aquí estáis los dos!

Mitchell Clayborne parecía más ruborizado que nunca. Rayne se dio cuenta de que no debía de haberles hecho mucho caso a los médicos.

–King, quería que me buscaras el libro que se me cayó detrás de la mesilla, pero ya que Rayne está aquí, puede hacerlo ella y leerme un poco quizás. ¿Ya habéis terminado?

King se puso en pie y la observó un instante con ojos especulativos.

–Sí. Ya hemos terminado –le dijo a su padre.

Ansiosa por salir de allí, Rayne pasó por su lado y se escabulló con rapidez. Sin embargo, no pudo evitar mirar ese rostro perfecto fugazmente. La expresión no dejaba lugar a dudas. Aún no había terminado con ella.

Capítulo 4

AL DÍA siguiente, Rayne decidió escaparse de la casa durante un rato. Necesitaba tiempo para aclararse las ideas y saber qué hacer. La noche anterior, mientras leía para Mitch, le había hecho unas cuantas preguntas de forma disimulada. Le había preguntado cómo había empezado en el negocio, y cuándo se le había ocurrido la idea de MiracleMed.

–King debió de sentirse muy orgulloso de usted –se aventuró a decir, buscando cualquier signo de culpabilidad en su voz, en su rostro.

Al principio parecía que estaba bien, pero después se había puesto más y más nervioso; tanto así que Rayne había desistido en su empeño y no le había hecho más preguntas.

–Creo que debería irse a la cama –le había aconsejado, llamando a uno de los empleados de la casa con la campanilla.

Se sentía frustrada. Había pasado otro día más y aún no había hecho ningún progreso.

Esa mañana, él la llamó para decirle que no necesitaba sus servicios durante el día, así que Rayne decidió darse un paseo por la ciudad.

–Necesitarás algo de esto –le dijo Mitch, poniéndole un fajo de billetes en la mano.

Sorprendida y avergonzada, Rayne intentó devolvérselo.

–No puedo.

–No seas tonta. ¿Cómo crees que vas a ir por ahí sin dinero para comprar ni un souvenir? ¿Crees que te lo van a dar por tu cara bonita?

–Se lo devolveré –le prometió y regresó al vestíbulo.

En el momento en que trataba de pedirle a una empleada que le llamara a un taxi con su francés chapurreado, apareció King, impecablemente vestido con unos pantalones azul oscuro y una camisa de color marfil que le dejaba al descubierto los antebrazos. Le dio instrucciones rápidas a la chica en su propia lengua.

Esta miró a Rayne con disimulo y se marchó.

–¿Qué le has dicho?

–Le dije que ya me encargaba yo –afirmó él, parco en palabras.

–No necesito que me rescates de todas las situaciones difíciles –le aseguró ella.

–No obstante... aquí me tienes –había una nota triunfal en su voz. La miró de los pies a la cabeza–. Bueno, ¿adónde querías ir?

–A ningún sitio en particular –dijo ella, empeñándose en ponerle las cosas difíciles–. Solo iba a hacer un poco de turismo, sin tener que preocuparme por el coche.

–En ese caso, estaré encantado de llevarte yo mismo –le dijo él, sujetándola del codo.

Rayne quiso poner alguna objeción, pero no fue capaz, así que no tuvo más remedio que dejarse llevar. Mientras iban en el coche, por suerte, la conversación se mantuvo en un plano ligero, impersonal... No tocaron ningún tema espinoso. Él le contó un poco de la historia de Mónaco mientras conducía por sus calles.

–¿Tu madre recibió las flores? –le preguntó mientras aparcaba el deportivo.

–Sí, gracias.

–¿Le gustaron?

–Probablemente.

Él la miró con curiosidad y esbozó una leve sonrisa. Rayne supo que tenía que explicarle algo. Al fin y al cabo, las había pagado él.

–Cuando llamé a mi madre hace un rato, su amiga me dijo que todavía estaba dormida. Quería despertarla, pero yo no quise molestarla. Después de todo lo que ha pasado, necesita descansar mucho.

–Seguro que valora mucho tener una hija tan comprensiva y abnegada –dijo él, sacando las llaves del contacto.

–Es lo que se merece. Siempre me ha apoyado en todo.

–Has tenido mucha suerte si tu relación con tu madre es tan buena.

–¿Tú no la tuviste con la tuya?

La pregunta se le escapó.

–Mis padres se divorciaron cuando yo tenía cinco años. Mi padre consiguió la custodia. Solo vi a mi madre unas pocas veces después de eso. Le gustaba más criar caballos que niños. Lo último que supe de ella era que estaba viviendo en una granja, con su tercer marido, en algún lugar de Colorado.

Rayne se encogió de hombros.

–Qué pena –le dijo, y lo decía de verdad.

–No te creas... Fui a un internado, y fue mucho mejor así tanto para Mitch como para mí. Aprendí a ser autosuficiente, independiente, desde una edad temprana, y eso me vino muy bien.

No hizo falta que lo dijera de forma explícita. Rayne sabía que hablaba del accidente de Mitch.

–No sé si hubiera podido ocuparme de todo lo que se me vino encima si hubiera tenido la clase de familia estándar que todo el mundo da por sentado. Creo que es verdad lo que dicen. Nunca echas de menos aquello que no has tenido nunca.

Rayne no estaba de acuerdo. Al fin y al cabo, si hubiera tenido un poco de amor maternal, probablemente no hubiera terminado siendo tan cruel e insensible con otra gente, gente como su padre... Apretó los dientes y apartó la mirada.

–Yo tuve suerte –murmuró, casi para sí–. Mi padre siempre estuvo ahí para mí. Era el hombre más comprensivo, sincero y responsable que he conocido.

–Entonces tuviste una familia feliz, ¿no? –le dijo en un tono que sonaba bastante cínico.

Rayne se preguntó por qué. ¿Acaso era porque él nunca había conocido esa clase de estabilidad? Casi estuvo a punto de sentir pena por él, pero King Clayborne no era la clase de hombre que inspiraba esa clase de sentimiento.

A pesar de todo, no obstante, Rayne terminó disfrutando de su compañía durante el paseo por el

Principado, e incluso llegó a reírse con algo que le estaba contando justo cuando llegaron a la plaza rodeada de árboles que precedía al palacio. Aquella construcción imponente y mayestática había sido el hogar de una preciosa actriz de los años cincuenta. Un príncipe se la había llevado de Hollywood, como en un cuento de hadas. Había fotos de ella en todos los escaparates de la ciudad.

–Debió de ser como un cuento para ella –susurró Rayne, contemplando una de esas fotos en un escaparate–. Se ganó el amor de un príncipe, pero también el de todo el país.

–Un país que tiene poco más de doscientas hectáreas a la redonda.

Ella hizo una mueca y sonrió, sorprendida de que Mónaco abarcara un área tan pequeña.

–¿Y tú? ¿Tú crees en los cuentos de hadas, Rayne? –le preguntó de repente, en un tono cargado de sorna.

–¿Cuentos de hadas? –fingió considerarlo un momento y le miró de reojo.

–Los finales felices. Dos personas, viviendo juntas para siempre, y amándose hasta que la muerte los separe.

–Bueno, es evidente que tú no crees en ello. Pero yo sí sé lo que tenían mis padres... Muy bien... No era exactamente un cuento de hadas. Tuvieron sus altibajos, pero se amaban y sabían que siempre se amarían. Tú no tuviste mucha suerte en ese sentido –le dijo, apartándose del escaparate.

Cuando volvieron al coche, Rayne se dio cuenta de que había apagado el teléfono. Lo encendió y nada más hacerlo empezó a sonar.

—¿Lorrayne?

Era su madre.

Rayne se puso tensa de inmediato. King todavía no había arrancado el vehículo. ¿La habría oído?

Tratando de sonar lo más normal posible, le deseó un feliz cumpleaños a su madre.

—Me alegro de que te hayan gustado.

—¿Que si me han gustado? ¡No sabes cuánto me han alegrado el día! Pero ¿por qué firmaste el mensaje como Rayne, cariño? —le preguntó, riéndose—. ¿En qué estabas pensando?

Conteniendo el aliento, Rayne miró a King de reojo.

Él parecía ocupado navegando por los diferentes menús de su teléfono móvil.

—No estaba pensando en absoluto. Lo siento —añadió Rayne rápidamente—. Pero estás bien, ¿no? —le preguntó, inquieta.

De repente, King parecía haber tomado algo más de interés en la conversación.

—Claro que sí —le aseguró su madre—. Pero ¿tú estás bien? No pareces tú, cielo. ¿Hay algún problema?

—No. Claro que no —se rio para tratar de sonar convincente.

—¿Estás con alguien?

Rayne empezó a sudar.

—¿Con quién?

Vaciló un momento.

—Es solo un amigo —miró a King de forma involuntaria.

Él ya debía de haber captado la esencia de la

conversación, pues sus labios dibujaban una sonrisa burlona.

–Pensaba que conocía a todos tus amigos –le dijo su madre.

Y era cierto.

–Suenas muy misteriosa. Eso no es propio de ti.

–No es nadie importante –añadió rápidamente y se despidió de su madre como pudo.

–¿Por qué no le has dicho nada de nosotros?

–No hay nada que contar de nosotros –le recordó ella en un tono casi desafiante.

Él arqueó una ceja.

–¿Ah, no? Bueno, hace un rato a mí me pareció que sí.

–Siento haberte descrito de esa manera. Pero tenía que distraerla un poco.

–¿Distraerla por qué?

–Para que no se entere de que estoy aquí en Mónaco.

–¿En Mónaco? ¿O aquí conmigo?

–Ambas cosas –contestó ella con sinceridad–. Cree que me estoy quedando en casa de una amiga en Niza. Si le digo que estoy en Montecarlo, sola, se preocupará.

–¿Y si le dices que estás conmigo?

–Entonces tendría que explicarle cómo vine a parar a la casa de tu padre en primera instancia, y se preocuparía aún más.

–¿Crees que no aprobaría que fueras por ahí ligando con hombres mayores? –le dijo él en un tono provocador.

–Yo no ligué con nadie –replicó ella, cortando el

sarcasmo de golpe–. Quiero decir que tendría que contarle cómo me robaron. Como ha perdido a mi padre hace poco, se preocupa demasiado y siempre cree que van a pasar cosas terribles. Si llegara a creer que la necesito de alguna forma, se presentaría aquí enseguida, y no puedo arriesgarme a eso. Necesita tomarse esas vacaciones mucho más que yo. Y no pienso estropeárselas.

–Vaya. Eso te honra –murmuró King–. La quieres mucho, ¿no?

Rayne apartó la mirada de él sin contestar.

–Todos hacemos cosas según lo que nos dicta la conciencia, ¿no? –sugirió ella.

–¿Debería remorderme la conciencia porque cada vez que te me acercas tengo ganas de llevarte a la cama? –le dijo él suavemente, acariciándole el cabello–. ¿O porque tú también lo deseas aunque la cabeza te diga que no?

De repente, el ambiente se había cargado tanto como si alguien hubiera encendido toda una caja de fuegos artificiales. El corazón de Rayne latía sin control.

–¿Podemos dejar este tema? Por favor –añadió, para darle más énfasis.

Él pasó el brazo por detrás de su asiento y se acercó más.

–¿Nunca has oído eso de que... el que suplica está perdido? –murmuró con una sonrisa depredadora.

Casi a cámara lenta, Rayne sintió el roce de sus labios en la comisura.

–¿Qué pasa, Rayne? ¿Es que no puedes aceptar

las consecuencias de aquello en lo que te has metido? –su voz sonaba firme.

–No sabía que me había metido en nada –dijo ella, sabiendo que él seguía sospechando.

–Entonces es evidente que necesitas que te convenzan –le dijo él.

Ella esperaba que le demostrara exactamente qué quería decir, pero él no lo hizo. Arrancó el coche y la llevó de vuelta a la mansión. Nada más llegar, se fue al estudio y la dejó allí sola, en vilo...

–Creo que no debería hacer esto –le dijo Rayne a Mitch.

Se había empeñado en que le llevara por un sendero del bosque por el que apenas podía maniobrar la silla de ruedas.

–Salir pronto para que no nos pille nadie es una cosa, pero convencerme para que le traiga por un camino tan peligroso...

–¿Por qué no te callas? –le dijo Mitch, avanzando delante de ella con dificultad. Sus manos arrugadas se aferraban a las ruedas y empujaban con torpeza.

Los árboles empezaron a espaciarse. Rayne contuvo el aliento. El abismo que se abría ante sus pies era sobrecogedor, pero la vista del mar también.

–¿Me puedes enseñar algo mejor que esto? –le preguntó Mitch en un tono desafiante, gesticulando–. Solía venir aquí mucho cuando era más joven. Aquí le propuse matrimonio a mi primera esposa.

–La madre de King.

–¿Sabías que me abandonó? –se rio con amargura–. Claro que sí. Todo el mundo lo sabe. Todo el mundo sabe que no soy una persona con la que es fácil convivir.

Rayne le miró fijamente. Parecía que había un tono de arrepentimiento en su voz. ¿Todavía echaba de menos a esa mujer que le había abandonado con un niño de cinco años?

–Cuando era pequeño, King se culpaba por el abandono de su madre. Por que le hubiera dejado. Eso le hizo más duro, más fuerte. Le convirtió en un cínico, sobre todo en lo que se refiere al matrimonio y la familia. Nunca pudimos crear el vínculo que debería haber habido entre nosotros. Cuando conocí a Karen, él ya era un hombre.

–¿Su segunda esposa?

Karen era de su edad y había muerto trágicamente cuando el coche se había salido de la carretera en aquel accidente.

Mitch asintió y empezó a toser.

–Ayúdame con esto, ¿quieres?

Intentaba abrir la cremallera de un bolsito de cuero que había llevado consigo. Rayne se la abrió.

Cuando Mitch vio lo que había dentro, masculló un juramento.

–¿Qué pasa?

–¿Por qué tiene que pasar algo? –Mitch le dio la vuelta a la silla de ruedas con tanta violencia que casi la hizo volcar.

Una rueda quedó encajada en un hueco lleno de hierba.

Rayne la agarró de las asas y trató de desengancharla.

–¡No puedo moverla!... Voy a llamar a King –dijo rápidamente, viendo que Mitch empezaba a respirar cada vez con más dificultad.

–¡No! No le necesitamos –declaró Mitch.

–Pero tengo que hacerlo –le dijo Rayne, asustada.

King respondió al segundo tono. Su voz sonó grave y profunda.

–¡King! Es Mitch. Estamos... –le dijo dónde se encontraban rápidamente–. La silla ha quedado atrapada en un hueco y parece que ha salido sin su medicación. Es para la respiración. Creo que...

–Ya sé dónde está –dijo él en un tono seco y le colgó antes de que pudiera decir nada más.

Rayne no podría haber sentido más alivio cuando oyó el rugido del deportivo. A través de los árboles lo vio detenerse de golpe. King bajó sin perder tiempo y corrió hacia ellos, sin siquiera molestarse en cerrar la puerta.

–¡Gracias a Dios que estás aquí! –dijo ella, suspirando.

Soltó las asas de la silla y le dejó tomar el relevo.

–Aléjate un poco –le indicó y logró desencajar la silla sin mayor problema.

Rayne sintió lágrimas de alegría en los ojos.

–No deberías haberle traído aquí –le dijo él cuando iban hacia el coche.

Ya le había dado la medicación a Mitch.

–O por lo menos deberías haberme dicho adónde ibas.

–Él no quería que te lo dijera.

–Entonces deberías haberte negado a llevarle. O deberías habérmelo dicho tú.

–No fue culpa suya –dijo Mitch, mirando a su hijo con cara de pocos amigos–. Y deja de hablar de mí como si no estuviera aquí. No es propio de ti, King. De todos modos, necesitaba algo de libertad. Estoy harto de tener a la gente revoloteando a mi alrededor.

–No sabía que iba a traerme por aquí –admitió Rayne.

King ya había metido a su padre en el Bentley y estaba guardando la silla de ruedas. Era evidente que seguía enfadado con ella.

–Pero no podía ir contra sus deseos y decirte que iba a salir. Es muy orgulloso, King. Casi tanto como tú –añadió en un tono casi acusador–. Siente que se humilla cada vez que tiene que pedirte que hagas algo que antes podía hacer por sí mismo. ¿Nunca te has sentido humillado por nada?

King la miró unos segundos. Esos ojos de color esmeralda temblaban, llenos de lágrimas. La forma en que defendía a su padre era tan conmovedora...

Avanzó hacia ella.

–No importa - la estrechó entre sus brazos–. No importa –repitió, sintiendo cómo temblaba–. No ha pasado nada –murmuró, aspirando el aroma de su pelo.

–Tengo que llevar a Mitch a casa –dijo ella con la voz ronca, soltándose.

Fue hacia el Bentley sin mirar atrás.

En su habitación, a la tarde siguiente, Rayne no hacía más que andar de un lado a otro, recordando todo lo sucedido. La situación vivida junto a Mitch la había asustado mucho, casi tanto como esos sentimientos traicioneros que había experimentado mientras estaba en los brazos de King.

La atracción sexual era poderosa. No hacía falta conocer a alguien en profundidad para sentir ese tirón magnético, pero lo que había sentido cuando King le había mostrado ese lado tierno y comprensivo era mucho más complicado y confuso.

Estaba allí para conseguir una confesión, a través de los tabloides si Mitch se negaba a cumplir con sus exigencias, pero tener algo con King Clayborne no estaba entre sus objetivos.

–¿Hay algo que quieras decirme, Rayne? –le preguntó Mitch cuando subió al coche.

–No. No lo creo –dijo ella.

–Qué pena –repuso Mitch. Ese brillo inusual que tenía en la mirada no dejaba lugar a dudas. No la creía–. Harías buena pareja con él. Necesita a alguien que le plante cara de vez en cuando, y tengo que admitir que no me importaría en absoluto que te quedaras por aquí.

Rayne apretó los labios. No estaba dispuesta a quedarse por allí a merced de Kingsley Clayborne. De repente sintió una punzada de culpabilidad, la misma que había sentido el día anterior al darse cuenta de que se estaba involucrando demasiado. Casi empezaba a tomarle un extraño afecto a Mitch Clayborne...

Se estaba implicando demasiado, y ésa nunca había sido su intención. Cuanto más tiempo permaneciera en la casa, más se enredaría en sus vidas, compartiría sus preocupaciones, sus inquietudes... Tendría que convivir con King...

Esa fiebre amorosa que había padecido de adolescente había vuelto con toda su fuerza y no tenía el antídoto. Las crueles palabras de King deberían haberla inmunizado de por vida, pero nada más llegar a la casa se había dado cuenta de que no era así. Él era como un virus para ella, un virus que mutaba una y otra vez, incontrolable... Y el segundo contagio era más fulminante que el primero...

Además, tampoco ayudaba mucho saber que ya era una mujer adulta. A esas alturas de la historia ya debería haber sabido cómo afrontar el tormento que le suponía tenerle cerca, la tentación irresistible que generaba esa atracción fatal... Pero no lo sabía, y la única droga que le aliviaría los síntomas sería una noche de pasión.

Sin embargo, el alivio sería fugaz, efímero, porque en cuanto cruzara esa línea, ya no se conformaría con menos. Nunca se cansaría de King Clayborne. Sería como una droga para ella, y cuando pasaran los efectos, los síntomas volverían hasta que pudiera estar en sus brazos de nuevo. Necesitaba sentir su poder, su energía, llenándola por dentro, inundando cada célula de su cuerpo... Estaba abocada a convertirse en una adicta sin remedio.

De repente, tomó una decisión. A primera hora de la mañana siguiente, les diría quién era y por qué estaba allí.

Capítulo 5

–*Monsieur* Clayborne? *Non*. Todavía no se ha levantado –le dijo el ama de llaves cuando preguntó por Mitch–. Y *monsieur* King...

Hélène Dupont siempre se refería a él de esa manera.

–Creo que todavía está concediendo una entrevista en la terraza.

–¿Una entrevista? –preguntó Rayne, sintiendo curiosidad.

–Tiene que ver con el documental que está patrocinando, sobre el agua potable para unos pueblos de África. Creo que está muy comprometido con la causa. Llamaron muy pronto esta mañana. Fue todo de improviso. Creo que todavía le queda una media hora.

–Gracias –Rayne esbozó una sonrisa tensa.

Media hora más tarde, Mitch seguía sin aparecer y King debía de seguir ocupado. Rayne bajó de nuevo y entró en la desierta sala de estar. Se oían voces provenientes de la terraza. Un momento más tarde comenzó a oír el roce de las sillas sobre el suelo. La entrevista tocaba a su fin. Sin pènsar muy bien lo que hacía, echó a andar hacia las escaleras. De repente oyó el eco de sus pasos sobre el suelo de mármol. Aceleró un poco. No quería que la alcanzaran en el vestíbulo.

–Oh, Rayne...

Demasiado tarde. La resonante voz de King reverberó en el aire. Los pelos de la nuca se le pusieron de punta.

–¿Has visto a Hélène?

–La vi hace un buen rato –dijo ella, dándose la vuelta.

Se miraron un instante y entonces King se volvió hacia el hombre que le acompañaba. Ella hizo lo mismo y... se quedó de piedra. La sonrisa no llegó a formarse en sus labios, ni tampoco el saludo.

–¿Qué estás haciendo aquí? –le preguntó el entrevistador.

–¿Os conocéis? –inquirió King, sorprendido.

Rayne hubiera querido negarlo, pero era imposible. El hombre que tenía delante no era otro que Nelson Faraday, alguien de su pasado a quien hubiera preferido no recordar.

–Trabajamos juntos –consiguió decir al fin.

–¿En qué?

–Yo era la novata –dijo Rayne rápidamente–. Cuando empecé, Nelson ya iba encaminado a hacer grandes cosas.

En realidad, estaba destinado a hacer cosas tan grandes que después de dos citas había cortado con él por lo sano. Nunca le había gustado esa forma sensacionalista de hacer periodismo. Pero Nelson Faraday sabía demasiado sobre ella...

–Eres demasiado modesta –dijo Nelson. Era evidente que había notado su reticencia al hablar–. Era la novata cuando empezó en esa redacción de provincia, pero todo el mundo sabía que tenía el olfato de un sabueso. En cuanto se puso en marcha, ya no hubo forma de pararla. Nadie olía una buena exclusiva tan bien como Lorrayne Hardwicke.

Nelson aún se la tenía guardada. Presa del pánico, Rayne miró a King. Su expresión no revelaba nada.

–Oh, vaya... ¿He dicho algo que no debía? –añadió Nelson, haciéndose el inocente.

–No. Claro que no –se apresuró a decir Rayne.

–En absoluto –dijo King, con una sonrisa falsa en los labios. El cinismo que tenía su voz la hizo temblar.

–Bueno, me alegro mucho de haberte visto de nuevo, Lorrayne –dijo Nelson, dando un paso atrás–. Le enviaré una copia del artículo –añadió, dirigiéndose a King con la deferencia que siempre reservaba para los entrevistados de más relumbrón.

–Sí, por favor –repuso King, clavándole la mirada.

En cuanto Nelson se marchó, Rayne echó a andar hacia las escaleras.

–¡Un momento!

Unos dedos firmes la agarraron de la muñeca.

–Así que eres Lorri Hardwicke. Bueno, bueno... –tiró de ella.

–¡Suéltame! ¡Iba a decírtelo! ¡A los dos! –le gritó.

–¿Ah, sí? Bueno, ¡qué amable de tu parte! ¿Y cuándo ibas a hacerlo exactamente? ¿Después de conseguir esa exclusiva o lo que sea que busques? ¿Qué te traes entre manos, Rayne?

Ella se soltó con un movimiento brusco.

–¡Recuperar lo que era de mi padre! –le espetó, masajeándose la muñeca.

–¿Y qué es?

–¡Lo sabes muy bien! ¡Le robaste ese software! ¡Tú y tu padre! ¡Sabías que MiracleMed era suyo y se lo robaste!

–Me parece que estás muy mal informada si crees que puedes hacer una acusación tan grave como esa.

–¡No estoy mal informada! Sé el tiempo que invirtió en ese proyecto, en casa, en la oficina. Y no te atrevas a hablarme así. ¡No necesito que nadie me sermonee!

–Si quisieras, podría darle mucho placer a ese precioso cuerpo tuyo –dijo él, cambiando de tema bruscamente.

–¡No! –Rayne se ruborizó.

–No lo niegues, Rayne. Eres esclava de tu deseo, tanto como yo. ¿O era parte del plan?

–¡No! Eso solo... pasó –le dijo, tartamudeando y retrocediendo un paso.

–¡Ya lo creo! Y apuesto a que estabas feliz y contenta pensando que me tenías a tus pies.

–Tú nunca has estado a los pies de nadie.

–A lo mejor no. Pero Mitch sí. ¿Qué es lo que quieres? ¿Dinero?

–Eso es lo único que le importa a la gente como tú, ¿verdad? –estaba a punto de echarse a llorar–. Bueno, probablemente te sorprenda saber que hay personas que anteponen la dignidad y el respeto a la sed de dinero y poder. Yo no soy de los que quieren hacerse ricos a costa de otros.

–¿En serio? –King arqueó una ceja–. A mí no me parece que haya habido mucho respeto y dignidad en la forma en que te colaste en esta casa. Esos ladrones no se llevaron tu pasaporte, ¿verdad, Rayne?

–No. Estaba en la guantera del coche, junto con mi carné de conducir.

–¿Y las tarjetas de crédito? ¿Dónde han estado mientras mi padre y yo te lo pagábamos todo? Comidas, paseos por la ciudad, las flores para tu pobre madre afligida...

–¡Mi madre ha estado enferma! –le gritó Rayne, furiosa–. ¡Muy enferma! ¡Y no se te ocurra volver a hablar de ella de esa manera! Las tarjetas sí me las robaron. Se llevaron mi bolso, mi talonario, mi dinero... ¡Todo! Cuando Mitch dio por hecho que también había perdido el pasaporte y me invitó a quedarme... bueno... en ese momento simplemente le dejé seguir creyéndolo. Sentí que me lo debía. O que se lo debía a mi padre al menos. Tenía que hablar con él, pero sabía que no sería fácil, y de repente me pareció que tenía la oportunidad perfecta.

–¡Cómo no! Entonces, ¿qué esperabas sacar de todo esto exactamente, si eres demasiado digna como para chantajearle y amenazarle con vender alguna sucia historia a la prensa? ¿Estás confabulada con ese personaje, Faraday? ¿Es eso? ¿Por eso se presentó aquí hoy, así, de pronto?

–Eso ha sido una coincidencia. Y no iba a chantajear a Mitch. Si conseguía hablar con él, esperaba poder decirle quién soy, contarle lo que pasó mi padre... Esperaba que le remordiera la conciencia. Pensaba que podría apelar a su humanidad, si aún le quedaba algo dentro. ¡Pero nunca se me ocurrió pensar que podría apelar a la tuya! ¡Porque no tienes!

–Entonces, ¿por qué no le dijiste quién eres, directamente, el día que llegaste? ¿O acaso la periodista que hay en ti no quería dejar pasar la oportunidad de compartir casa con una celebridad mediática?

–No le dije nada porque parecía muy nervioso cuando esos ladrones le robaron la silla de ruedas. No quería decir o hacer nada que le alterara más. Y al día siguiente todavía no se había recuperado del todo.

Y entonces había llegado él, pero eso no se lo dijo.

–Y Hélène me dijo que tenía problemas de corazón y de tensión alta... –se encogió de hombros–. No quería que enfermara más por culpa mía.

King arqueó una ceja. Su expresión era claramente escéptica.

–¿Es que tienes conciencia, Rayne? ¡No me lo creo! Lorri, ¿verdad? Ya no sé ni cómo llamarte con tanto cambio de identidad.

–No es ningún cambio de identidad. Rayne Carpenter es el seudónimo que uso para escribir.

–¿Por qué? ¿Para que tus víctimas no sepan quién eres cuando publicas toda esa basura sensacionalista sobre ellos?

–No escribo esa clase de artículos.

Nunca había pasado de cubrir incendios domésticos y manifestaciones en contra del cierre de alguna biblioteca que otra, aunque Nelson Faraday hubiera insinuado lo contrario.

–Yo solo escribo la verdad.

–Bueno, la verdad, o una retorcida versión de la misma.

–¿Es retorcido exigir que se reconozca el trabajo de mi padre? No busco un beneficio personal, aunque tú creas otra cosa.

–No. Solo quieres acusar a un hombre que apenas puede defenderse. Bueno, yo lo voy a defender, Lorri. Y vas a ver que no estoy tan débil como él. Grant Hardwicke trabajó mucho en MiracleMed. Creo que no me equivoco al decirlo, pero todos los medios que utilizó para desarrollar el producto eran de nuestra empresa.

–¡Eso fue lo que le dijiste la noche en que fuiste a casa a amenazarle! –le recordó Rayne–. ¡Le soltaste toda esa monserga! Y todo porque quería que le reconocieran lo que era suyo por derecho. Creó ese software mucho antes de asociarse con tu padre, pero no tenía los recursos para lanzar el producto. Era un hombre honesto, trabajador, y nunca engañó ni le mintió a nadie en toda su vida. Tú le hiciste enfermar –exclamó Rayne, profundamente dolida. Su voz sonaba entrecortada, cargada de emoción–. ¡Mitch y tú! ¡Seguiría vivo de no haber sido por vuestra culpa!

–Admiro tu lealtad hacia tu padre. Pero a mí no me pareció precisamente un ejemplo de virtud. Todos somos humanos, cariño, y Grant Hardwicke era tan oportunista como el que más.

–¡Eso es mentira!

–¿Ah, sí? –la miró con unos ojos implacables.

Todavía recordaba esas lágrimas de cocodrilo que Hardwicke había derramado al enterarse del accidente de Mitch. No lloraba por su amigo. Lo único que le preocupaba era lo que estaba en juego; todo lo que hubiera podido perder si las acusaciones hubieran salido a la luz.

–Lo último que deseo es hacerte daño, pero puedo ser tan cruel como crees que soy si...

Se detuvo de repente... Hélène bajaba por las escaleras a toda prisa, visiblemente agitada.

–¡Oh, *monsieur*! Será mejor que venga pronto. ¡Es *monsieur* Clayborne! –se llevó la mano al pecho–. Tiene un dolor...

King salió corriendo y subió los peldaños de dos en dos.

Rayne y el ama de llaves fueron tras él. Cuando entraron en la habitación, él ya estaba junto a la cama de su padre. El anciano estaba sentado en el borde, medio vestido... Era evidente que tenía mucho dolor.

–¡Llame a una ambulancia! –gritó King, dirigiéndose a Hélène.

Mientras el ama de llaves llamaba por teléfono, Rayne corrió hacia la cama.

–Tiene que tumbarse –le dijo a King.

Él la miró, desconcertado.

–No te preocupes. Sé lo que estoy haciendo –añadió, poniendo en práctica sus conocimientos de primeros auxilios.

Le explicó cómo podía ayudar mientras colocaba unas almohadas. No era el momento de contarle que había hecho un curso de primeros auxilios después de la muerte de su padre.

King acomodó a Mitch como pudo. Le susurraba palabras cariñosas; trataba de tranquilizarle...

La ambulancia no tardó en llegar.

–¿Puedo ir contigo? –le preguntó Rayne, corriendo detrás de él mientras el equipo médico bajaba a Mitch por el ascensor.

–¿Tú? –exclamó él. En sus ojos había una extraña mezcla de sorpresa e indignación–. No será necesario –añadió, y echó a andar.

–¿Qué pasa, King?

Mitchell Clayborne miraba a su hijo, que estaba de frente a la ventana, dándole la espalda.

–Dios sabe que no he sido el mejor padre del mundo, pero pensé que te alegraría saber que todavía no me voy a ir al otro barrio.

Suspirando profundamente, King se volvió hacia su padre.

–No es nada que no pueda esperar.

–Pero no será nada que yo no pueda soportar, ¡aunque esté enchufado a todas estas máquinas como una marioneta! Suéltalo.

–Se trata de Rayne.

–¿Qué pasa con ella? –Mitch se incorporó un poco. De repente parecía alarmado–. Está bien, ¿verdad?

King asintió.

–¿Qué pasa entonces?

King vaciló un instante.

–Es Lorri Hardwicke –dijo por fin, respirando profundamente.

Mitch se le quedó mirando durante unos segundos y entonces cerró los ojos.

–¡Debería haberme dado cuenta! –exclamó el anciano. Le temblaba la voz.

–¿Sabes por qué está aquí?

–Creo que lo sé. Pero cuéntamelo de todos modos.

–Dice lo mismo que decía Grant hace años. Dice que los Clayborne se llevaron toda la gloria de MiracleMed cuando realmente le pertenecía a él. Resumiendo, en el mejor de los casos nos acusa, te acusa, de una mala praxis profesional, y en el peor, de robo.

Al ver la cara de su padre, contraída por el dolor, King se preguntó si no habría ido demasiado lejos. Su respiración se hizo más agitada.

–Tiene razón, King.

–¿Qué?

La pregunta de King apenas se oyó, ahogada por el ruido de unos pasos rápidos que corrían por el corredor contiguo a la habitación.

–Sí que robé ese software.

–¿Qué me estás diciendo? –le preguntó King a su padre, estupefacto. Su rostro se contraía, palidecía.

–Es cierto –admitió Mitch–. Sé que tú creías que yo había invertido mucho tiempo en ello, pero no fue así. Me alegro de que todo haya salido a la luz por fin. Me alegro de que lo sepas, King. Ya no soportaba guardarme esa mentira por más tiempo. No quería ocultarlo por más tiempo, y menos a ti.

Por primera vez en su vida, King se dio cuenta de que no era capaz de pensar con claridad. ¿Había oído bien a su padre?

–Me dejaste pensar... Dejaste que todo el mundo pensara que Hardwicke creó ese software mientras trabajaba en la empresa, o una buena parte de él, por lo menos. ¡Bajo el sello de Clayborne! –le recordó.

–Era su palabra contra la mía, y él no tenía pruebas.

–Y tú te apropiaste de su trabajo, ¿no? ¡Te quedaste con la propiedad intelectual de alguien! –le gritó a su padre, consternado–. ¿No se te ocurrió pensar que le estabas robando su medio de vida? ¿No pensaste que había gente que dependía de él? ¿Que tenía una hija y una esposa?

–Entonces ha venido a por mí –murmuró Mitch, hablando con un aire ausente, como si no estuviera escuchando–. ¡Después de todos estos años! ¡Chica guerrera!

–¡Es una mentirosa! –dijo King, sintiendo cómo bullía la rabia en su interior, aunque ya no supiera muy bien contra quién dirigirla–. Lo que no sabía hasta ahora era que tú también lo eras. ¡Mi propio padre!

King se volvió hacia la ventana de nuevo. Se masajeó el cuello. Contempló el cielo crepuscular. No quería hablarle así a su padre, no en ese momento...

–¿King?

Volvió a darse la vuelta, tenso como una vara.

–¿Por qué? –le preguntó a su padre. Su rostro revelaba el conflicto de emociones que se libraba en su interior–. ¿Por qué lo hiciste? ¿Por qué, Mitch?

Vio tristeza en esos ojos azul claro. Parecían salirse de un rostro que se consumía dentro de una piel casi transparente.

–¿Y tú me lo preguntas? –apartó la vista, miró al techo y suspiró–. Sabes muy bien por qué.

Capítulo 6

EL CIELO, de un color dorado intenso, se estaba tiñendo de rojo. En los alrededores de la finca se oía el molesto e incesante chirrido de los grillos. En la distancia, mucho más abajo, Montecarlo se despertaba al comienzo de la noche.

Desde la terraza, Rayne veía cómo se encendían las luces en hoteles y apartamentos, en los cafés y en los bares que bordeaban la costa. Miles de estrellas brillaban en el firmamento, casi tanto como el satélite cuya luz parpadeaba justo encima de la puntiaguda copa de un ciprés. Un cuerpo celeste solitario en un universo resplandeciente... Así se sentía en ese momento. Hélène se había retirado a sus aposentos una hora antes y no había vuelto a saber nada de King desde que se había ido con su padre en la ambulancia esa mañana.

Un suspiro se le escapó de los labios al oír el suave ronroneo de un coche que en ese instante atravesaba las puertas de la verja, oculta tras los árboles. Un segundo después, el deportivo apareció por el camino. El vehículo se detuvo. King bajó y le dio las llaves a un empleado para que lo llevara al garaje. Se oyó un murmullo de voces.

Rayne le había llamado varias veces al móvil para

saber cómo estaba Mitch, pero el teléfono siempre comunicaba o la llamada era desviada al buzón de voz. Le había mandado un mensaje alrededor de la hora de comer en el que le pedía que la llamara, pero no había obtenido respuesta alguna. Hélène, por su parte, solo le había dicho que todavía le estaban haciendo pruebas a Mitch.

Al verle entrar en la casa, contuvo el aliento. Unos segundos después empezó a oír sus pasos, cada vez más cerca. Se dio la vuelta.

–¿Cómo está Mitch? –le preguntó sin más preámbulos.

Esperaba alguna respuesta sarcástica, pero su aspecto la desarmó por completo. Todavía llevaba la camisa blanca y los pantalones del traje, pero se había colgado la chaqueta del hombro. No llevaba corbata y se había desabrochado los dos últimos botones de la camisa. Tenía el pelo alborotado y varios mechones le caían sobre la frente, dándole un aire rebelde. Le había empezado a salir una fina barba de medio día.

–Ha sufrido una angina, pero no ha sido coronaria –le dijo en un tono de absoluto alivio.

–Entonces, ¿se va a recuperar?

King la miró de arriba abajo.

–¿De verdad te importa? –le preguntó, tirando la chaqueta sobre una silla.

–Claro que me importa. Te dejé un mensaje, pero no me contestaste.

King bajó la cabeza y asintió.

–Le van a dejar en el hospital para controlarle mejor, pero, con un poco de suerte, se pondrá bien.

Parecía tan cansado, devastado... Rayne sintió ganas de ir hacia él y abrazarle.

–¿Has vuelto para decirme que me vaya?

–No.

Rayne se sorprendió.

–Pensaba que estarías deseando librarte de mí.

–Eso pensaba yo también –admitió él, suspirando.

–¿Qué te ha hecho cambiar de opinión? ¿O es que quieres que me quede y que te recompense por haberte mentido?

Él fue hacia la terraza y se apoyó en la balaustrada. Contempló el mar, más allá de la ciudad rutilante. Se rio suavemente.

–¿Qué clase de hombre crees que soy, Lorrayne?

Ella no fue capaz de contestar a la primera. Las respuestas que se le ocurrían no eran precisamente las más apropiadas.

–Un hombre duro, decidido, implacable.

King sacudió la cabeza lentamente. Se volvió un poco hacia ella.

–¿Por qué me da la impresión de que te has guardado un montón de adjetivos mucho peores?

Ella permaneció en silencio.

–También pensabas que yo era un ser sin escrúpulos que había tomado parte en una maquiavélica trama urdida en contra de tu padre –añadió, poniéndose erguido–. Pero quiero decirte, con toda rotundidad, que yo no tuve nada que ver con eso.

Por alguna extraña razón, Rayne le creyó sin más.

–¿Y Mitch? –miró hacia el mar para evitar su penetrante mirada. Se fijó en un transatlántico, atracado en la lejana bahía–. ¿Le dijiste quién soy?

King se dio cuenta de que su voz estaba llena de resentimiento.

—Él sabe quién eres.

—¿Y qué dijo? —levantó la vista hacia él. Su rostro estaba lleno de color, de acusación—. ¿Admitió que MiracleMed fue creado por mi padre? ¿Y que él se lo arrebató delante de sus narices?

King respiró hondo.

—No fue exactamente así, Lorri.

—¿Ah, no? —exclamó ella en un tono desafiante—. ¿Cómo fue entonces?

King apartó la vista. Miró hacia la carretera que bordeaba la costa. Parecía un río de luces rojas.

—Tu padre firmó un acuerdo con Mitch justo después de que se hicieran socios. Cualquier trabajo hecho para la empresa mientras ambos estuvieran al frente de la misma sería en beneficio de la corporación. Lo sé muy bien. He leído la cláusula. Le pedí a mi secretaria que me la enviara hoy. Tu padre era el cerebro de la compañía, pero los negocios no se le daban muy bien. Si se le hubieran dado mejor, hubiera registrado el software antes de firmar el acuerdo. No lo hizo, lo cual es una pena —añadió en un tono que casi parecía sincero—. El error le costó muy caro, por lo que se ve.

—¿Y ya está? ¡Firmó una cosa, renunció a sus derechos y es una pena! ¿Por qué? ¡Porque les dio mucho dinero a los Clayborne!

—Lorrayne, basta —le dijo King en un tono suave—. Nadie hubiera podido prever el impacto de MiracleMed.

—¡Pero el caso es que sí lo tuvo, y muy grande!

¡Mi padre, sin embargo, nunca recibió el reconocimiento que le correspondía!

–Créeme que nadie se arrepiente más de eso que yo –le dijo él. Su voz sonaba seria, casi apesadumbrada.

No mencionó que Mitch también estaba arrepentido. Si su padre quería disculparse, tendría que hacerlo él mismo.

–Muy bien. ¡Entonces ya no se puede hacer nada, porque todo se firmó, se selló y quedó legitimado legalmente! Pero eso no cambia el hecho de que tu padre se hizo con ese software de una manera inmoral, después de esa disputa que él mismo provocó y por la que mi padre se marchó. Pero yo sé que no fue mi padre el instigador, ¡porque él nunca discutía con nadie!

–Por Dios, Lorri, ¡deja de ser tan inocente!

–¿Inocente? –soltó una carcajada–. ¿Crees que no conocía a mi padre?

–Por lo visto, no.

Ella le miró de reojo, de arriba abajo.

–¿Y eso qué significa? –le espetó, entornando los ojos y clavándole una mirada fulminante.

–Significa que, aunque yo crea que mi padre estaba ejerciendo sus derechos según ese acuerdo, ya fuera ético o no, también creo que ya es hora de que sepas un par de verdades sobre la ruptura de la sociedad.

–Eso ya lo sé todo –le aseguró Rayne, convencida–. Fueron celos profesionales. Él sabía que mi padre había creado algo que valdría una fortuna, ¡y quería quedarse con todos los beneficios!

De repente se sintió mal por estar diciendo todas

esas cosas acerca del hombre que la había acogido en su casa. Mitch Clayborne le había dado un techo, comida, protección...

–Celos... quizá. Pero eran más bien personales, no profesionales –dijo King. Su rostro se tornó triste de repente–. Mi padre discutió con el tuyo porque Grant tenía una aventura con la esposa de mi padre.

–¡Eso es mentira!

–¿Ah, sí? Entonces, ¿por qué crees que tu padre nunca reclamó el software que le pertenecía?

–¡Porque tú le amenazaste! Yo estaba allí.

–¿Y tú crees que hubiera bastado con eso para disuadirle de poner una denuncia contra la empresa, de no haber sido porque él también tenía algo que ocultar?

Rayne hubiera querido protestar, pero sus palabras parecían retumbar cerca de la verdad. No fue capaz de hablar.

–Esa noche fui a tu casa para decirle que se alejara de mi padre. Eso era lo único que tenía en la cabeza. Mi madrastra había muerto y mi padre se quedaría de por vida en una silla de ruedas. Sabía lo de la aventura desde hacía algunas semanas, y por eso Grant había dejado la empresa. Karen le dijo, mientras conducía, que iba a dejarle para irse con Grant. Mi padre perdió el control del vehículo y se estrelló contra ese árbol. Iba a dejarte, Lorrayne. A tu madre y a ti. El padre dedicado, entregado a su familia... ¿De verdad que no lo sabías?

Tremendamente mortificada, Rayne no pudo hacer más que mirarle durante unos segundos. Al final hizo un gesto de negación con la cabeza.

¿Podía ser cierto todo aquello? Sus padres se amaban. ¿O acaso tenía razón King cuando la llamaba inocente? ¿Lo sabía su madre? ¿Era consciente de la infidelidad de su padre? Imposible.

Recordó todas esas veces cuando le decía que sacaba fuerzas del recuerdo de su padre para luchar contra la enfermedad.

–Siento tener que ser yo quien destruya todas tus ilusiones sobre el amor y el compromiso.

–Tú no sientes nada –le espetó ella, furiosa.

–A lo mejor no, pero tú sí.

Rayne le dio la espalda. Apoyó las manos en la balaustrada.

–Me mintió –eso fue todo lo que pudo decir, mientras contemplaba el mar en sombras, cada vez más oscuro. Le dolía tanto que jamás volvería a confiar en nadie–. A mí. A mi madre.

–Lo siento –dijo King–. La pasión nos lleva a hacer cosas sin principios... Es la segunda fuerza que mueve el universo –añadió, con la mirada perdida en la lejanía.

–¿Solo la segunda? ¿Cuál es la primera entonces? –murmuró ella con desprecio.

–La perpetuación de la especie –le explicó él en un tono desprovisto de todo sentimiento–. A la pasión solamente le supera la supervivencia.

Rayne guardó silencio. Él hacía que todo pareciera tan frío, tan básico...

Se lo dijo. Él se rio.

–¿Es que no es así? –le preguntó, haciendo alarde de un escepticismo inflexible.

–¿Crees que el amor es para eso nada más? –le

preguntó ella, en un tono desafiante–. ¿Solo para crear bebés?

–Sí. Pero en realidad no estamos hablando de amor, ¿verdad, Lorri?

Le agarró la mano. Sus dedos estaban calientes. Rayne se soltó.

–¡No me llames así!

Era su padre quien había empezado a llamarla así.

–¡Para ti soy Rayne!

–Entonces no me odies, Rayne, por mostrarte los hechos simplemente.

–No te odio. ¿Por qué iba a odiarte?

–Por tirar a tu caballero galante de su blanco corcel.

–Ya me estoy acostumbrando a eso –murmuró ella, conteniendo las lágrimas–. Después de todo, ya me lo hiciste una vez.

King frunció el ceño.

–Estaba loca por ti –admitió ella. Ya no le importaba nada decirlo.

–Lo sé.

Rayne se quedó de piedra. ¿Se le había notado tanto?

–¿Te diste cuenta?

–Eras una niña.

–¡Tenía dieciocho años!

–Como he dicho, eras una niña –repitió, riéndose. Le levantó la barbilla con la punta de un dedo y le acarició los labios–. Una niña con ojos hambrientos... Ojos hambrientos y enormes... Recuerdo haber pensado entonces que algún día terminaría perdiéndome en ellos. Pero por aquel entonces esos ojos le pertenecían a una adolescente enferma de amor cuya única razón para ayudar en la oficina sospecho que era conseguir que yo me la llevara a la cama.

–No estaba enferma de amor –le dijo Rayne, sintiendo el rubor en las mejillas–. De todos modos, aunque lo hubiera estado, a ti no te hubiera hecho mucha gracia, ¿no? –añadió, sintiendo sus manos sobre los hombros y los brazos–. Me ignorabas todo el tiempo.

–No me volvía especialmente loco ese look de pelo rubio quemado y de punta, y esos labios y ojos pintados de morado. Pero ¿qué podía hacer? ¿Querías que te echara un sermón por fantasear con un hombre mucho mayor que tú?

–¡Pero si solo tenías veintitrés años! –le recordó ella. De repente quería huir de allí, huir de él–. Solo son cinco años.

–Cinco años que suponían una gran diferencia.

–Entonces, ¿qué me estás diciendo? ¿Que soy demasiado joven para ti?

Le oyó contener el aliento.

–Lo eras –remarcó él, esbozando una media sonrisa.

El sentido común debería haberle llevado a zanjar el asunto antes de que fuera demasiado tarde, pero cuando sintió sus labios ya estaba todo perdido.

Capítulo 7

MIENTRAS King la abrazaba, Rayne sintió que se derretía contra él. Su barba de medio día le rascaba las mejillas, pero era una aspereza bienvenida. Lo único que importaba era él, el momento, el presente. Lo deseaba tanto... mil veces más que en el pasado. Era como si todos los sentimientos que había experimentado por él hubieran resurgido con más fuerza que nunca, arrasándola por dentro. Él podía leerla como un libro abierto. Descifraba los códigos de sus gestos, los movimientos de su cuerpo. Le bajó los finos tirantes del vestido y el corpiño de gasa se deslizó por su piel, dejando al descubierto unos pechos turgentes y llenos. King emitió un sonido cercano a un gruñido. Quería hacerla suya en ese momento, perderse en ella, olvidar todas las cosas que su padre le había contado ese día. Inclinando la cabeza hacia delante, buscó uno de sus pezones y empezó a chupárselo, apoyando las manos en sus caderas.

Rayne se aferró a sus hombros. Quería arrancarle la camisa, palpar la dureza de sus músculos, el vello de su pectoral.

—Despacio —le dijo él, soplando sobre la punta

del pezón–. ¿Qué es lo que quieres? Enséñame lo que quieres.

Repentinamente desinhibida, Rayne echó adelante el pecho y él volvió a atrapar el pezón entre sus labios. Ella emitió un gemido de placer. Una descarga de sensaciones la recorría de arriba abajo.

–¿Es esto lo que quieres? –le preguntó–. ¿Es esto?

Él era quien controlaba el ritmo. Lentamente, deslizó la lengua entre sus pechos, dejando un rastro caliente y húmedo.

–Te odio, King Clayborne –dijo ella, soportando aquella dulce tortura.

–No. No me odias –susurró él sobre su pecho.

Emitiendo un instintivo sonido gutural, la atrajo hacia sí y entonces perdió el control. Capturó sus labios con fiereza. Sus alientos se mezclaron; sus lenguas empezaron a bailar en sincronía. Rayne echó atrás la cabeza, dándose por vencida. Era inútil luchar contra lo que sentía. En ese momento eran iguales, piel contra piel. Estaban unidos por el acto más primario que podía haber entre un hombre y una mujer. A sus pies, bajo el oscuro cielo mediterráneo, Montecarlo vibraba con la vida nocturna, pero ellos eran ajenos a todo. El sonido de su respiración apasionada parecía el eco del murmullo de la ciudad.

Jadeante, Rayne empezó a desabrocharle los botones de la camisa con dedos temblorosos. Tenía el pecho bronceado, perfectamente torneado, cubierto de una línea de vello fino que se perdía por dentro de la cintura de su pantalón.

–Eres hermoso –le dijo, besándole en el pecho.

Olía a pino y a almizcle; una fragancia afrodisíaca. Su piel sabía ligeramente salada.

—No tanto como tú —le dijo él.

¿Realmente lo creía? ¿O formaba parte del ritual del sexo? ¿Cómo iba a compararse con las supermodelos con las que él solía salir?

—Quítate esto —le dijo, bajándole el vestido por las caderas—. Quiero verte. Así.

Antes de poder poner objeción alguna, sintió cómo caía el vestido y se amontonaba a sus pies. Se quedó completamente desnuda. Solo llevaba un fino tanga de encaje blanco debajo.

—King —le dijo con un suspiro, escondiendo el rostro contra su pecho.

Él la hizo apartarse con cuidado.

—Déjame que te vea.

Ella se quedó quieta y cerró los ojos. Su melena cobriza le caía por encima del hombro, llamando la atención sobre sus pechos de marfil, coronados por pezones sonrosados y duros.

Cuando volvió a abrirlos, vio que él sonreía. Era la sonrisa de un hombre que disfrutaba con el regalo que le habían dado. Estiró los brazos y le cubrió los pechos con las manos con tanta dulzura como si fueran un tesoro. Rayne gimió con suavidad. Cerró los ojos y se dejó llevar por la oleada de placer que reverberaba por todo su cuerpo mientras él le acariciaba los pezones.

—Mírame.

Ella no quería hacerlo. ¿Cómo iba a quedarse allí de pie? ¿Cómo iba a dejarle ver el deseo que le hacía temblar la mirada, como el reflejo de una llama?

–Se debería poder disfrutar de toda esta belleza. Se debería adorarla.

Deslizó las manos sobre su pecho hasta llegar a la cintura, las caderas, los muslos, sus nalgas desnudas... Se puso de rodillas, buscó el centro de su feminidad, oculto bajo el diminuto tanga. El calor húmedo de esos labios masculinos la abrasó por fuera y por dentro, traspasando el fino tejido de encaje. Rayne enredó los dedos en su cabello y le agarró con fuerza, apretándose contra él.

Él jadeó un momento mientras ella se frotaba.

–Creo que podemos prescindir de esto, ¿no?

La miró y sonrió. Rayne respiró hondo, sintiendo cómo le quitaba el tanga con los dedos. Lo tiró a un lado junto con el vestido. El roce de su ropa resultaba increíblemente excitante contra la piel desnuda.

–Oh, King... –casi de forma involuntaria, comenzó a restregarse contra él. Nunca se había sentido tan femenina y juguetona.

–Despacio, cariño –le dijo él.

Aunque supiera que ese término cariñoso debía de usarlo con todas las chicas con las que se acostaba, durante un instante prefirió fingir que significaba algo especial.

–¿No crees que yo también lo siento?

En realidad, nunca se había sentido tan excitado en toda su vida. El deseo era tan fuerte que casi le dolía. La besó de nuevo y empezó a rozarse contra ella para enseñarle lo que le estaba haciendo. Ella contuvo la respiración al sentir el duro bulto de su miembro erecto, y él se rio suavemente sobre sus labios.

–Ven a la cama conmigo.

Ella murmuró una respuesta afirmativa apenas inteligible, pero para King eso fue suficiente.

La agarró de las nalgas y la levantó en el aire. Ella enroscó las piernas alrededor de su cintura y así, como pudieron, lograron llegar al dormitorio.

Montecarlo era una nube de luces a través de las ventanas panorámicas. King la tumbó sobre la cama y Rayne dejó que el instinto se apoderara de ella. Le observó con atención mientras se quitaba la ropa. Su potencia masculina, voluminosa y sobresaliente, llamaba poderosamente su atención.

Extendió el brazo y tocó su miembro por primera vez.

–Despacio –le dijo él con voz entrecortada. Estaba muy cerca de perder el control–. No quiero malgastar ni un solo segundo de este momento. Quiero saborear todas las horas que voy a pasar contigo.

Aquello sonaba como el preludio de un desenlace definitivo. Rayne no quería pensar en ello. Se apartó un instante para quitarse las sandalias, pero enseguida empezó a sentir el calor de su boca sobre los muslos. King encontró su sexo hinchado y caliente y deslizó la lengua sobre sus pétalos más íntimos. Ella gritó de placer.

Solo había estado con dos chicos en toda su vida, pero jamás había llegado a ese nivel de intimidad. Ninguna de esas relaciones había sido del todo satisfactoria y por fin comprendía por qué. Ninguno de ellos era King. Él era el único al que deseaba de verdad, y después de esa noche ya no volvería a conformarse con otro.

Abrumada por el placer que le daba con los labios, agarró con fuerza el suave tejido de la manta que tenía debajo e intentó contener la oleada de lujuria que se desencadenaba en su interior. Emitió un gemido. No quería llegar al clímax aún.

–¿Qué pasa? ¿Qué es lo que quieres, Rayne? –murmuró él, besándola en la cara interna del muslo.

«A ti. Tú eres lo que siempre he querido», pensó, pero no lo dijo en alto. Estiró el brazo y le agarró para tirar de él.

–Ah. Eso es todo –dijo él suavemente. Abrió un cajón de la mesilla. Volvió a cerrarlo y masculló un juramento.

–¿No tienes? –le preguntó ella, dándose cuenta de lo que pasaba.

–Pensaba que sí –soltó el aliento y entonces esbozó una sonrisa un tanto triste–. Ya hace mucho tiempo... Lo siento, Rayne. Debería haberlo comprobado antes –volvió a mascullar otro juramento–. No me mires así –añadió al ver la cara de angustia de ella–. Si no quieres que pierda la cabeza... No quiero ponerte en peligro de esa manera.

Se apartó de ella y se puso en pie. Rayne le agarró del brazo.

–No tiene importancia –le aseguró–. No lo necesitamos.

–¿Tomas la píldora?

Ella sonrió con timidez. Estaba demasiado excitada como para contarle el porqué. Unas cuantas semanas antes, le habían prescrito la píldora para corregir su errático ciclo menstrual. La preocupación por su madre le había desestabilizado el organismo.

–No tendremos ningún problema –le dijo–. Lo prometo.

Él volvió a tumbarse sobre ella. Su peso repentino la hizo contener el aliento. Le separó las piernas suavemente. Pero no la penetró. Empezó a empujar sobre su sexo húmedo, frotándola y excitándola de nuevo. Sucumbiendo a la deliciosa tortura, Rayne abrió las piernas todo lo que pudo y subió las caderas, invitándole a entrar. Y entonces él ya no pudo aguantar más. Entró en ella con una poderosa embestida y se hundió hasta el fondo en su sexo húmedo.

Al límite, Rayne llegó al clímax de inmediato, moviendo las caderas y gimiendo, abandonándose al frenesí orgásmico. Él siguió empujando una y otra vez hasta que por fin dejó fluir una parte de su ser, derramando su deseo dentro de ella, fundiéndose con ella. Sus cuerpos y sus mentes se hicieron uno y juntos alcanzaron otra dimensión.

Cuando Rayne se despertó estaba sola en la enorme cama. Habían retirado las cortinas, descubriendo el cielo azul del Mediterráneo, claro y resplandeciente. Estaba en una habitación muy masculina. Los muebles, de diseño, tenían un carácter sobrio, nada que ver con la decoración en tonos pastel de su propia habitación. De repente fue consciente de la loca noche de frenesí amoroso que habían compartido. Las partes doloridas de su cuerpo se lo seguirían recordando durante algún tiempo.

Se dio la vuelta en la cama y dejó escapar un

gruñido. De pronto oyó que entraba alguien. Rápidamente, se tapó con la manta hasta el pecho.

Era King, vestido con una bata blanca y zapatillas de cuero. Se había peinado un poco, pero tenía la barba más oscura y poblada que nunca. Su pecho bronceado ofrecía un acusado contraste con el blanco de la bata.

–Has dormido bien –comentó él con una sonrisa, disipando todos sus miedos de un plumazo–. Hélène está preparando el desayuno, pero pensé que te gustaría tomarte un zumo de naranja primero.

Rayne le dio las gracias y tomó el vaso que le ofrecía. Estaba tan sedienta y hambrienta... Era evidente que hacer el amor con él le había despertado el apetito de todas las formas posibles.

–King... Sobre lo de anoche... –empezó a decir, sin poder mirarle apenas después de todo lo que habían compartido la noche anterior.

–¿Qué vas a decirme? –él la miró fijamente–. ¿Que no debería haber pasado?

–Algo así –murmuró ella, cohibida. Se terminó el zumo.

–Demasiado tarde, cielo. Pasó –le dijo en un tono casi fatalista. Le quitó el vaso de las manos–. No una vez, sino dos... Si recuerdo bien. ¿Qué excusa me vas a poner por arrancarme la camisa y volverme loco?

–No te arranqué la camisa... Creo que debería irme –añadió, sintiendo demasiada vergüenza de repente.

–¿Irte? –King frunció el ceño–. ¿Adónde? ¿Al cuarto de baño? ¿A casa?

–A casa, claro –le contestó ella en un tono serio–. Me resulta demasiado incómodo quedarme aquí ahora que Mitch sabe quién soy.

–¿Es esa la única razón? Él me ha pedido expresamente que te pida que te quedes. Y yo también quiero pedírtelo. De hecho, insisto en que te quedes.

–¿Insistes?

–Muy bien. Te invito a quedarte.

–¿Por qué?

–Porque pienso que debes de estar muy cansada, agotada... después de lo de anoche –le dijo. Todavía sonreía–. No creo que estés en condiciones aún de irte a ningún sitio.

–Me sorprende, después de todo lo que me dijiste ayer. Inocente, mentirosa... –Rayne se regodeó en el placer de recordárselo–. Me sorprende que te importe que me vaya o me quede.

–Claro que me importa. Estás en mi casa.

Rayne se sorprendió. Pensaba que era la casa de Mitch.

–No quiero echarte a la calle.

–¿Tu casa?

–¿Te sorprende?

–No.

–Mi techo. Mi casa –se sentó en la cama–. Y mi cama.

Rayne contuvo el aliento. Recordó aquellas dos semanas que había pasado trabajando en su oficina, escuchando su voz a través de aquella partición de cristal, soñando con escucharla en otras circunstancias... Estaba ocurriendo por fin, después de tanto tiempo.

–Si Hélène está preparando el desayuno, no tenemos tiempo –le dijo al verle apartar las mantas.
Él se rio.
–Oh, claro que sí –le aseguró dándole un beso en
la frente–. Ya lo creo que sí.

Capítulo 8

RAYNE decidió que tenía que ir a ver a Mitch a la clínica lo antes posible. King insistió en llevarla él mismo y no se pudo negar. A las puertas del hospital había un puñado de reporteros sedientos de exclusivas.

–¿Es cierto, señor Clayborne, que la afección de su padre es más seria de lo que dicen los médicos?

–¿Ha experimentado alguna mejoría?

–¿Las acciones de Clayborne subirán ante la posibilidad de que usted pueda asumir el control de la empresa?

El bombardeo de preguntas era rápido y frenético.

–Ya han oído las declaraciones del portavoz. Mi padre está estable –dijo King, abriéndose camino–. No tengo nada más que añadir.

–¡Señor Clayborne! –gritó una reportera a viva voz–. Dado que hoy ha llegado acompañado, ¿podemos inferir que...? –su mirada indiscreta se posó en Rayne–. ¿Podemos inferir que su relación con la modelo Sophie Ringwood ha terminado?

Rayne contuvo el aliento. El flash de una cámara se le disparó delante de la cara.

–Sin comentarios –dijo King, agarrando a Rayne de la cintura.

Rayne agradeció ese contacto protector. Escondió el rostro contra la solapa de su chaqueta gris para protegerse de las luces cegadoras de las cámaras.

–Lo siento –le dijo cuando entraron en el edificio–. Es inevitable en este tipo de sitios.

–Claro –dijo Rayne, casi sin aliento después de tanto revuelo. Trató de no pensar en ese comentario sobre la modelo.

Él la condujo hacia los ascensores.

–Recuerda que está enfermo –le dijo al ver que ella no quería entrar acompañada–. Y no será bueno para ninguno de los dos enfrascarse en una discusión.

–Pero ¿qué crees que voy a hacer ahí dentro? A diferencia de tu padre, yo sí que tengo principios –añadió entre dientes.

Una enfermera pasó por su lado en ese momento. Miró a King con una sonrisa.

Rayne se puso más nerviosa todavía. Se armó de valor y entró en la habitación.

Solo se oía el pitido regular de una máquina situada cerca de la cama. Mitch estaba recostado sobre unas almohadas.

–¿Cómo está? –le preguntó sin preámbulos.

El anciano parecía más relajado que la última vez que le había visto.

–No hace falta andarse con rodeos, jovencita –dijo él en un tono impaciente–. Ya ves cómo estoy. ¡Vivo! Y tú, según creo, tienes algo que decirme.

–Muy bien. ¿Por qué le hizo eso a mi padre? No me importa si firmó un acuerdo o no... Debería haber reconocido que MiracleMed era suyo, pero no lo hizo.

Mitch hizo una mueca. Parecía estar pensando cuál era la mejor respuesta.

–¿Eso te dijo King? ¿Que yo podría haber hecho lo correcto, pero que decidí no hacerlo?

–No. No hizo falta. Oh, sé lo de su... esposa... Y, sí. King sí que me lo dijo. Pero eso no era razón suficiente para... –no fue capaz de seguir. El dolor y el resentimiento, la rabia y el sentimiento de traición la embargaron por completo.

–¿Alguna vez has estado enamorada, Rayne? –le preguntó, mirándola fijamente–. No. No me contestes a eso. No era excusa. Pero Karen fue la única mujer a la que amé después de que la madre de King me abandonara por un granjero australiano. No pude soportarlo cuando vi que volvía a pasar. Estaba loco de rabia, y celos. Empecé a pensar que Grant me la había robado, que me había robado algo que no tenía precio, algo que no se podía comprar con dinero... aunque con el tiempo me he dado cuenta de que estaba ciego. No era capaz de ver que ella se había casado conmigo solo por el dinero. Pensé que tenía derecho a arrebatarle algo que le pertenecía... Pero me he arrepentido profundamente durante todos estos años. Era mi amigo, mi colega. Lo siento, lo siento muchísimo.

Rayne no supo qué pensar o decir. Estaba paralizada. ¿Qué iba a decirle?

Con lágrimas en los ojos, hizo la única cosa que podía hacer.

Salió huyendo.

Al doblar la esquina del pasillo se dio de bruces con algo.

–¿Qué...?

Las manos de King la sujetaron con firmeza.

–Vamos.

Salieron del edificio en un abrir y cerrar de ojos. Los reporteros seguían allí, ansiosos por conseguir alguna primicia sobre ese romance floreciente.

King, sin embargo, logró abrirse camino entre ellos a fuerza de codazos y llegó hasta el coche rápidamente.

–¿Me lo vas a contar? –le preguntó cuando ya estaban en camino.

–No –dijo ella.

Afortunadamente, él no insistió más. Y Rayne se lo agradeció en silencio. A lo mejor con el tiempo conseguiría perdonar a Mitch Clayborne, y quizá a su padre también. Pero en ese momento lo único que podía hacer era mirar a través de la ventanilla de cristal tintado y contemplar las palmeras que se sucedían una tras otra al borde de la carretera. Más allá estaba el mar. Deseó no haber ido nunca a Montecarlo. Deseó escapar.

Poco a poco se dio cuenta de que estaban dando un largo paseo, un rodeo innecesario a lo largo de la hermosa costa. Cuando llegaron al puerto, ya se sentía mucho mejor.

–Mira bien dónde pones el pie –le dijo King cuando bajaron del coche. La tomó de la mano y la llevó a través de un hervidero de actividad.

A sus pies se amontonaban provisiones, cajas y

cuerdas que los operarios subían a los barcos sin parar. Su yate estaba atracado al final del viejo puerto.

Dejó a Rayne a bordo, preparando café, y volvió a bajar para comprar algunas provisiones en las tiendas del paseo marítimo.

El café ya estaba listo cuando le oyó entrar de nuevo. Mientras sacaba dos tazas de un armario, sintió su brazo alrededor de la cintura y un segundo después tenía un ramo de flores blancas contra el pecho.

—¡Rosas! –se rio, sorprendida.

—Una ofrenda de paz –le dijo él–. Por ser un tonto prepotente, y por sacar conclusiones equivocadas.

Ella le miró por encima del hombro y levantó una ceja.

—Cuando Mitch salió con una chica que podía ser su hija, las cosas no salieron nada bien. Tengo que guardarme las espaldas.

—¿Guardarte las espaldas? –ella se rio–. ¡Pero si eres un cazador nato!

—Porque sabía que ocultabas algo –le dijo él–. Me lo confirmaste esa primera mañana cuando me dijiste que Mitch te había dicho que yo estaba en Nueva York, porque era lo que Mitch creía. Pero sospecho que también lo hice porque quería... –se detuvo y volvió a tirar de ella–. Mejor dicho. Te quería para mí.

«Te quería para mí...», las palabras resonaron en la cabeza de Rayne.

Él empezó a acariciarle la piel que dejaba ver el escote del ligero vestido que llevaba puesto.

—No quería que me echara antes de tener la oportunidad de hablar con Mitch. Por eso no te dije la verdad –le aseguró ella, estremeciéndose con sus caricias.

–Si hubieras acudido a mí, si me hubieras explicado cómo te sentías, yo hubiera intentado hacer algo –le susurró contra la mejilla–. Pero de esa otra forma, terminé prejuzgándote.

–Sin saber nada de mí –dijo ella–. Y sigues sin saberlo. O sabes muy poco –un suave rubor tiñó sus mejillas.

–¿Ah, no? –él sonreía como si tuviera un secreto que no estaba preparado para compartir con ella.

O, a lo mejor, simplemente se estaba acordando del tiempo que habían pasado en la cama juntos.

–Muy bien. Entonces yo les arrancó la ropa a los hombres y me aprovecho de ellos cuando son más vulnerables –añadió ella en un tono bromista, disfrutando con el roce de sus manos sobre el tejido del vestido.

–Si eso fue aprovecharse de mí, entonces estoy deseando que vuelvas a hacerlo.

Ella le dio un pequeño codazo en las costillas. Él fingió doblarse hacia delante de dolor.

–Tienes razón. Ya basta, o nos moriremos de hambre –declaró él, riéndose.

Ella tomó las flores y las colocó en el centro de mesa.

–Luego tengo que trabajar una hora más o menos –le dijo él–. Pero primero...

Rayne no se había dado cuenta, pero en la otra mano tenía una pequeña nevera portátil.

–Ostras de Madeira con salsa de queso como entremés –le dijo, poniéndola sobre la encimera–. Filete de atún con ensalada, pan crujiente, y frambuesas y fruta de la pasión de postre.

–¡Dios mío! –Rayne se rio. Se dio cuenta de que estaba esperando algo mucho menos exótico–. ¡Ya veo que no te andas por las ramas! –exclamó en un tono bromista–. ¿Ostras y fruta de la pasión? ¿No se supone que las ostras son afrodisíacas? –le preguntó, dedicándole una mirada provocativa–. Y en cuanto a la fruta de la pasión... Pero ¿qué tienes en mente exactamente para esta tarde?

–Si me sigues mirando así, no creo que la tarde vaya a ser muy productiva –le contestó con una sonrisa pícara.

–Y no me digas... –Rayne se rio de nuevo–. Las acciones de Clayborne terminarán por los suelos y toda la plantilla acabará en el paro porque el director de la empresa dejó de trabajar y se dedicó a pasar un buen rato.

–Bueno, digamos que sí.

–¿De dónde has sacado toda esta comida de gourmet? –le preguntó ella. Al fin y al cabo, no había tardado mucho en volver.

–El dueño de un restaurante de la zona... –señaló la bahía con un gesto–. Es un buen amigo mío. Le llamé antes y le dije que me iba a pasar.

–Tú... –Rayne sintió una gran satisfacción. Probablemente lo había planeado todo incluso antes de salir de la clínica, incluidas las rosas.

Rayne no fue capaz de recordar mucho de lo que hablaron durante la comida. La conversación fue casual, ligera y sorprendentemente fluida. Más tarde, mientras el lavavajillas hacía su trabajo y King el suyo, se tumbó en la cubierta superior a disfrutar de la brisa marina y el sol. No había llevado el bikini, así que se quedó en braguitas y sujetador. Podía oír la voz de King, grave y profunda, mientras hablaba por el móvil.

De repente, empezó a sonar el suyo. No reconoció el número directamente.

—Hola, Lorrayne —dijo Nelson Faraday—. Conseguí tu número a través de un viejo socio... —nombró a un antiguo colega con el que habían trabajado en el periódico. Ella aún mantenía cierto contacto con él—. Me dijo que tu madre ha estado enferma. Espero que ya se encuentre mejor —sin más rodeos ni preámbulos, fue al grano—. Te han visto muy acaramelada con Kingsley Clayborne. ¿Me lo quieres contar?

—No —Rayne sintió un escalofrío en la espalda.

—Solo sois buenos amigos, ¿no? ¿O es que hay algo más?

—No sé de qué me estás hablando —le dijo en un tono seco. Nelson Faraday llevaba la palabra «problemas» escrita en la frente.

El periodista se rio, pero no había buen humor en el sonido de su risa.

—¿Ah, no? No tienes muy buena memoria, Lorrayne.

—Si crees que se me han olvidado los métodos que sueles usar para conseguir tus historias, estás muy equivocado.

Nelson volvió a reírse.

—Bueno, eso ya suena más a la chica guerrera a la que conocía. Mira... Creo que deberíamos hablar.

¿Qué tal si nos vemos para tomar algo en el Café de París?

–¿Qué tal si te vas a molestar a otro? Yo no tengo nada que decirte. Adiós.

Al colgar se dio cuenta de que estaba temblando. Tiró el teléfono sobre la tumbona.

–¿Qué sucede? –le preguntó King, saliendo de la cubierta inferior en ese preciso momento.

Tenía la camisa parcialmente desabotonada y se había remangado hasta los codos. Los pantalones de color beige se le ceñían a las caderas y marcaban esos muslos musculosos que no pasaban desapercibidos.

–Nada –le dijo Rayne, tratando de recuperar la compostura.

–¿Nada? –miró su teléfono móvil y frunció el ceño.

Rayne se preguntó qué habría oído exactamente.

–Era alguien que preguntaba por mi madre –sonrió. De alguna forma, no era del todo mentira.

–Se encuentra bien, ¿no? –King le puso la mano sobre el hombro. Una sincera preocupación contraía sus hermosos rasgos.

–Claro –murmuró ella, echando la cabeza hacia atrás y esbozando una franca sonrisa.

–¿Crees que si te beso podré terminar lo que estoy haciendo? –le preguntó. Se tocó los labios un momento y después tocó los de Rayne.

El contacto fue como una chispa que la prendió por dentro.

–Ya has tomado el sol durante bastante tiempo –añadió él, dándole una de sus camisas blancas –le rozó el hombro con los dedos–. Póntela –le dijo y volvió a entrar en la cubierta inferior.

Ella obedeció. Tenía intención de entrar antes, pero se había quedado adormilada, fantaseando con todas esas cosas deliciosas que podrían hacer más tarde. A lo mejor era cierto. Quizá las ostras fueran realmente afrodisíacas.

Agarró el bolso, el teléfono, la crema solar y bajó. Al entrar en la estancia climatizada del salón, se lo encontró recostado en el mullido sofá. Acababa de cerrar el ordenador portátil. El equipo de música estaba encendido. De hecho, era la suave melodía que brotaba de los altavoces lo que la había hecho entrar.

–*La sinfonía del Nuevo Mundo* –le dijo ella, sonriendo de oreja a oreja–. ¡Me encanta!

–Lo sé.

–¿Qué? ¿Cómo puedes saberlo? –le preguntó ella, intrigada.

–Porque estaba presente aquella mañana cuando tu padre entró en la oficina y dijo que te habías comprado este CD con el dinero que te habían dado por tu cumpleaños. También dijo que estaba encantado de volver al trabajo porque llevabas todo el fin de semana poniéndolo sin parar.

–¿Y te acuerdas de todo eso? –Rayne soltó una pequeña carcajada. Habían pasado siete años.

–Lo recuerdo porque pensé que esas preferencias musicales no eran precisamente lo que hubiera esperado del espécimen vampírico que solía ver por la oficina.

Rayne se rio de nuevo.

–¿Tan horrible estaba?

–Ya lo creo.

–También parecía un espagueti. ¡No me extraña que me ignoraras por completo! Pero al parecer sí que te gustaba mi música, ¿no? –le dijo, ladeando la cabeza con coquetería–. Aunque hubieras preferido darme un azote antes que invitarme a salir.

King hizo una mueca, recordando lo que había dicho la noche anterior.

–Tenía que gustarme –sonrió–. Es una de mis piezas favoritas.

Por alguna razón, Rayne sintió que esas eran las palabras más bonitas que le había oído decir.

–He leído que el compositor quería transmitir una sensación de nostalgia, añoranza del hogar –recordó Rayne–. Se supone que habla de alguien que se fue a América en busca de una vida mejor. Contempla esas montañas extrañas y echa de menos su tierra.

–Probablemente –dijo King–. Creo que Dvořák lo compuso durante su estancia en Nueva York, donde se sentía como un extraño, a miles de kilómetros de su hogar.

–Eso no lo sabía.

Había algo muy placentero en la idea de poder hablar con él de esa forma.

–¿No crees que la sensación se transmite muy bien?

Él asintió.

–Muy bien.

–Entonces, ¿qué te hace pensar? –le preguntó ella. Le costaba imaginárselo dejándose transportar por la música, soñando mientras escuchaba una pieza como esa.

King frunció los labios y apartó la vista de la lencería de color burdeos que se transparentaba por debajo de su camisa blanca, entreabierta. Le quedaba mucho mejor a ella.

Pensó en la respuesta.

Esa música siempre le recordaba a su madre. También era la favorita de ella. Al marcharse, había dejado todos sus discos, junto con muchas otras cosas. Siempre que escuchaba esa melodía se recordaba a sí mismo, con cinco años de edad, pegado a la ventana, día tras día, esperando verla aparecer por la esquina.

–Me hace pensar en las cosas que no podía tener.

Rayne le miró a los ojos, buscando alguna pista que le permitiera descifrar sus emociones. Parecía tan distante, tan serio... Quería extender el brazo y tocarle la mejilla, aliviar la soledad que debía de sentir en su interior.

–¿Qué clase de cosas? –susurró.

Él sonrió y le concedió toda su atención. Sin duda se arrepentía de ese momento de debilidad.

–No importa –le dijo, restándole importancia al asunto–. ¿Y qué me dices de ti? ¿Con qué soñabas cuando los volvías locos a todos escuchando a Dvořák?

«Pensaba en ti...».

No podía decirlo en alto. No podía decirle que soñaba con entrar en su despacho por accidente... y entonces él la tomaba en brazos y la llevaba a una lujosa cama, donde le hacía el amor con veneración.

«Te quiero».

De pronto, esas palabras cobraron un nuevo significado, sorprendente, abrumador.

«Le quiero. Le quiero y siempre le querré».

–Ven aquí –le dijo él de repente.

La agarró de la mano y tiró de ella.

–¿Qué estás haciendo? –le preguntó ella, fingiendo sorpresa.

–Me acusaste de no prestarte atención en el pasado. No quiero que vayas a pensar que te ignoro ahora también.

Rayne se aferró a él con un gemido de placer. Sus bocas se encontraron y él le metió la mano por dentro de la camisa. Empezó a masajearla, le tocó la cintura, la caja torácica, y siguió subiendo... hasta toparse con sus pechos. Las copas de satén del sujetador eran un impedimento. Metiendo un dedo por dentro, se las bajó, descubriéndole los pechos, llenos y duros. Ella se estremeció al sentir el roce de sus manos. Sus ojos se oscurecieron de deseo...

De repente él la alzó un poco en el aire y rodeó cada uno de sus pezones con la lengua.

–No está mal para un espagueti –le dijo en un tono bromista.

Se movió de forma que quedó medio tumbado encima de ella, y entonces siguió el rastro de sus manos con los labios, recorriendo el cuerpo de Rayne, volviéndola loca de deseo.

Ella murmuraba cosas y arqueaba la espalda de forma casi involuntaria. Pero necesitaba algo más de él antes de que volviera a suceder lo que estaba a punto de ocurrir.

–¿Qué pasa con...?

Al principio no fue capaz de decirlo y su silencio le hizo levantar la cabeza.

—¿Qué pasa con qué? —le preguntó él, deteniéndose sobre su cintura.

—Sophie Ringwood.

—¿Qué pasa con ella?

—¿Todavía tienes algo con ella? —murmuró con un hilo de voz.

Él había subido de nuevo y volvía a acariciarle los pechos.

—No. Terminamos hace meses —le dijo él sobre la oreja. Su cálido aliento le hacía cosquillas.

—La prensa no opinaba lo mismo.

—La prensa tiene que hacer sensacionalismo para vender periódicos —replicó él, recorriendo su cuello con los labios—. Eso ya lo tienes que saber.

—Cierto —admitió ella, con la voz ahogada por el placer—. Pero también es cierto que donde hubo fuego... quedan cenizas.

Su persistencia le hizo incorporarse de golpe.

—Entonces vas a tener que confiar en mí cuando te digo que... por mucho que la prensa quiera darle mucho bombo y platillo al tema cada vez que me ven con una mujer, nunca me ha parecido bien tener algo con más de una a la vez —le dijo, deslizando los dedos por la cara interna de su muslo, buscando el acceso a la parte más secreta de su cuerpo.

De repente ella cerró las piernas, atrapándole la mano entremedias.

—¿Me estás diciendo que tienes algo conmigo?

A King se le dilataron las pupilas de repente.

—¿No crees que estar aquí tumbada, desnuda, entre

mis brazos, implica que hay algo? ¿Y que esto...
–Rayne dejó escapar un gemido al sentir cómo le introducía los dedos– nos convierte en amantes? A menos que haya algo que no me hayas contado. Como algún novio que tengas en Inglaterra. Y si es así te mereces un buen azote.

Al oír esas palabras, Rayne no pudo evitar sentir una expectación casi temeraria. Había algo posesivo y pasional en su tono de voz, como si la quisiera para él y solo para él.

Seguramente, había conocido a muchas mujeres en el aspecto íntimo, según lo que decían las revistas, pero era evidente que no era dado a los engaños en las relaciones personales. Y por eso se había mostrado tan inflexible la noche anterior al tocar el tema de su madrastra y su padre. De repente, Rayne se dio cuenta de que también le amaba por su sentido de la moral, por sus principios. Quería albergar esperanzas, quería pensar que podía llegar a tener un futuro con él, pero no se atrevía...

¿Sería capaz de enamorarse de ella finalmente? ¿Acaso podría llegar a cansarse de las modelos y las actrices y se quedaría con alguien que no compitiera con él por estar en las portadas de las revistas?

Rayne sacudió la cabeza. No quería pensar a largo plazo. Además, tampoco podía pensar ya en nada más porque unos dedos maravillosos estaban obrando su magia en ella, volviéndola loca de amor y deseo.

Había algo increíblemente erótico en lo que le estaba haciendo. De pronto se sentía como una marioneta, controlada por King. Él movía los hilos y ella solo tenía que obedecer, menearse contra él y demostrarle cuánto placer le estaba dando.

Le clavó las uñas en el brazo y se aferró a él como alguien que se ahoga, gimiendo y meciéndose, siguiendo la cadencia que le imponía. Placenteras cosquillas se propagaban por la cara interna de sus muslos... Con un último empujón hacia sus dedos húmedos, llegó al clímax, jadeante y falta de aire. Él tomó su sexo palpitante con firmeza y la sujetó hasta que desaparecieron los temblores.

Capítulo 9

KING se despertó y se volvió hacia ella automáticamente. Rayne seguía durmiendo. Durante unos segundos se limitó a observarla, con la mano apoyada sobre la suave curva de su cadera. Le había hecho el amor sin parar desde esa primera vez, dos noches antes. Se había equivocado con ella. No era una cazafortunas.

¿Cómo era posible que no la hubiera reconocido antes? O quizá sí se había dado cuenta, de forma inconsciente. A lo mejor era por eso por lo que se había dejado cautivar desde el momento en que la había visto de pie en la terraza, a su llegada. Una parte de él había sucumbido a esa vieja atracción que había terminado antes de empezar, aunque jamás lo hubiera reconocido por aquel entonces. Con veintitrés años, estaba demasiado ocupado poniendo en orden su propia vida, salía con mujeres de su edad, mujeres que le prometían llenar un vacío que nunca podrían llenar. Entonces estaba demasiado aturdido como para fijarse de verdad en Lorri Hardwicke. Pero tras su marcha, sí que la había echado mucho de menos. Había echado de menos la forma en que le miraba cada vez que le dirigía la palabra, su sonrisa, su presencia tranquila... No obstante, siete años antes, jamás lo hubiera reconocido.

King sonrió para sí. Ella se movió y se acurrucó contra él. Parecía que iba a abrir los ojos, pero no lo hizo. Su boca casi dibujaba una sonrisa, como si estuviera soñando con algo agradable... A lo mejor soñaba con él.

Era cariñosa, dulce, sutil... Eso ya lo sabía del pasado. Todo lo que hacía lo hacía por su padre, por su memoria... Y eso era loable.

–No hay remedio, King –le había dicho su padre la noche anterior.

Tras el paseo en yate había dejado a Rayne en casa y había ido a visitarle a la clínica.

–Ella ha perdido todo el respeto que sentía por mí, o el respeto que yo pensaba que me tenía, cuando no sabía quién era. ¿Puedes convencerla para que no piense tan mal de mí? Estaba loco de amor cuando hice lo que hice. Pero ¿qué sentido tiene que te lo diga? No espero que tú sepas cómo es. Tú menos que nadie, ¿verdad?

Era cierto. No lo sabía. Porque nunca había estado enamorado. Y su padre lo sabía. Sabía que había aprendido muy bien la lección, y a una edad muy temprana. Era una locura entregarle el corazón a una mujer.

Sin embargo, no podía evitar desearla. Recordaba cómo se había portado con él el día anterior. Era como si su único propósito al subir al yate hubiera sido darle placer... como la primera vez que la había llevado al orgasmo esa primera noche. Y después, al irse a la cama, ella le había desvestido despacio y con sensualidad, acariciándole y adorando su cuerpo como si fuera algo divino.

King sintió que iba a explotar si no hacía algo rápidamente para calmar sus instintos. Se levantó de la cama y fue a darse una ducha fría.

Rayne se despertó con la luz del sol, que se colaba a chorros por el borde de la cortina. Al otro lado de la cama no había nadie. Rodó hacia un lado y tocó la sábana arrugada. Recordó cómo habían hecho el amor una y otra vez y se sintió como alguien que hubiera muerto de amor e ido al cielo. Pero no era ese el único motivo por el que se sentía optimista esa mañana. Se sentía feliz porque sabía que eran compatibles. Además, por fin había descubierto ese lado más vulnerable de él, sobre todo el día anterior.

Era un placer secreto poder reconocer cuánto le amaba. Sabía que aún tenía heridas abiertas. Se le encogía el corazón al pensar en ese niño pequeño, abandonado por su madre. No era de extrañar que se hubiera convertido en un hombre duro y autosuficiente.

Pero en el fondo ella sabía que era un hombre solitario. Solo tenía que convencerle, mostrarle que podía confiar en ella, convencerse a sí misma de que podía hacer que se enamorara de ella.

Se dio una ducha, se puso unos pantalones cortos de color verde limón y una camiseta a juego y fue a buscarle. Le encontró en el despacho, leyendo unos documentos.

–¡Ah, aquí estás! –dijo él, sonriendo de oreja a oreja–. Pensaba que iba a tener que hacerte cosquillas en los dedos de los pies.

–¿Y por qué no lo hiciste? –le preguntó ella, yendo hacia él y aspirando el aroma de su colonia.

–Porque si lo hubiera hecho, no hubiera parado en los pies –le dijo, esbozando una sonrisa pícara–. ¿Y dónde crees que estaríamos ahora?

«En el paraíso...».

–Solo son las siete de la mañana –murmuró, deslizando los dedos por el suave contorno de su brazo.

Él miró el reloj.

–¿Y tienes idea de cuánto tiempo hemos estado en la cama?

–No he dormido bien. Necesitaba dormir para estar bella –le dijo. Le brillaban los ojos.

–No. No es verdad –la estrechó entre sus brazos y le dio un beso en la nariz–. Ya eres bella de sobra. Y en cuanto a esa mala noche... –se rio suavemente–. No oí ninguna queja en ese sentido anoche.

–Oh, cállate y bésame –le ordenó ella, de forma juguetona–. Si no, podría...

Unos labios hambrientos se estrellaron contra los suyos de golpe, silenciando sus palabras. De repente fue él quien tomó el control. La embistió con su propio cuerpo. Era maravilloso saber que podía llegar a tener ese efecto en un hombre como él.

–Creo que voy a tener que llevarte a desayunar. De lo contrario, vamos a terminar en la cama de nuevo. Y aunque me gustaría mucho terminar ahí, hay muchas cosas que requieren mi atención antes de que termine el día.

–¿Puedo hacer algo para ayudarte?

–¿Tú? ¿Ayudar? –parecía sorprendido.

–¿Y por qué no? Sé escribir a máquina. Puedo escribirte las cartas. Las puedo editar incluso, si me dejas.

King recordó de repente que era periodista.

–Si pudieras hacerlo, terminaría en la mitad de tiempo. Y después soy tuyo durante el resto del día.

Rayne sintió una chispa de expectación.

–Prométemelo –le dijo, lamiéndose el labio superior.

Era maravilloso poder compartir los aspectos más cotidianos con él.

–Quien haya guardado esto, lo metió en el archivo equivocado –le dijo un rato más tarde, agitando un documento por encima del hombro.

Acababa de mecanografiarle una carta y había ido a guardarla en el archivo. Allí se había encontrado con el documento mal clasificado.

–Gracias por darte cuenta. Probablemente fui yo –le dijo, avanzando hacia el archivador.

Rayne pensó que quizá hubiera sido la secretaria, pero estaba claro que él no era la clase de hombre que iba por ahí echándoles la culpa a los demás.

Impresionado ante tanta eficiencia, tomó el documento y le dio un beso en la nuca, expuesta por el vestido.

No llevaba sujetador, y su calor y su aroma le volvían locos.

–¿Normalmente les haces esto a todas tus secretarias? –le preguntó ella.

Él le rodeó la cintura y tiró de ella.

–No –le contestó–. Ni tampoco les he hecho el amor sobre mi escritorio.

–¡No! –exclamó ella.

Él la tomó en brazos y cruzó la estancia. Apartó unos cuantos papeles con el antebrazo y la tumbó sobre la mesa.

–¡Puede entrar alguien! Una de las empleadas. ¡Hélène!

–Al diablo con las empleadas y con Hélène –masculló él–. ¡Al diablo con el trabajo, con los negocios, y con el mundo entero! –se inclinó sobre ella y la besó en los labios. Le quitó las horquillas del pelo–. Mucho mejor así –añadió–. Así es como me gustas, con el pelo alborotado y los labios hinchados de besos, como si hubieras pasado toda la noche en mi cama.

Pero había algo más. No podía negarlo. Ella tenía el poder de hacerle perder el control como ninguna otra; el poder de hacerle sentir cosas que nunca antes se había permitido sentir. Había encontrado una brecha y se había colado sin permiso.

–Prométeme que siempre vas a estar ahí cuando te necesite –le susurró, dándole besos en la mejilla, en el cuello, en el pelo.

¿Qué quería decir? ¿Le estaba proponiendo algo? Rayne se quedó desconcertada durante un par de segundos, pero enseguida recuperó el sentido común. Solo la quería en su cama. Eso era todo lo que le estaba diciendo.

«Te lo prometo...», le dijo, moviendo los labios sin decirlo en voz alta.

De repente, empezó a sonar el intercomunicador

que tenían al lado. Cuando quedó claro que la persona que llamaba no se iba a rendir tan fácilmente, King apretó un botón.

–¿Sí? ¿Qué pasa? –preguntó con la voz ronca por la pasión.

–Hay un montón de reporteros fuera –anunció el guarda de seguridad que Rayne había visto en la entrada. Parecía especialmente agobiado.

–¿Les has dicho que mi padre está estable? ¿Que todavía no les va a dar la satisfacción de desaparecer de este mundo para que puedan escribir una buena historia? –las palabras de King estaban cargadas de impaciencia.

Hubo una larga pausa.

–Creo que más bien se trata de usted y de la señorita Hardwicke, señor.

Rayne sintió una descarga de alta tensión. King masculló algo y se puso en pie.

–¡Por Dios, Peters! Has tenido que vértelas con estas cosas muchas veces. Ya deberías saber qué hacer.

–Sí, señor. Pero esta vez es diferente. Creo que será mejor que baje.

–¿Qué sucede? –preguntó Rayne, nerviosa.

La idea de salir en todos los medios por su aventura con King la horrorizaba.

–Bienvenida al mundo de los ricos y famosos, Rayne –le dijo él en un tono sarcástico–. Ya te acostumbrarás, pero no deja de ser molesto y tedioso.

–Debería haberme ido –le dijo ella, sin saber muy bien qué hacer o decir.

–No. No deberías haberte ido –King frunció el

ceño. Se inclinó y le dio un beso en la frente–. Quédate aquí –le aconsejó.

Se alisó la ropa y se peinó un poco con los dedos. Alguien llamaba a la puerta...

–¿Hélène?

La empleada parecía abrumada, nerviosa. Rayne empezó a notar que la miraba con recelo, con desconfianza.

–Se trata de este artículo, *monsieur* King. Ha sido publicado en la prensa inglesa.

King tomó el periódico.

–*Mon Dieu*! Muy bien, Hélène. Ya me ocupo yo de todo.

El ama de llaves parecía a punto de echarse a llorar cuando abandonó la estancia. King cerró la puerta.

–Pero ¿qué...?

–¿Qué pasa? –susurró Rayne. Apenas podía respirar.

King leía el artículo y cada vez se ponía más pálido.

–¿Me puedes explicar esto? –exclamó, enseñándole el periódico.

Rayne sintió que se le helaba la sangre en las venas.

¿*En La Cama Con El Enemigo?*, decía el titular, acompañado de una foto de King y de ella.

Con dedos temblorosos, agarró el diario y leyó el contenido del artículo.

Parece que Kingsley Clayborne, el rey de la tecnología, ha cambiado a las bellezas de la pasarela y la pantalla por una reina de los tabloides. Al pa-

recer, la periodista Lorrayne Hardwicke, a la que se ve llegar al hospital en compañía del ilustre director de Clayborne, ha acusado al gigante tecnológico de robar el software de MiracleMed mientras su padre trabajaba en la empresa.

El artículo también daba información acerca del cargo de Grant Hardwicke en la multinacional.

Según nuestras fuentes, hay algo de verdad en estos rumores y por tanto cabe preguntarse qué hace una joven de veinticinco años con King Clayborne. ¿O es que se han retirado los cargos? Como vemos en la imagen, parece que la señorita Hardwicke y el señor Clayborne han limado todas las asperezas.

Rayne no podía hacer otra cosa que no fuera contemplar la fotografía. En ella aparecían juntos, caminando. Ella le miraba y él la agarraba de los hombros, tratando de protegerla de la luz de la cámara.

–Yo... No puedo –le dijo, tartamudeando, sacudiendo la cabeza–. No sabía nada de esto.

–¡Oh, vamos, Rayne! –gritó King. Su rabia cortaba el aire–. ¡Seguro que puedes hacerlo mucho mejor. ¡Bueno, es evidente que alguien sí sabía algo! ¿Quién podía saber algo sobre esas alegaciones dos días después de haberme enterado yo, si tú no les hubieras dicho nada?

Un escalofrío la recorrió por dentro. Le salió del corazón y se propagó por sus brazos y sus piernas. No le hacía falta leer quién era el autor del artículo.

Nelson Faraday.

Un reguero de hielo corrió por sus venas.

–¿Qué pasa, cariño? –no había afecto alguno en el apelativo–. ¿Tenías pensado marcharte antes de...? –le quitó el periódico de las manos–. ¿Antes de que saliera esta basura?

–¡No!

–Entonces podrás mirarme a los ojos y decirme con sinceridad que no tuviste nada que ver, que nunca hablaste del tema con Faraday, ¿no?

Rayne quería decir que no. Quería huir de la rabia, el dolor... Pero ¿cómo iba a hacerlo?

Bajó la cabeza y se tapó la cara con las manos. El pelo le cayó alrededor.

–Ya entiendo –dijo King.

En su voz no había más que condena, decepción, desprecio.

–No. No entiendes nada –dijo ella, suspirando. Se frotó la cara con las manos.

–Bueno, entonces ilústrame, cielo.

Todos esos falsos términos de cariño le atravesaban el corazón como una lanza.

–Cuéntame cómo fue la coincidencia. ¿Cómo es que ha salido este artículo si eres tan inocente como dices?

Ella sacudió la cabeza.

–La única coincidencia fue encontrármelo aquí.

–Entonces pensaste que podrías sacarle rentabilidad a la situación y le contaste tu historia mientras estaba aquí.

–¡No!

–Entonces, ¿cuándo lo hiciste exactamente, Rayne?

¿El día en que le viste aquí? ¿Ayer? ¿No era con él con quien estabas hablando por teléfono en el yate cuando yo subí?

–Sí, pero...

–Entonces, mientras hacíamos el amor y tú me volvías loco haciéndome sentir como si fuera el único hombre con el que querías estar, tú ya habías jugado tus mejores bazas y lo tenías todo planeado con él, ¿no? –exclamó, clavando un dedo en el periódico.

–¡No! ¡Eso no es cierto!

–¿En serio? Entonces dime qué es cierto. ¿O es que ni siquiera sabes lo que es verdad, Rayne?

–Sí que le dije lo de MiracleMed. Pero no fue ayer. Fue hace tiempo. Fue hace años, cuando trabajábamos juntos. Y lo hice sin pensar. No sabía que lo usaría para hacer daño a la gente. Para hacerme daño a mí. Era muy inocente por aquel entonces. Mi padre estaba pasando por un mal momento, bebía mucho. Necesitaba a alguien con quien hablar y... Bueno, él estaba allí.

–Y de repente ha sacado toda esa información porque sí, ¿no? Se arriesga a una demanda por algo que le contó una especie de becaria hace mil años –le dijo en un tono de absoluta incredulidad.

–Vino aquí. Me vio contigo.

–¿Y?

–Es evidente que eso le refrescó la memoria.

–¡Claro!

–Y siempre ha sido de los que se la guardan para más adelante.

–Pero ¿por qué iba a hacer algo así? ¿Le robaste alguna exclusiva?

–No.

–Entonces será mejor que me des alguna razón, Rayne. ¡Y será mejor que sea buena!

–¡Lo ha hecho porque no quise acostarme con él! ¿Satisfecho?

Durante una fracción de segundo, King no supo qué decir o hacer, como si le hubieran arrebatado todas las fuerzas de golpe.

–Te acostaste conmigo, con el enemigo –añadió, citando las palabras del artículo con desdén e ironía.

–Eso es distinto.

–¿Por qué? ¿Porque soy mejor partido?

«Porque te quiero».

–Puedes creer lo que te dé la gana... Te he dicho la verdad. ¿Por qué no quieres creerme?

–Dame alguna razón para creerte.

Estaba allí de pie, con los puños cerrados y el periódico arrugado entre sus dedos.

–Si confiaras en mí, no tendría que explicarte nada –dio media vuelta y echó a andar, dirigiéndose a su habitación.

Al entrar, se tiró sobre la cama y dio rienda suelta al dolor que tenía dentro. Si se iba, tendría que enfrentarse a la prensa, pero cualquier cosa era preferible a tener que soportar el desprecio de King. Él no la amaba. Y había sido una ilusa pensando que algún día llegaría a hacerlo. No había sido más que una aventura esporádica para él, una forma de distraerse... Lo que había entre ellos jamás aguantaría el paso del tiempo.

Mientras preparaba la maleta, oyó el rugido del deportivo. Corrió hacia la ventana. El lujoso coche tomó la curva del camino a toda velocidad, rumbo a las puertas automáticas de la verja exterior.

No se detuvo junto a los paparazzi, sino que siguió adelante como una bala. Un segundo después, las puertas volvían a cerrarse. El sonido del potente motor retumbó en la lejanía hasta perderse por completo.

Nunca más volvería a ver a Kingsley Clayborne.

Capítulo 10

EMBARAZADA? ¿Cómo podía estarlo? Rayne se hizo la misma pregunta una y otra vez. Llevaba una semana intentando encontrar la respuesta. Estaba tomando la píldora. Era una dosis baja, pero siempre había creído que era un método anticonceptivo eficaz. Además, durante esos días salvajes vividos en Mónaco, estaba en el período de menos fertilidad del ciclo, o eso creía... Sin embargo, la naturaleza se burlaba de ella. Se había quedado embarazada, contra todo pronóstico, de Kingsley Clayborne.

Por suerte, él estaba muy lejos...

Empujó el carrito de la compra con cierta desgana y se dirigió hacia las cajas. Empezó a sacar los víveres. Habían pasado dos meses y medio desde que se había marchado de la mansión. Había huido en un taxi y se había subido al primer avión, rumbo a casa. Le había dejado una nota, apoyada sobre la mesilla. En ella le aseguraba que le decía la verdad y se despedía deseándole lo mejor para el futuro.

Él jamás contestó, no obstante... Y ella tampoco esperaba que lo hiciera, ni antes ni después. La prensa la acosó durante un par de semanas, pero como se negaba a hacer declaraciones, fueron desistiendo paulatinamente hasta que se cansaron del todo. No era lo bastante mediática como para merecer su atención durante un período prolongado de tiempo. Estaba claro que no era una de las mujeres predilectas de Kingsley Clayborne.

Pero sí llevaba a su hijo en el vientre, un niño cuyos abuelos habían terminado odiándose. Metió la tarjeta de crédito en la máquina cuando la cajera le dijo el importe. De repente tenía ganas de llorar. Le escocían los ojos. Trató de teclear el número pin con bastante torpeza.

–Sáquela y vuelva a intentarlo –le dijo la muchacha en un tono entusiasta.

La máquina rechazaba el código.

El fallo se produjo dos veces más. La joven masculló algo acerca de tener que pedir autorización... Y entonces se oyó una voz desde el final de la cola.

–Déjenme.

Rayne se giró de golpe y se encontró con unos ojos azules que la atravesaban.

–¡King! No tienes por qué –murmuró, temblando.

Pero él ya estaba metiendo su propia tarjeta en el lector.

La joven cajera le miró con ojos tiernos mientras le daba el ticket.

–Que tenga un buen día, señor –le dijo, ofreciéndole una sonrisa radiante.

–No puedes hacer esto –dijo Rayne.

Él se guardó el recibo en el bolsillo interior de la chaqueta del traje que llevaba, hecho a medida, como siempre.

–Bueno, ya está hecho –le quitó la bolsa de la mano y la agarró del codo–. Vamos.

–¿Adónde?

De repente pasaron por delante del área de la panadería. El olor a pasteles recién hechos la hizo sentir unas náuseas repentinas. Echó a correr hacia el aseo más próximo. Cuando salió, unos segundos más tarde, estaba totalmente pálida. El carmín que llevaba en los labios había desaparecido.

King la esperaba a unos pasos de la puerta. Al verla salir, arqueó una ceja.

–Pensaba que te habías escapado por una ventana o algo así –le dijo en un tono casi burlón. La examinó bien y entonces le cambió la expresión–. ¿Te encuentras bien? Estás horrible.

–Pensé en hacerlo –le dijo, refiriéndose a la idea de salir por una ventana–. Pero pensé que a lo mejor terminaba arrestada, después de haber intentado usar un número pin que no funciona.

De repente se dio cuenta de que debía de haber escogido la tarjeta equivocada.

–Esto no tiene gracia.

–No. Claro que no. Ha sido muy desagradable –le dijo, fingiendo una risita–. Pero no tenía de qué preocuparme porque tú estabas ahí para socorrerme –ladeó la cabeza–. Como en los viejos tiempos, ¿no?

–Y, al igual que en los viejos tiempos, estás empeñada en mantenerme a raya y me tratas como si fuera tu peor enemigo.

–¿Cómo está Mitch?

–Está bien –le dijo él con impaciencia.

Rayne se limitó a asentir. Miró hacia un atrayente mostrador de donuts y se mordió el labio inferior.

–¿Por qué saliste huyendo, Rayne?

–Necesitaba ir al servicio.

Él respiró profundamente.

–Ya sabes a qué me refiero.

–¿Qué esperabas que hiciera? Pensabas que era una mentirosa con dos caras, por así decir, y no podía convencerte de lo contrario. Oh, entiendo que no me concedieras toda tu confianza, pero no me merecía todas esas cosas que me dijiste, así que pensé que era mejor marcharse.

–¿Sin decirme nada? ¿Dejándome una nota de cortesía?

–Muy bien –le dijo ella, intentando sonar indiferente, como si no se muriera de amor por él–. Entonces debería haber sido lo bastante madura y adulta como para decirte que me marchaba, y si la forma en que hice las cosas te ofendió, lo siento mucho. Te pido disculpas. Pero no sentí ganas de quedarme a tu lado precisamente... Oh, Dios... –dijo, llevándose la mano a la boca para intentar contener las náuseas.

–¿Pero qué...?

Rayne aguantó su escrutinio lo mejor que pudo, pero él le agarró la mano y la obligó a destaparse la boca. Estaba pálida, demasiado pálida. Tenía unas ojeras horribles. Llevaba una camiseta suelta, muy poco favorecedora, combinada con unos discretos pantalones. Las copas del sujetador que llevaba puesto apenas contenían sus pechos turgentes bajo el tejido de la camiseta. Estaba desaliñada, casi desarrapada, pero aun así seguía siendo la mujer más hermosa que había visto jamás, con ese pelo rojo, sensual, provocador... Sentía ganas de enredar los dedos en las finas hebras. Esos ojos verdes, cautelosos, le miraban por debajo de una espesa cortina de pestañas, como si escondieran...

De repente se dio cuenta.

–¿Estás embarazada? –susurró cuando pudo volver a hablar. Entrecerró los ojos y la atravesó con la mirada.

Rayne tragó en seco. Por suerte, las náuseas estaban remitiendo.

–¿Qué te hace pensar eso?

–No nací ayer.

No tenía sentido negarlo. Él podía hacer las cuentas tan bien como ella.

–¿Y qué pasa si lo estoy? –le dijo en un tono desafiante.

–Si lo estás, tenemos un montón de cosas de las que hablar, ¿no crees?

–Pero ¿qué hay que decir? –se encogió de hombros–. Se suponía que no tenía que pasar.

–Pero es evidente que ha pasado. Y, como soy el padre... Entiendo que no me equivoco al dar por hecho que soy el padre. Muy bien –levantó una mano para defenderse de su mirada afilada–. No pretendía ofenderte.

–¿Ah, no?

–No. Y, como estaba a punto de decir, como soy el padre del niño, creo que estarás de acuerdo conmigo en que eso me da ciertos derechos acerca de cómo debemos proceder.

–¿Cómo debemos proceder? –repitió ella.

Estaba tan sorprendida ante su actitud que no se dio cuenta de dónde estaba hasta encontrarse en el aparcamiento.

–¿Por qué no me lo dijiste, Rayne? –le preguntó, apuntando hacia el deportivo con el mando a distancia.

El vehículo se desbloqueó de inmediato. Algunas personas se volvieron hacia ellos. Varias chicas se comieron a King con la mirada.

–No fue culpa tuya –le dijo ella.

Pero no fue capaz de decirle que se moría por contactar con él. Nada más enterarse del embarazo, había tenido intención de comunicárselo, pero temía su reacción. Temía que pudiera llegar a pensar que se había quedado embarazada a propósito para atraparle, o para sacarle dinero. Después de todo, nunca habían tenido una relación normal.

–No sabía que fuera una costumbre adjudicar culpas en esta situación.

Ella le había dicho que estaba tomando la píldora y él no había dudado de ella ni por un segundo, a pesar de las mentiras que le había contado al principio. Sin embargo, su propio comportamiento hacia ella no había sido precisamente ejemplar. Casi la había acusado de ir a por el dinero de su padre. Y tampoco podía perdonarse a sí mismo por haberse empeñado en llevársela a la cama, cuando aún pensaba tan mal de ella...

No obstante, fuera como fuera, de esos días de desenfreno que habían compartido había surgido una vida, un niño que ambos habían engendrado.

–¿No estás enfadado? –le preguntó ella, observándole.

Él abrió el maletero y guardó la compra dentro.

–¿Qué sentido tiene enfadarse? –repuso, cerrando la puerta del maletero.

–He traído mi coche, ¿sabes? No puedo dejarlo aquí.

–Ya vendremos a buscarlo –le dijo él, rodeando el capó para abrirle la puerta–. Si piensas que te voy a dejar escapar de nuevo, y esta vez embarazada, te equivocas –le hizo señas para que subiera al vehículo.

–La otra vez también estaba embarazada –le recordó ella con sarcasmo, subiendo al coche.

–Pero no lo sabías. De lo contrario, sí, me hubiera enfadado mucho contigo.

–Supongo que crees que también planeé todo esto, ¿no?

King subió al coche.

–No he venido a pelearme contigo –le dijo, arrancando.

–¿Y entonces por qué has venido? –le preguntó ella, manteniendo la vista al frente para no mirarle.

Al ver cómo levantaba la barbilla, con ese gesto casi desafiante, King sintió ganas de estrecharla entre sus brazos y darle un beso. Pero si lo hacía, ella podría malinterpretar el gesto. Pensaría que lo hacía por acostarse con ella.

Sin embargo, lo que sentía por la mujer que tenía al lado era algo mucho más complicado.

–Quería verte –admitió–. No nos despedimos muy amistosamente que digamos.

–¿Y de quién fue la culpa? –Rayne le miró directamente a los ojos. Le dio un vuelco el corazón–. Fuiste muy desagradable conmigo.

–Estaba furioso –le dijo él, poniéndose el cinturón de seguridad–. Ese artículo me hizo dudar de ti. Seguramente esa era la intención –hizo una mueca–. Sé que debería haberte escuchado, pero nunca pensé que te marcharías así, de esa manera.

–Hay gente a la que no le gusta que la traten como a un felpudo –declaró ella en un tono amargo, abrochándose el cinturón con manos temblorosas.

–Lo siento mucho –le dijo, deseando haberse tragado el orgullo mucho antes en lugar de volverse loco de ganas de verla–. Estuvo mal. Por eso he venido. Para decírtelo a la cara y, dadas las circunstancias, me alegro de haberlo hecho.

–No quiero nada de ti, si es eso lo que crees –le informó ella, antes de que pudiera decir nada más.

–De eso ya hablaremos –le dijo él, dando marcha atrás.

Lo único en lo que podía pensar era en su padre, en su familia. Le había arruinado la vida a su familia.

–¿Adónde vamos? –le preguntó ella, frunciendo el ceño.

–A algún sitio donde podamos hablar.

–¿Cómo supiste dónde encontrarme? –le preguntó ella, mientras avanzaban entre el denso tráfico–. ¿Simplemente estabas en ese supermercado por casualidad al mismo tiempo que yo? ¿O es que tienes algún tipo de poder sobrenatural que te ayudó a localizarme en cuanto salí por la puerta? –de repente se le ocurrió que no le había visto comprar nada.

—Ninguna de las dos cosas —le dijo él—. Llamé a tu casa y tu madre me dijo dónde estabas. Entiendo que no se alegró mucho cuando unos vecinos le contaron que su hija había aparecido en los tabloides conmigo, nada más llegar de Mallorca.

—No —admitió Rayne, recordando cómo había reaccionado su madre.

En realidad, se había horrorizado cuando le había explicado que había ido a Mónaco para que los Clayborne admitieran la verdad.

—¡Oh, Lorrayne! —había exclamado con un gesto de derrota—. ¿Por qué tuviste que ir a meterte en ese lío?

—¿Y qué te dijo cuando le dijiste que ibas a tener un hijo mío? —le preguntó King al tiempo que le daba al intermitente para salir de la carretera.

Rayne respiró hondo.

—Todavía no le he dicho nada.

King arqueó las cejas, sorprendido, incrédulo.

—¿No crees que ya es hora?

—Se lo voy a decir —le aseguró Rayne, sintiendo una creciente inquietud—. Es que no quería darle nada más de qué preocuparse por el momento.

—¿Nada más? —la miró fugazmente—. Entiendo que ya está recuperada, ¿no? ¿De salud?

Rayne apartó la vista rápidamente de esos ojos que todo lo veían.

—Está bien —le dijo, sin sonar muy convincente.

No era capaz de decirle la verdad. Su madre había desarrollado otras complicaciones bastante preocupantes, pero no quería compartirlo con él en ese momento. Además, ya tenían suficiente tema de conversación con el bebé.

—Voy a criar al bebé yo sola, pero te voy a permitir que vengas a verlo, si eso es lo que quieres —logró decirle antes de que le fallaran las fuerzas.

—¿Qué quieres decir? ¿Qué es lo que yo quiero?

—Solo decía que...

—No.

—¿Qué quieres decir? —le preguntó ella a su vez—. ¿No quieres tener derecho a visitas?

—Creo que deberíamos casarnos.

Aquello estaba tan lejos de lo que esperaba oír que no fue capaz de decir nada durante unos segundos. Él detuvo el coche en una tranquila carretera secundaria que pasaba por delante de las puertas de hierro del parque de la zona.

—¿Por el bebé?

—¿Y qué mejor razón que esa?

«El amor...», pensó ella, pero no lo dijo. Se quedó mirando hacia el interior del parque a través de las puertas, que ya empezaban a necesitar otra mano de pintura azul. Justo en la entrada había un viejo roble que parecía llevar siglos y siglos en el mismo lugar, viendo pasar las penas y las alegrías de los viandantes.

—Sé lo que es pasar la infancia sin uno de los padres —le recordó él—. No fue un camino de rosas precisamente. Te lo digo de verdad. No quiero que un hijo mío tenga que pasar por lo que yo pasé.

—Y no tendrá que pasar por ello. Va a tener dos padres que lo van a querer mucho, aunque...

–¿Unos padres que se lo pasarán como una pelota todos los fines de semana?

–Ni siquiera nos conocemos bien –le recordó ella.

Le sorprendía sobremanera que él hubiera sido capaz de decidir algo tan importante cuando apenas la conocía.

Empezó a sentir debilidad en las piernas. Los latidos del corazón le retumbaban en el cuerpo como en un tambor.

–Las parejas terminan divorciándose después de llevar décadas juntos. He pensado que, por el niño al menos, estarías dispuesta a darle una oportunidad a lo nuestro.

–¿Y si terminamos odiándonos, o si ya no nos queremos más... de esa manera? –se sonrojó, recordando la pasión que se había apoderado de ellos en Mónaco.

–No creo que pueda llegar a dejar de desearte alguna vez. No creo que lleguemos a dejar de desearnos el uno al otro, de esa manera, Rayne. El magnetismo, la química, o como quieras llamarlo, que hay entre nosotros es demasiado fuerte. Y respecto a lo de odiarnos... bueno... si no funciona de aquí a unos años, siempre podemos irnos cada uno por nuestro lado. Pero quiero que mi hijo nazca dentro del matrimonio, con dos padres unidos, y que lleve mi apellido.

Eso era todo lo que le preocupaba. Solo quería legitimar a su heredero y proteger sus derechos. Ella, en cambio, le tenía sin cuidado...

No podía casarse con él en esas condiciones, sabiendo que si no salía bien, él se iría sin más.

«Podemos irnos cada uno por nuestro lado...», las palabras reverberaron en el aire. Era mucho mejor marcharse en ese preciso momento, con la dignidad y el orgullo intactos. Miraba con pavor hacia un futuro en el que él se habría dado cuenta de que no era capaz de amarla.

—No puedo —le dijo por fin.

—Pero... ¿cómo puedes decir eso? —la miró con incredulidad—. ¿Cómo puedes descartarlo así? No solo te ofrezco un hogar estable y una vida confortable para nuestro hijo. Esta es también la mejor resolución a todos los... conflictos del pasado... entre nuestras familias. ¿Es que no lo ves? Este niño que hemos creado entre los dos no solo va a tener dos padres que lo quieren, sino que también heredará todo lo que nuestros padres, pero sobre todo el tuyo, crearon y no pudieron disfrutar. ¿No crees que se lo merece?

Rayne se dio cuenta de que aquello podía llamarse justicia poética. Al casarse con King, sus hijos con él serían los herederos del imperio Clayborne. Todo era una gran ironía.

Pero ¿cómo iba a acceder a casarse con un hombre que solo la quería en su vida porque llevaba a su hijo en el vientre? ¿Por qué había ido en su busca ese día? ¿Para pedirle disculpas por la forma en que la había tratado? ¿Para retomar las cosas donde las habían dejado? ¿Para llevársela a la cama de nuevo?

—No puedo —repitió—. No estaría bien. Para empezar, no nos queremos.

—Muy bien —le dijo él, sin saber el daño que esas

dos palabras podían llegar a hacerle–. Pero habrá respeto entre nosotros, y fidelidad, si trabajamos en ello, y a lo mejor este amor que tanto te preocupa surgirá de alguna forma.

–No voy a dejar que me obligues a hacerlo.

–Y yo no quiero obligarte. Lo único que te pido es que, ante todo, pienses en el bienestar de nuestro hijo. Y si eso no basta para convencerte de que hagas lo mejor para tu bebé, a lo mejor debes pensar en tu madre para salir de esa fantasía romántica que tienes en la cabeza.

–¿Qué quieres decir? –le preguntó ella en un tono desafiante.

King guardó silencio un segundo. La impresión que se había llevado esa mañana, cuando había ido a visitar a Cynthia Hardwicke, era acertada. Al mirar esos ojos apagados, llenos de dolor, no le quedó duda alguna.

–Tu madre necesita seguir con el tratamiento, ¿no? Y supongo que será un tratamiento que hay que pagar, y que ninguna de las dos se puede permitir. ¿Cómo vas a hacerlo, Rayne? ¿Con el salario de una periodista que trabaja por cuenta propia? Yo puedo ayudarte, si me dejas. Puedo costear todos los tratamientos y cuidados que necesite para que se recupere.

–¿Ella te lo dijo? –le preguntó, sin dejar de mirar por la ventanilla.

Una ardilla buscaba comida cerca de la base del roble.

Se mordió el labio inferior para contener las emociones que libraban una batalla en su interior.

–No me lo dijo con tantas palabras. Pero sí me

dijo un par de cosas que me hicieron sumar dos más dos. Además, he visto la cara que has puesto cuando he hablado de ella. No ha sido difícil averiguarlo.

Lo que le estaba diciendo, en resumen, era que si no se casaba con él, le estaría negando una buena vida a su propio hijo y poniendo en peligro las posibilidades de supervivencia de su madre.

–Y si estás pensando lo que creo que estás pensando... –añadió él, haciendo alarde de una gran astucia–. Tal y como están las cosas entre nosotros ahora mismo, no creo que ella quiera aceptar cualquier tipo de ayuda económica que pueda venir de mí, así que no malgastaría el tiempo intentando persuadirla. Sin embargo, si me convierto en su yerno, y si ve feliz a su hija, recién casada, creo que no tendrá tanto problema en aceptar lo que le ofrezco. Tendría que insistir, no obstante, en que nos casáramos lo antes posible, ya que es imperativo que le den el tratamiento cuanto antes.

Rayne se dio cuenta de que había hecho uso de una estrategia muy bien calculada. Básicamente, lo que acababa de decirle era que si algo llegaba a pasarle a su madre, podría tenerlo sobre su conciencia durante el resto de su vida.

–Visto así, no tengo elección, ¿no? –le dijo, resignándose a convertirse en la esposa de Kingsley Clayborne.

En otro tiempo era lo que más anhelaba, pero en ese momento la cruda realidad la dejaba insensible, helada, arrepentida...

–Tal y como dices, hay mucho en juego, más allá de lo que nosotros dos queramos, ¿no?

–Sí. Así es –le dijo él en un tono de voz que dejaba entrever arrepentimiento.

Simplemente estaba haciendo lo correcto. Nada más.

–Pero no lo digo yo, Rayne. Son las circunstancias en las que nos encontramos.

El heredero de los Clayborne quedaría oficialmente legitimado y su madre obtendría todos los tratamientos que necesitaba... Era un alivio, algo que jamás hubiera podido imaginar, ni en sus sueños más peregrinos. Pero King Clayborne volaba muy alto, siempre rodeado de modelos y celebridades... ¿Y si un día se cansaba de ella y decidía terminar el matrimonio? ¿Qué pasaría entonces?

Él tendría plenos derechos sobre su hijo y siempre sería parte de su vida, pero... ¿Qué pasaría con ella? ¿Sería capaz de soportar el dolor de perder al hombre al que había adorado durante toda su vida?

No le quedaba más remedio que hacerlo, porque él le estaba ofreciendo una oportunidad a su madre. Y toda la infelicidad que pudiera padecer en el futuro merecía la pena, siempre y cuando su madre se recuperara. De eso no había duda.

Lo único que podía hacer, por tanto, era apostar fuerte por ese matrimonio, hacer que funcionara, intentar que él llegara a amarla...

Capítulo 11

LA BODA en el registro civil fue programada con dos semanas de antelación. Iba a ser una ceremonia discreta y privada con unos pocos invitados.

King había hablado con un médico muy prestigioso acerca de la afección de Cynthia, pero, tal y como era de esperar, ella se había negado rotundamente a recibir ayuda en un primer momento.

Sin embargo, al enterarse de que iba a ser abuela, algo que ya sospechaba, su actitud había cambiado por completo.

–No te importa, ¿verdad? –le preguntó Rayne un par de días más tarde, mientras caminaban por los pasillos de la lujosa sección de novias de unos grandes almacenes de Londres.

–¿Que te cases con Clayborne? Quiero lo que tú quieras, Lorrayne. Tan solo me hubiera gustado que me hubieras dicho que estabas embarazada, en vez de tener que adivinarlo yo sola.

–No quería decirte nada para no molestarte –le dijo Rayne con tristeza–. No te he decepcionado, ¿verdad?

–Tú jamás podrías decepcionarme, cariño. Siempre y cuando seas feliz...

–Le quiero, si es eso lo que quieres decir.

–¿Y él te quiere?

Rayne apartó la mirada.

–Ya entiendo... Oh, cariño...

–Pero me querrá –le dijo Rayne en un tono convencido, tocando los vuelos de satén de color marfil de uno de los vestidos de novia–. Yo ya tengo suficiente amor para los dos –añadió, intentando sonar lo más decidida posible–. Y el bienestar de su bebé lo es todo para él. Va a funcionar –insistió, tratando de convencer a su madre, aunque no fuera capaz de convencerse a sí misma–. Mamá, ¿siempre fuiste feliz con papá? –le preguntó de repente.

¿De dónde había salido esa pregunta?

–Tuvimos nuestros altibajos.

–Pero ¿no hubo un tiempo en el que pensaste que... no iba a salir bien? –le preguntó, manteniendo la vista fija en el vestido.

Por el rabillo del ojo, vio cómo fruncía el ceño su madre.

–¿Por qué me haces todas estas preguntas? ¿Tanto desconfías de King?

–No.

En realidad, las cosas con King estaban muy claras. Sabía muy bien qué terreno estaba pisando...

–Solo quería estar segura de que estás conforme con lo que estoy haciendo porque... –no fue capaz de mirar a su madre–. Porque papá y tú fuisteis muy felices. Y porque tú pensabas, al igual que yo, que King había sido cómplice de Mitch y...

–Y por eso fuiste a ver a Mitch Clayborne cuando yo estaba fuera... Y por eso yo hubiera tratado de impedírtelo, de haberlo sabido. Para empezar, Lorrayne, yo nunca he tenido nada contra King.

–¿Ah, no?

–Tu padre firmó algo que, sobre el papel, no nos dejaba margen de maniobra para poner una demanda y recuperar los derechos sobre ese software. Mitch y tu padre habían accedido a lanzar el producto bajo el nombre de los dos, pero el padre de King tenía motivos para no mantener su promesa. No sé si debería decirte esto, y tampoco sé si hay alguna forma suave de decirlo, pero la mujer de Mitchell y tu padre...

Cynthia vaciló... Rayne la miró rápidamente.

–¿Lo sabías?

–Sí, cariño. Lo sabía. Y entiendo que tú también lo sabes ahora.

–¡Oh, mamá!

Rayne sintió cómo afloraban las lágrimas. Le dio un abrazo a su madre. No importaba quién estuviera mirando, aunque tampoco había más de dos o tres clientes paseando por la zona.

–¿Por qué no me lo dijiste?

–No quería hacerte daño, cariño. No quería destruir la imagen que tenías de tu padre. Sé lo mucho que le querías, y lo mucho que él te quería a ti. Y aunque tuviera ese pequeño desliz, era un buen hombre.

–Deberías habérmelo dicho –dijo Rayne y la soltó.

Ojalá hubiera podido hacer algo para que su madre no hubiera tenido que soportar el peso de esa verdad ella sola.

–Y tú deberías habérmelo contado todo cuando empezaste a sospechar que estabas embarazada –dijo Cynthia, agarrando a Rayne de la mejilla–. Supongo que eso nos convierte a las dos en mujeres testarudas, independientes, y mucho más fuertes de lo que creíamos.

–Lo siento –dijo Rayne. De repente se daba cuenta de lo mucho que quería a su madre–. Pensaba que estabas totalmente cegada por el amor, y que te hubieras roto en mil pedazos si llegabas a descubrir lo que papá había hecho. ¡Oh, mamá! ¿Por qué te quedaste?

–Me quedé porque él me necesitaba. Y tampoco quería que nuestro hogar se fuera al garete. Sin eso, nuestra pequeña familia, que lo era todo para mí, se hubiera hecho añicos.

Rayne se quedó muy sorprendida. Siempre había pensado que su madre era la más sensible y vulnerable de sus padres, la que necesitaba ayuda, protección... Acababa de descubrir que era todo lo contrario.

Solo podía desear tener la misma fuerza para apoyar a su marido y a su hijo, o hijos... tal y como había hecho su madre durante tantos años. De haber sabido la verdad, jamás se hubiera ido a Mónaco. De haberlo sabido, jamás hubiera terminado en los brazos de un hombre que no la amaba, un hombre que se iba a casar con ella porque llevaba a su hijo en el vientre.

Acordaron vivir en la casa de campo de King después de la boda. La propiedad estaba a muy poca distancia de Londres y era de fácil acceso. Cuando entró en ella por primera vez, Rayne se quedó sin aliento. Era un edificio completamente moderno, de diseño, hecho de cristal. La estructura, con varias plantas ingeniosamente diseñadas, parecía emerger de la colina sobre la que descansaba, pero estaba al abrigo de los árboles que la rodeaban. El jardín abarcaba todo el perímetro de la propiedad... un recinto de ensueño con rincones y pasadizos secretos, el sitio perfecto para los juegos de un niño. Al fondo había una terraza que daba a un área de césped impecable y más allá el terreno se precipitaba hacia el río Támesis. En el muelle privado había un bote amarrado.

–Así es como vive la otra mitad –dijo Rayne, haciendo una mueca. No podía imaginarse a sí misma viviendo en un sitio tan maravilloso, y, mucho menos, como esposa de King Clayborne.

–No. Como vamos a vivir nosotros –le dijo él, poniéndole el brazo alrededor de los hombros. La guió hacia la puerta de entrada–. Tú vas a ser mi otra mitad, Rayne. Vamos a ser una unidad, una familia.

–¿Basándonos en un embarazo accidental y en una mera atracción física? –le recordó, ladeando la cabeza.

–Basándonos en dos personas que tratan de hacerlo lo mejor que pueden.

Y eso era todo... Rayne deseó haberse alegrado más ante tanta belleza y opulencia. Deseó sentir el mismo placer que cualquier novia al ver su futura casa. Pero las cosas eran distintas para ella...

Al entrar en la casa, no obstante, no pudo evitar

asombrarse ante tanto derroche de exquisitez. No le faltaba detalle; toques de ébano, mullidos sofás, cortinas de seda de China que colgaban de las interminables ventanas. Era fácil sentirse parte de la naturaleza.

También había un piano de cola de color blanco, flanqueado por dos plantas exuberantes que crecían sanas gracias a toda la luz del exterior que entraba en la casa.

–¡No sabía que tocabas el piano! –exclamó ella, sorprendida. Fue hacia el piano.

De repente, se dio cuenta de que tampoco sabía muchas cosas de él.

–No toco el piano.

Las teclas estaban descubiertas. Rayne deslizó las yemas de los dedos sobre ellas. De repente reparó en lo que él acababa de decir. Levantó la vista rápidamente. Él fue hacia ella.

–¿Y entonces por qué...?

Lo entendió de pronto. El corazón se le detuvo durante una fracción de segundo.

Recordaba haberle dicho, aquel día en el yate, que había aprendido a tocar el piano de niña, y que sus padres lo habían vendido al ver que ella perdía el interés. No le había dicho que lo habían vendido para pagar deudas, no obstante, pero sí recordaba haberle dicho que tenía intención de retomarlo en cuanto pudiera. Algún día... Algún día, cuando hubiera ahorrado suficiente dinero para permitírselo.

Pero eso tampoco se lo había dicho...

–No me puedo creer que hayas comprado un piano –le dijo, con lágrimas en los ojos.

–Entonces, créete esto.

La agarró de la cintura y la estrechó contra su cuerpo. Rayne sintió que le daba un vuelco el corazón. Como cada vez que empezaban a besarse, no fue suficiente con un simple roce. Dejándose llevar por los placeres de los sentidos, empezaron a quitarse la ropa. La camisa de cuadros de Rayne, los vaqueros, la chaqueta de King, su camisa, la corbata... Todo terminó en el suelo en un abrir y cerrar de ojos.

Dejando un rastro de ropa a su paso, subieron las escaleras que llevaban al dormitorio principal, situado dos plantas más arriba, e hicieron el amor como si fuera la primera vez. Más tarde, acurrucada contra el brazo de King, rodeada de sábanas de satén de color azul, Rayne pensó en todo lo que él le ofrecía. La luz del sol incidía en los árboles, proyectando formas caprichosas y claroscuros sobre todas las superficies.

Él le ofrecía seguridad para su hijo, una ayuda para su madre... Incluso había hecho una oferta por una casa de la zona para que pudiera tenerla cerca. Y como si todo eso fuera poco, le había comprado un piano.

Aunque nunca pudiera darle el amor que ella esperaba, era evidente que era muy generoso con todo lo demás. Y si bien faltaban otras cosas en su matrimonio, no le quedaba la menor duda de que la deseaba físicamente al menos... Solo podía esperar que eso fuera suficiente.

King viajó a Edimburgo al día siguiente para ocuparse de unos negocios, y ella siguió con los preparativos de la boda. Dejó una señal para un vestido de novia; un sencillo diseño con un corpiño de encaje y una falda abierta que necesitaba ciertos ajustes en la cintura a causa del embarazo. Tenía que recogerlo a principios de la semana siguiente.

Después pasó un par de horas paseando por los pasillos de la sección de juguetes, mirando muñecos de peluche y ropa diminuta. Necesitaba distraerse para no dejarse llevar por la tensión de la ceremonia.

A la mañana siguiente recibió una carta de Mitch, enviada desde su casa de Loire. En ella le decía lo mucho que sentía que se hubiera marchado de Mónaco de una forma tan repentina, y una vez más le reiteraba el arrepentimiento que sentía por el daño que le había hecho a su difunto padre. Finalmente mostraba su sorpresa ante la inminente boda, pero decía estar encantado con la noticia del embarazo, y sobre todo afirmaba que se alegraba mucho de que fuera ella la madre del futuro heredero.

Te dije que serías la pareja perfecta para él, y que él necesitaba a alguien como tú, alguien que le plantara cara de vez en cuando, ¿no? Y por fin lo has hecho. No se me ocurre nadie mejor para ser la madre de mi futuro nieto, pequeña Lorri.

La última parte era entrañable, pero la hacía sentirse más triste que nunca...

La forma en que se dirigía a ella la hacía recordar una época en la que se sentía joven, llena de vida y de fuerza, rebosante de optimismo sobre el amor y el romance, sobre la vida en general... La hacía recordar todas esas horas que había pasado en el despacho de su padre, ansiosa por ver a King. Entonces se moría por verle, pero no tanto como en ese preciso momento. Los años le habían dado la pasión de una mujer adulta. El deseo que sentía por él en ese instante era solitario, desesperado. Y aunque llevara a su hijo en el vientre, sabía que él no se casaba por amor. Lo del amor, el respeto y la fidelidad para siempre no era para él. King jamás le diría que no podía vivir sin ella... ¿Cómo iba a hacerlo, si se conocían tan poco?

No.

Seguramente se sentía culpable, como si le debiera algo por el daño que su familia le había hecho. No podía abandonarla... Ese era el único compromiso que le ataba a ella.

Con ese pensamiento tan desalentador, tomó el tren que la llevaba de vuelta a su futuro hogar. Hacía un día radiante, cálido y luminoso, pero en su interior estaba lloviendo.

King seguía en Edimburgo y su madre había decidido acompañar a una amiga al teatro, así que resolvió ponerse a medir y preparar la habitación que había elegido para el bebé. Él regresaba a la tarde siguiente.

Tenía carta blanca para hacer todos los cambios decorativos que considerara oportunos, pero, después de haber visto toda la casa, se había dado cuenta de que sus gustos la satisfacían por completo.

Cuando terminó de medir la habitación ya se había hecho de noche. Los diminutos muebles de color blanco que había escogido para amueblar la estancia encajaban perfectamente.

Esa noche se sentía especialmente cansada. Solo quería darse un buen baño e irse pronto a la cama.

La abundancia de almohadas de satén eran una delicia para los sentidos. De repente pensó en todas las veces que harían el amor entre esas sábanas. Cerró los ojos, se ruborizó... Le añoraba tanto...

Después de darse el tan ansiado baño, se envolvió en una gruesa toalla. Se sentía más pesada que nunca, dolorida... De pronto miró la toalla con la que se había secado y entonces se detuvo en seco. Un escalofrío la recorrió por dentro al darse cuenta de lo que estaba ocurriendo...

Capítulo 12

TIENES que decírselo a King –le aconsejó su madre. Ya estaba en el taxi, en camino–. Si estás perdiendo al bebé, él tiene derecho a saberlo, ¡y ahora!

–No puedo. Todavía no –le dijo Rayne, conteniendo las lágrimas.

¿Cómo iba a decirle a su madre que no soportaba la idea de hacerle volver de Edimburgo? Aparte del miedo y la profunda tristeza que sentía, no sería capaz de oírle decir todas esas cosas que se suponía que debía decir, cuando en realidad sentiría un gran alivio.

¿Qué hombre estaría tan loco como para atarse a una mujer a la que no quería, y a la que conocía de tan poco tiempo?

Sobre todo un hombre como King... a menos que pensara que estaba obligado a hacerlo.

Ni siquiera hubiera querido decírselo a su madre, y no era solo por no querer preocuparla. De alguna forma se le había metido en la cabeza pensar que no sería real hasta que no se lo dijera a alguien.

Pero era real, y al final se había decidido a llamar a su amiga Joanne, que estaba en Francia. Tenía tanto miedo...

–Tienes que decírselo a tu madre –le había dicho su amiga al enterarse de que King estaba lejos–. No puedes quedarte ahí sola.

Después de mucho vacilar, le hizo caso. Cynthia Hardwicke no tardó mucho en llegar.

–Si no hay dolor, y no tienes hemorragia, no tendrás que irte corriendo al hospital –le dijo la doctora del turno de noche rápidamente–. En esta etapa del embarazo, no se puede hacer nada para impedir un aborto natural que ya ha empezado –añadió en un tono afable–. Pero si hay algún problema, no dudes en llamar a urgencias.

Entonces no había nada que hacer... Rayne se quedó escuchando el sonido del coche de la médica al arrancar. ¿Qué le hubiera aconsejado si las cosas hubieran sido más graves?

Más tarde, trató de dormir un poco. Su madre ya se había acostado, ante su insistencia.

Le resultaba imposible conciliar el sueño. Los pensamientos no la dejaban. ¿Qué podía ser peor que perder al bebé al que ya quería tanto? Sí había algo peor, no obstante... Y en el fondo sabía que iba a pasar. Iba a perder a King también.

Incapaz de dormir, se levantó, se puso su larga bata de seda de color marfil y bajó las escaleras. Se dirigió a la cocina.

El frigorífico estaba bien abastecido. Se sirvió un vaso de zumo y se fue a la sala de estar. Una enorme luna llena arrojaba un poderoso haz de luz sobre las teclas del piano.

Después de perder a su padre, y durante la enfermedad de su madre, la vida se había convertido de repente en un bien muy preciado. Y en ese momento...

Se sentó en la banqueta frente al piano. Sus dedos estaban tensos sobre la superficie del vaso de cristal. Quería tener a ese bebé desesperadamente... Después de reconciliarse con la idea de estar embarazada, había empezado a desear a ese hijo con todas sus fuerzas. Era una parte de ellos, de King, el hombre del que había estado enamorada desde que tenía dieciocho años. Pero él no la hubiera querido como esposa si no se hubiera quedado embarazada. Para ella, en cambio, ese embarazo había sido bienvenido. Era el símbolo de ese amor que había resurgido, del amor que siempre sentiría por él, aunque supiera que nunca sería correspondido. Muchas veces se había preguntado, durante los dos meses anteriores, en qué preciso momento se había quedado embarazada.

¿Había sido aquella noche en que había regresado a casa, derrotado, cansado y desarreglado? ¿La noche en que se había dado cuenta de que era el hombre que siempre había creído que era?

O quizá hubiera sido al día siguiente, en el yate. Aquel día había visto soledad en sus ojos, y había querido llenar ese vacío. Aquel día él la había sorprendido poniéndole su música favorita... Dejó el vaso a un lado y empezó a tocar las primeras notas de esa melodía tan dolorosa. Se dejó torturar por ella unos segundos y entonces ya no pudo aguantar más. Cerró la tapa del piano y se desplomó sobre ella, llorando a lágrima viva, sacando todo el dolor de la pérdida sufrida, la agonía de lo que estaba por llegar.

¿Por qué iba a querer casarse con ella cuando

descubriera que había perdido el bebé? ¿Qué le iba a retener a su lado cuando no tuviera ninguna otra razón para quedarse?

Debió de quedarse dormida así... Una pálida silueta sobre el piano, con la cabeza apoyada sobre los brazos.

King la encontró así una hora más tarde, cuando entró en la habitación despacio y en silencio. Había dejado Edimburgo a toda prisa. Al llegar, había ido directamente al dormitorio, pero no la había encontrado allí. Las sábanas estaban revueltas, no obstante, y la lámpara de la mesilla se hallaba encendida, como si acabara de levantarse.

–¿Rayne? –quería extender la mano y tocar la piel de marfil de su hombro, pero tenía miedo de despertarla bruscamente–. Rayne –repitió en un susurro.

Ella gimió y levantó la cabeza. Él se preguntó si sentía algún dolor.

–Has vuelto –le dijo en un tono débil. El alivio que sentía se desvaneció en cuanto recordó lo ocurrido.

No podía creerse que estuviera allí de pie, junto al piano. Pensaba que volvía al día siguiente.

–Cynthia me llamó.

Los rayos de luz habían cambiado y su rostro estaba en sombras.

–¿Por qué no me llamaste?

Su madre le había llamado, después de todo. Parecía tan afectado... Rayne se giró hacia él ligeramente. Recordaba haberle dado el número a su madre por si no conseguía localizarla en alguna ocasión.

–No pude –suspiró. No podía decirle la verdadera razón–. No quería que volvieras corriendo. Pensé que sería mucho mejor esperar a la mañana siguiente para decírtelo.

–¿Que estabas perdiendo al bebé?

Su voz sonaba incrédula.

La forma en que le habló hizo aflorar las emociones que trataba de contener. Tuvo que hacer acopio de toda su fuerza de voluntad para no delatarse.

Él le puso una mano sobre el hombro de repente. Ella contuvo el aliento como si no deseara ese contacto físico, como si huyera de él.

–¿No deberías estar en la cama? –le preguntó él–. Estás helada –dijo, tocándole la mejilla–. Toma.

Rayne le oyó quitarse la chaqueta. Respiró hondo al sentir el cálido roce de la tela sobre la espalda y los hombros. La prenda desprendía su calor corporal, su aroma... Se dejó envolver como si fuera una niña pequeña.

Él se agachó delante de ella.

–¿Estás segura? –le susurró, mirándola a los ojos.

Se refería al bebé. Ella asintió.

–La doctora estaba segura y yo... Yo ya no me siento embarazada.

Él respiró hondo y asintió también. Lo había aceptado, antes que ella, sin ningún problema.

Sin embargo, cuando sintió sus brazos alrededor, ofreciéndole el consuelo que necesitaba, no pudo evitar aferrarse a él. Respiró su fragancia y se preguntó cuántas veces más la abrazaría de esa manera antes de dejarla ir para siempre.

–Ya sabes lo que esto significa, ¿no? –le preguntó ella–. Significa que ya no tenemos que casarnos.

King se sintió como si acabaran de darle una bofetada en la cara, como la que ella le había dado cuando estaban en Mónaco. Se preguntó cuánta presión había tenido que sentir para aceptar casarse con él en primera instancia.

–Ya hablaremos de eso más tarde –le dijo él, poniéndose en pie–. Pero primero tenemos que llevarte de vuelta a la cama.

La tomó en brazos sin hacer el más mínimo esfuerzo, como si fuera una niña pequeña. Rayne no opuso resistencia. Quería disfrutar de esos últimos momentos con él, memorizar cómo era sentir sus brazos alrededor del cuello de él, su calor, su fuerza... Quería sentirse cerca de él por última vez, guardar ese momento en el recuerdo y atesorarlo, para los días grises que estaban por llegar, días en los que se preguntaría una y otra vez cómo hubieran sido las cosas de no haber perdido el niño, días en los que se preguntaría cómo hubiera sido ser la esposa de King, la madre de sus hijos...

«A lo mejor no quiso quedarse porque sabía que no me querías...», pensó para sí, torturándose. Aunque supiera que un aborto natural podía ocurrirle a cualquier mujer, la idea tampoco le servía de consuelo. Según le había dicho el médico, las primerizas tenían más riesgo, pero ella apenas le había escuchado.

King la llevó en brazos por la escalera sin molestarse siquiera en encender la luz. El resplandor de la luna se colaba por los ventanales de los descansillos, tiñendo de plata los peldaños, proyectando sus sombras sobre la pared.

De repente se le ocurrió pensar que parecían dos amantes trágicos. Estaba sufriendo por la muerte de su hijo. De pronto se daba cuenta. Deseaba tener a ese niño, más de lo que jamás hubiera creído posible. Deseaba cuidar a ese pequeño ser humano, una parte de sí mismo. Era alguien para quien podía estar ahí, como nunca habían estado sus propios padres. Ese bebé hubiera sido una oportunidad para equilibrar la balanza, para poner las cosas en su sitio. Por ese motivo no le había dado otra opción más que aceptar casarse con él.

Pero ¿era esa la única alternativa?

¿Acaso había pensado alguna vez en lo que ella quería?

No fue difícil contestar a la pregunta con sinceridad.

Lo que ella quería era muy poco. Muy poco.

Al entrar en la habitación, la apoyó en el suelo. Ella se volvió y dejó caer la chaqueta sobre la cama.

Por primera vez desde su llegada, King vio el aspecto que tenía. Estaba desolada, devastada. Su cara, limpia y sin maquillaje, parecía más blanca que nunca. Estaba demacrada, con los ojos rojos e hinchados de tanto llorar.

De repente se le ocurrió pensar en lo mucho que debía de querer a ese bebé, aunque no le quisiera a él.

–Oh, mi amor... –todavía la agarraba de la cintura, así que la estrechó contra su propio cuerpo.

Hundió los labios en su pelo–. Lo siento –susurró–. Lo siento muchísimo, muchísimo.

¿Qué podía sentir? Rayne apenas se permitió el lujo de tocarle. Simplemente apoyó las manos sobre su espalda. ¿Sentía haberla enamorado desde el primer momento? ¿O acaso sentía no haber sido capaz de quererla, o haberla abandonado tan pronto?

–No –le dijo, deseando que no hubiera sonado como una súplica.

Pero él no la soltó. La hizo sentarse a su lado sobre la cama.

Con la misma dulzura que antes, pasó un brazo por debajo de sus rodillas y le levantó las piernas hasta apoyarlas sobre la montaña de almohadas que estaban amontonadas en su lado de la cama.

–Lo era todo para ti. El bebé... ¿Verdad? –le preguntó.

La esperanza repentina que había sentido durante unos segundos se desvaneció cuando ella bajó la vista y apretó los labios.

–¿Y qué esperabas? –le retó a decírselo.

Le temblaba la voz, pero mantenía la vista fija en algún punto entre la puerta y la pared de espejos tras los que estaban las puertas de los armarios. No iba a mirarle. Solo estaba esperando a que le dijera lo joven y fuerte que era, que algún día tendría más hijos, con alguien con quien realmente quisiera estar...

Él no le dijo nada de eso, no obstante. Se limitó a seguir mirándola con esa expresión indescifrable.

Por lo menos comprendía que eso no era lo que necesitaba oír en ese momento... Quizás sí se había dado cuenta de que el único bebé que quería tener era el suyo, y que el niño que acababa de perder era muy importante para ella porque simbolizaba todo lo que habían compartido, todo el amor que le profesaba.

–Vas a tener que cancelar la boda –le aconsejó, ahogándose.

Si lo único que sentía por ella era pena, no podía soportarlo.

Él no la miró. Respiró profundamente.

–Ya hablaremos de ello mañana –hizo ademán de incorporarse.

Rayne le agarró de repente. Al sentir la dureza de sus músculos, retiró la mano de inmediato. De repente le sobrevino un aluvión de recuerdos de todo lo que habían vivido juntos, el placer que habían conocido...

–No. Ahora –le dijo, manteniéndose firme.

–Muy bien –afirmó él. Soltó el aliento–. Dispara.

–Vamos a perder algunas señales que hemos dado. Y sé que esto no ha salido exactamente como esperabas...

Tomó aliento. Era tan difícil poner buena cara...

–Puedo asumir algunos de los gastos, pero no puedo pagarte el tratamiento de mi madre. No obstante, si dejas que siga con ello, haré lo que haga falta para... Trabajaré duro día y noche si es preciso para ahorrar y...

–¡Basta! –King se golpeó la rodilla con el puño. Estaba temblando. Su voz sonaba quebrada y sus ojos estaban oscurecidos por emociones que ella no llegaba a comprender–. Pero... ¿qué clase de monstruo insensible crees que soy?

Ya le había preguntado algo parecido en el pasado. Diez semanas antes... Cuando estaban en Mónaco. Pero no podía pensar en ello en ese momento. Lo único en lo que podía pensar en ese instante era el profundo lamento que pugnaba por salir de su pecho, como si fuera un animal herido.

—¿Alguna vez se te ha ocurrido pensar que a mí me puede doler tanto como a ti la pérdida del bebé? ¿Por qué solo es la mujer la que puede sentir dolor? ¿Un sentimiento de pérdida? ¿Arrepentimiento? ¿Y se te ha ocurrido pensar que a lo mejor no quiero cancelar la boda?

—¿Qué? —le preguntó ella, anonadada.

—Sí —afirmó él, con la voz entrecortada—. Por muy absurdo que te pueda parecer, quiero seguir adelante con la boda y hacer todo lo que estábamos planeando.

—¿Por qué? —le preguntó Rayne, estupefacta—. ¿Porque sientes pena por mí? —le recordó—. ¿Porque crees que me lo debes?

King se volvió hacia ella del todo y la miró a los ojos. Había incredulidad en su mirada azul.

—¿No se te ha ocurrido pensar que yo... que quizás... esté enamorado de ti?

Rayne se le quedó mirando, sin saber qué decir.

—Pero... ¿cómo vas a estarlo? —le preguntó, desafiante. La cabeza le daba vueltas, pero el corazón le latía a cien por hora—. Quiero decir que... no nos...

—¿...Conocemos desde hace mucho? —dijo él, terminando la pregunta.

En sus labios casi se dibujaba una sonrisa.

—Admitiste que estabas loca por mí. Y a juzgar

por tu reacción cada vez que te toco, diría que todavía lo estás –se atrevió a decir. Después de todo, ¿qué tenía que perder?–. Muy bien.

La incredulidad que había en sus ojos estaba siendo reemplazada por una calidez que le iluminaba la mirada.

–A lo mejor piensas que estoy loco, y quizás sea verdad... Pero nunca he estado enamorado hasta ahora, así que no puedo juzgar qué es este sentimiento. Pero si es amor no querer que te vayas, si es amor saber que me destrozarías si lo haces, si es amor querer que seas tú y nadie más la madre de mis hijos, entonces estoy enamorado.

–Oh, King...

Rayne se inclinó hacia delante y le agarró del brazo. Apoyó la cabeza sobre su hombro. Tenía lágrimas en los ojos... Sintió sus brazos alrededor y no pudo contener más las lágrimas. Había perdido algo muy preciado, pero tenía a King a su lado, tenía su amor. A partir de ese momento compartirían los buenos momentos, pero también momentos como ese.

–Nadie me ha hecho sentir jamás como tú me haces sentir –murmuró él, rozándole el cabello con los labios, sujetándola como si no fuera a dejarla ir jamás.

–Querrás decir que nadie te ha distraído tanto como yo –le sugirió ella, conteniendo las emociones.

Aunque en ese momento hubiera una nube negra sobre ella, sobre ambos, tenía mucho a lo que aferrarse.

–Quiero cuidar de ti –le dijo él, apoyándola contra las almohadas–. Quiero crecer contigo. Aprender contigo y de ti, porque ambos tenemos mucho que aprender el uno del otro. Quiero darte consuelo, porque eso es lo que necesitas ahora mismo.

Tenía la voz tomada por la emoción. Le puso la mano sobre el vientre.

Rayne sintió ganas de llorar, pero no lo hizo.

–¿Me dejas que haga todas esas cosas por ti, Rayne?

–Oh, King. Si supieras lo mucho que lo deseo, lo mucho que lo he deseado... Y no como esa adolescente alocada que era, sino como soy ahora, como somos ahora. Siento que te conozco de toda la vida. Incluso cuando pensabas que era demasiado joven para ti, y me ignorabas por completo.

–Oh, no te ignoraba –le confesó él, sonriéndole. Se había recostado en la cama a su lado–. Sí que sabía que existías. De hecho, era muy consciente de ello –admitió, deslizándole un dedo por el contorno de la mejilla–. Desde que te vi por primera vez, hasta la última vez. Mientras estabas en la oficina, durante ese corto período de tiempo, no era capaz de dejar de mirarte, a través de ese cristal nevado... Tenía que contenerme todo el tiempo, me decía a mí mismo que no podía... Tú eras una chiquilla alocada y yo acababa de empezar mi carrera en el mundo de los negocios. Y, además, cuando no estabas, tu padre no dejaba de hablar de ti.

Sus ojos se ensombrecieron un poco cuando mencionó a su padre.

–¿Hablaba de mí? –le preguntó con curiosidad–. ¿De qué manera?

–Bueno, contaba cosas de ti... como esa vez cuando renunciaste a un viaje a los Estados Unidos con tus amigos para quedarte cuidando de tu perro, porque se había lesionado una vértebra y no podía andar. Decía que lo tenías que llevar en brazos a todas partes hasta que se curó.

–Bueno, se recuperó muy bien –dijo Rayne, recordando aquel extraño momento cuando él le había preguntado por su cocker spaniel en la oficina.

De aquella breve conversación habían surgido tantas fantasías...

–Pero fue gracias a ti –le recordó él–. La misma chica que quería colaborar con todas las organizaciones benéficas para niños y animales, la que se entrenó para correr una maratón para Oxfam, la que parecía una mezcla entre el espantapájaros de El Mago de Oz y la novia de Drácula. La chica que adoraba la música de Dvořák...

Rayne se sonrojó. Recordaba tantas cosas sobre ella... Era sorprendente.

–No importa adónde quisiera ir, o cuánto quisiera a mi madrastra... Nunca dejó de quererte, Rayne. Y creo que yo tampoco... Porque fue una situación horrible para un joven que trataba de permanecer imparcial. Quería pedirte una cita, uno o dos años después, cuando hubieras crecido un poco y yo no tuviera tantas cosas en la cabeza. Pero en cuestión de semanas estalló el conflicto entre tu padre y el mío. Y entonces, después de aquella noche cuando fui a tu casa para ver a Grant y tú me atacaste como si fuera una especie de demonio, me di cuenta de que había estropeado cualquier posibilidad de llegar a conocerte mejor.

Lo que estaba oyendo la sorprendía sobremanera. Mirándole a los ojos, se preguntó cómo podía ser tan guapo un hombre, tan tierno y tan fuerte al mismo tiempo. Le acarició la barbilla, disfrutando del áspero tacto de su piel.

–Sé que me puse muy prepotente y posesivo con lo del... bebé... Pero al final sabía que era la única forma de retenerte a mi lado, en mi vida... –le confesó, dibujando el contorno de su boca con la yema del dedo–. ¿Podrás perdonarme alguna vez?

–Solo si me prometes que siempre estarás decidido a tenerme a tu lado –murmuró ella, sintiendo que el corazón se le desbordaba–. No podría soportar llegar a perderte –de pronto se dio cuenta de que no le había dicho lo más importante–. Te quiero, King.

–Te lo prometo –le dijo él y le dio un beso–. Y ahora, mi amor, creo que es hora de descansar un poco.

Los preparativos de la boda siguieron adelante tal y como estaba previsto. La ceremonia tendría lugar al final de la semana siguiente. Sentado en la sala de espera del área de ginecología, mientras a Rayne le hacían una ecografía, King deseó que no tuviera que pasar por todo aquello otra vez; las visitas a los médicos, las revisiones... Todos esos protocolos rutinarios eran bienvenidos cuando se trataba de ver cómo iba el embarazo, pero no en esas circunstancias. Cada vez más nervioso, tiró la revista que había estado hojeando. No había leído ni una palabra en realidad.

Hubiera querido estar a su lado, pero ella había insistido en que esperara fuera. Probablemente, no quería que presenciara el momento en el que le dirían que ya no estaba embarazada, que había perdido el niño. A partir de ese momento necesitaría todo su apoyo. Tendría que aprender a ocultar su propia tristeza. Haría lo que fuera necesario para hacerle la vida más fácil.

Cuando Rayne salió de la consulta, estaba llorando. Le había prometido que sería valiente, pero era evidente que el suplicio había sido demasiado para ella, por mucho que se esforzara en disimular delante de la pareja feliz que tenían enfrente.

–Debería haber estado ahí contigo –le dijo él, rodeándole los hombros con el brazo–. No debí hacerte caso. Debí entrar contigo.

La agarró de la mano. Palpó el anillo de compromiso de esmeraldas y diamantes que le había dado esa misma mañana. Lo había comprado en Edimburgo; un símbolo del amor que sentía por ella. Con él le demostraba que se casaba con ella porque era la mujer que le volvía loco, la mujer a la que amaba.

Cuando salieron al exterior, Rayne dio rienda suelta a sus emociones. Se echó a llorar sobre su hombro, buscando consuelo. Él la sujetó con fervor. Cada uno de sus sollozos se le clavaba en el corazón como un puñal.

De repente levantó la vista y le miró a través de una espesa cortina de pestañas húmedas. Parecía que sonreía incluso.

–Nuestro bebé... –estaba temblando. Se ahogaba con las palabras–. Han encontrado un latido. ¡Fue visible en la ecografía! Han dicho que era un latido fuerte y sano. ¡Tiene el número adecuado de latidos por minuto! Sigo embarazada, King. Ese médico estaba equivocado.

Si hubiera podido describir el efecto que sus palabras tuvieron en él, hubiera dicho que era como salir de un largo túnel y encontrarse con un sol radiante. Todavía no podía creerse el milagro.

–Han dicho que pudo ser una amenaza de aborto natural, pero que suele pasar con frecuencia sin consecuencias para el feto. Pudo ser causado por una fluctuación en el flujo de hormonas, y por eso dejé de sentirme embarazada. Y también me han dicho que eso pasa también, sobre todo en esta fase del embarazo.

King apenas podía creerse lo que le estaba diciendo. Iba a ser padre. Sentía ganas de ponerse a dar saltos de alegría, de tocar el cielo.

–Te quiero –le dijo, poniéndole una mano sobre el vientre–. A los dos –añadió.

Había amor de verdad en su mirada, un amor que se reflejaba en ella.

Rayne se puso de puntillas para besarle. Su expresión era radiante. Le brillaban los ojos, todavía húmedos, pero era un resplandor de felicidad.

–¿Te das cuenta de que los periódicos van a hacer su agosto cuando se enteren, no de que nos vamos a casar, sino de que ya vamos a tener familia? –le preguntó.

–¡Pues que lo hagan! –exclamó King, sonriendo de oreja a oreja.

Atrayéndola hacia sí, echó a andar con más entusiasmo que nunca, llevándola consigo.

Cualquiera que pasara por su lado en ese momento, no vería más que a dos enamorados, capaces de contagiar alegría y felicidad.

BIANCA™

AIMEE CARSON
CÓMO ROMPER UN CORAZÓN

Hunter Philips, el rompecorazones de Miami, puso en marcha el olfato periodístico de Carly Wolfe. ¿Qué clase de individuo sin corazón era capaz de inventar algo como El Desintegrador, una aplicación para romper relaciones? Pero, cuando lo retó a un duelo en televisión, no supuso que el azul helado de su mirada y su carisma arrebatador acelerarían de aquella forma su corazón...

Después de que un escándalo profesional le hiciera perder su trabajo, Carly se había olvidado del amor. Una relación con Hunter podía llevarle a romper su regla de oro de no implicarse emocionalmente, pero ¿no eran, al fin y al cabo, gajes del oficio?

ELIZABETH POWER
UN ENGAÑO DELICIOSO

Rayne Hardwicke tenía una vieja cuenta que saldar con Kingsley Clayborne, el *playboy* arrogante y despiadado que había construido un negocio multimillonario a costa de su padre. Quería justicia... pero una parte de ella también quería algo más...

N.º 509

Siete años antes, cuando solo era una adolescente, lo había amado en silencio. Y aún seguía adorándolo. Si sucumbía a sus impulsos, se delataría sin remedio, pero si no lo hacía corría el riesgo de perder la razón.

¡YA EN TU PUNTO DE VENTA!

BIANCA™

Atrapados por una tormenta de nieve.
Reunidos por las consecuencias

UN CORAZÓN DE HIELO

CATHY WILLIAMS

N.° 3201

Una tormenta de nieve obligó a Alice Reynolds a buscar refugio en casa de un desconocido, aunque no se esperaba un recibimiento tan gélido. Estaba muy claro que Mateo Ricci no quería compañía, pero la nieve los tenía bloqueados y los enfrentamientos entre ambos llegaron hasta el punto de explotar. Alice era una mujer de naturaleza cauta, pero fue incapaz de resistirse y se deshizo de toda cautela....

La experiencia le había demostrado a Mateo que el compromiso siempre conllevaba dolor, pero cuando Alice acudió en su busca varias semanas después de su encierro, Mateo sintió la tentación de continuar la aventura con aquella mujer cuyo inalterable optimismo había dejado huella en su endurecido corazón. Hasta que Alice dejó caer la bomba que le reservaba: ¡estaba embarazada!

¡YA EN TU PUNTO DE VENTA!

BIANCA™

Atrapada por la nieve con su jefe
y su deseo prohibido

DE JEFE
A AMANTE

MICHELLE SMART

N.º 3203

La secretaria Victoria Cusack estaba harta del exigente multimillonario Marcello Guardiola. Después de que él la hubiera llamado de madrugada para que fuera a su casa, ella decidió dejar el trabajo, pero se vio atrapada por una nevada. Aislada con el hombre que ya no era su jefe, no le resultó difícil olvidar que él era terreno prohibido.

Para Marcello, la prioridad era su trabajo, sobre todo después de haber sufrido una terrible pérdida, y exigía lo mismo de Victoria. Como no estaba acostumbrado a que le dijeran que no, se juró que, gracias a su encanto, haría que ella volviera al trabajo. Pero la química abrasadora entre ambos los condujo a una situación muy distinta.

¡YA EN TU PUNTO DE VENTA!

BIANCA™

*Una proposición inesperada:
quiero que seas mi esposa*

UN ACUERDO
MUY CONVENIENTE

MILLIE ADAMS

N.º 3204

¿Cómo terminó Noelle Holiday, dueña de un vivero de árboles de Navidad y un pequeño hotel, aislada por la nieve con un atractivo millonario italiano?

Rocco Moretti, implacable promotor inmobiliario, había viajado hasta Snowflake Falls para comprar lo único de lo que Noelle no deseaba desprenderse: su adorado negocio familiar.

Tras una noche de pasión, Rocco añadió una nueva clausula a las negociaciones: Noelle podría mantener sus negocios si se casaba con él y tenían un hijo juntos.

La vida de Noelle cambió en el momento en el que se subió al avión privado de Rocco con un anillo de compromiso en el dedo. Él le ofrecía lujo y comodidades, pero, aquella Navidad, Noelle encontró algo que deseaba mucho más que aquel acuerdo por conveniencia…

¡YA EN TU PUNTO DE VENTA!

BIANCA.

¿Una razón por la que quedarse?

UN BESO BAJO LAS ESTRELLAS DEL NORTE

SUSAN CARLISLE

N.º 3205

Cuando la doctora Trice Shell se trasladó al extremo norte de Islandia, estaba deseando lanzarse de cabeza al trabajo y olvidar su doloroso pasado. Estaba nerviosa, pero su compañero temporal, el doctor Drake Stevansson, se mostró dispuesto a enseñarle los entresijos del puesto.

Drake tenía el aspecto de un guerrero vikingo y una forma de ser que hizo que Trice se sintiera más segura que nunca. La atracción que había entre ellos, capaz de derretir la nieve, era innegable, pero Drake tenía intención de marcharse.

¿Qué pasaría cuando las miradas furtivas se convirtieran en besos apasionados que amenazaban con hacer descarrilar todos sus objetivos?

¡YA EN TU PUNTO DE VENTA!